fio
ret

# 티그리스의 개 4

**초판 1쇄 인쇄** 2017년 1월 13일
**초판 1쇄 발행** 2017년 1월 20일

**지은이** 이현성
**발행인** 오영배
**기획** 박성인
**책임편집** 김보나, 박주애
**표지 · 본문 디자인** RAEHA
**제작** 조하늬

**펴낸 곳** (주)삼양출판사 · 피오렛
**주소** 서울시 강북구 도봉로 173
**대표 전화** 02-980-2112 **팩스** / 02-983-0660
**편집부 전화** 02-980-2116 **팩스** / 02-983-8201
**블로그** blog.naver.com/dan_gul
**출판등록** 1999년 3월 11일 제9-00046호

ISBN 979-11-283-9018-0 (04810) / 979-11-283-9014-2 (세트)


+ 이 도서의 국립중앙도서관 출판시도서목록(CIP)은 서지정보유통지원시스템홈페이지(http://seoji.nl.go.kr)와 국가자료공동목록시스템(http://www.nl.go.kr/kolisnet)에서 이용하실 수 있습니다. (CIP제어번호: 2017000779)

fiøret 은 (주)삼양출판사의 로맨스 판타지 문학 브랜드입니다.

이현성 장편소설

ROMANCE FANTASY

# 티그리스의 개

## 4

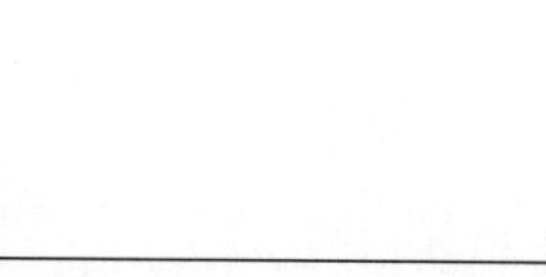

# 티그리스의 개

CONTENTS

# 14장

"엘라, 어젠 정말 대단했어."

대기실에서 갑옷을 입혀 주며, 텐이 말했다.

"얼마나 대단한지, 이 가슴이 콩닥콩닥 뛰었지 뭐야. 엘라, 너는 날 매료시킨 유일한 여자야. 호호호."

덩치와 어울리지 않게 웃는 텐의 앞에서 도망치고 싶었지만, 경기가 끝날 때까지는 어쩔 수 없었다. 게다가 아직 텐에게 받을 돈이 남아 있었다. 2골드를 포기할 수 없다.

"다른 놈들은 지금쯤 불안해하고 있을 거야. 깜짝 놀랐겠지."

예선전에 나온 모델 겸 선수는 80명. 장인의 수가 80명인 것이 아니라 한 장인이 4, 5명의 모델을 내보낸 터였다. 하지만 텐은 루 한 명이었다.

'나는 한 명으로만 승부해. 자신이 있거든.'이라는 게, 그의 말이었다.

8명씩 대회장에 나와 싸워서, 그중 한 명이 본선으로 올라가는 방식이었다. 8명이 아니라 80명이 한꺼번에 덤벼도 이길 수 있을 만큼, 모델들의 실력은 형편없었다.

루는 관중들을 사로잡기 위해 평소보다 느리게, 그러나 화려하게 움직였다. 루의 계획대로 관중들은 루에게 매료되었다. 그들은 바람처럼, 물처럼 흐르는 검의 궤적을, 루의 움직임을 홀린 듯 바라봤다. 그리고 경기가 끝났을 때에, 유례없는 환호가 울려 퍼졌다. 그들은 '엘라'를 외쳤다.

"오늘은 관객이 더 늘어났을 거야. 마지막까지 잘 부탁해."

"응. 2골드를 줘야 하는 걸 잊지 마."

"어머. 날 뭘로 보고. 당연히 안 잊었지. 이렇게 챙겨 왔는걸."

텐이 허리에 찬 주머니를 톡톡 치며 말했다. 순간 루는 그것을 훔쳐서 도망칠까 하는 갈등에 휩싸였지만, 관두기로 했다. 대회를 준비하는 내내 텐은 루에게 아낌없는 지원을 해 주었고, 니아에게도 친절하게 대했다. 그런 텐을 배신할 수는 없었다.

'하지만 어제 그렇게 난리가 났었으니, 소문이 퍼졌을 거야. 기차를 타면 수도에서 여기까지 오는 데에 반나절밖에 안 걸려. 조심해야 돼.'

텐의 방어구는, 그가 자랑스러워할 만큼 튼튼하고 가벼웠다. 은백색 얇은 쇠붙이로 만든 후에, 그 위에 천을 덧대어 갑옷이 아닌 듯 보이게 만들었다. 움직이기도 편하다.

무엇보다 마음에 드는 건 팔 보호대였다. 손등을 감싸며 팔꿈치까지 올라가는 보호대는, 실제 전투에서도 도움이 될 것 같았다. 루는 보호대를 찬 손을 쥐었다가 펴며 대회에 나갈 준비를 했다.

대기실과 가까운 곳에 있는 자리에 앉아, 니아는 눈을 감았다. 이 광경은 꿈에서 본 적이 없다.

니아가 루를 따라가기로 결정한 시점부터 무언가 바뀌기 시작했다. 미래가 꿈에 보일 때에, 니아는 단 한 번도 루를 따라간 적이 없었다. 늘 그녀와 토스카, 그리고 오르딘 공작이 벌인 일을 전해 듣고, 그들이 만들어 낸 끔찍한 참상을 보아 왔을 뿐이었다.

루를 따라온 후부터 예지의 꿈을 꾸지 못했다. 어째서일까. 루가 대지의 축복을 받은 아이이기 때문일까. 그래서 그녀의 영향을 받아 더는 미래를 볼 수 없게 된 것일까.

늘 보이던 미래를 볼 수 없으니 두려움과 신선함이 동시에 찾아왔다. 알지 못하는 미래를 향해 걸어간다는 것은 무섭지만 흥미로웠다. 이제야 살아가는 것 같은 기분이 든다.

'로샤. 헤르단.'

니아는 속으로 루의 부모의 이름을 불러 보았다.

대륙에서 가장 아름다운 미모를 가진 로샤와 똑똑한 두뇌와 상황 판단으로 젊은 나이에 큰 상단을 운영하게 된 헤르단. 어릴 때부터 꿈에서 보아 온 그들은 니아에게도 부모처럼 느껴졌다.

'당신들은 당신들의 딸이 행복하길 바라겠지요?'

'루엘'의 미소를 기억한다. 발그레하고 통통한 볼과 반짝반짝 빛나는 눈동자를, 니아는 똑똑히 기억하고 있었다.

'나도 당신들의 딸이 행복해졌으면 좋겠어요. 내가 본 미래 따위, 절대로 오지 않았으면 좋겠어.'

니아는 다시 눈을 떴다.

앞을 볼 수는 없지만 무엇이 존재하는지 느낄 수 있었다. 루를 보기 위해 온 수많은 사람들, 그들의 긴장과 호기심, 열띤 감정이 고스란히 전해져 왔다.

미래를 보게 되면서 시력을 잃었다. 꿈에서 많은 것들을 보기에, 앞이 보이지 않는 걸 서럽다 생각한 적이 없었다.

하지만 지금 니아는 시력을 잃은 후 처음으로 생각했다.

이렇게 수많은 사람을 매료시킨 루의 움직임을, 현실에서 볼 수 있다면 좋을 텐데.

경기 표를 구하는 것은 쉽지 않았다. 유진은 간신히 표를 구해 경기장 안으로 들어갔다. 방어구를 선보이기 위한 경기라고 해서 우습게 봤는데, 제대로 된 경기장이었다.

뒤늦게 구한 표라 자리가 좋지 않았다. 관중석 가장 뒷자리라서 경기장이 썩 잘 보이는 편은 아니었다. 하지만 유진은 눈에 힘을 주고, 숨도 쉬지 않고 경기장을 노려봤다.

방어구 모델이라고 해야 할지, 선수라고 해야 할지는 모르겠지만 두 선수가 경기장에서 싸우고 있었다. 일대일 결투였다. 눈에 띄는 움직임은 없었다. 웃음이 나올 정도로 형편없는 검술에, 괜히 이곳까지 왔나 후회를 했다. 결투라기보다는 방어구와 그걸 착용한 모델의 몸매, 그리고 얼굴을 잘 보여 주기 위한 시간이었다.

하지만 세 번째로 진행되는 결투에서는 분위기가 달라졌다. '엘라'라는 이름의 모델은 방어구를 빈틈없이 착용하고 있었다. 얼굴부터 발끝까지, 실제로 전쟁에 나가는 전사처럼. 다른 점이 있다면 방어구가 드레스처럼 보인다는 점이었다.

하지만 방어구는 아무래도 좋았다.

'루인가?'

엘라의 움직임은 상상을 초월했다. 눈을 뗄 수 없는 아름다운 박력이 그곳에 존재했다. 넓은 경기장을 가득 채우는 듯한 움직임은 빠르고 정확하며, 눈이 시리도록 멋졌다.

루가 싸우는 것을 실제로 본 적 없지만, 유진은 그녀가 루일 거라고 확신했다.

갈 길이 바쁜데도 방어구를 선보이는 대회를 구경하러 온 이유는, 라판트의 시장이 고집스럽게 초대를 했기 때문이었다. 오르딘 공작과 친분이 있는 라판트의 시장은, 라일에게 라판트의 자랑거리인 방어구 대회를 보여 주고 싶어 했다.

실용성이 없는 방어구에는 큰 관심이 없기에, 결승전을 하는 시간에 맞춰 경기장에 들어왔다. 관람석 가장 앞자리에 앉아 결승전이 치러지기를 기다렸다.

"멜반의 방어구의 '비엔'이 입장합니다!"

진행자의 외침과 함께 긴 금발의 여성이 엉덩이를 흔들며 경기장 가운데로 나왔다. 평화로운 시대라 그런지, 갑옷은 확실히 실용성보다는 미를 추구하는 경향이 있었다. 저런 게 방어구 기능을 제대로 할 수 있을까 싶을 정도로, 그저 예쁘기만 한 옷.

"텐의 방어구의 '엘라'가 입장합니다!"

와아아아아아아-!

호명이 끝나기가 무섭게, 경기장이 들썩거릴 정도로 큰 환호가 울렸다.

생각지도 못한 환호에 라일은 눈을 크게 떴다. 이건 진짜 검술 경기를 방불케 하는 환호다. 바흘도 신기하다는 표정으로 경기장 중앙을 향해 걸어가는 엘라를 응시했다.

드레스 같은 방어구를 걸친 엘라의 얼굴은 보이지 않았다. 한쪽 눈과 턱을 가리는 투구 너머로 언뜻 금빛 머리카락이 보였다.

방어구를 선보이는 대회는 모델의 외모와 몸매에 따라 관객들의 환호가 달라진다는 것쯤은, 라일도 알고 있었다. 하지만 엘라는 얼굴을 전혀 보여 주지 않았다. 그런데 이 환호는 뭘까.

그 답은 곧 알게 되었다.

경기를 시작한다는 알림과 함께, 엘라는 움직였다. 그것은 거대한 나무가 바람을 따라 춤을 추는 것처럼 보이기도 하고, 호수의 물이 회오리를 타고 올라가는 것 같기도 한 움직임이었다. 그

빠르고 절도 있는, 심장이 멎을 정도로 아름다운 움직임이 드넓은 경기장을 가득 채웠다. 엘라가 입은 연하늘빛 갑옷의 색채가 경기장을 물들였다.

"루……."

경기가 끝나갈 때쯤에, 바흘이 중얼거렸다. 생각지도 못한 이름이 튀어나오는 바람에 라일은 정신을 차렸다.

"루 같습니다."

"네?"

"아무리 봐도 저 움직임은 루입니다, 라일 님."

"아……."

그러고 보니 바흘은 루를 가르친 적이 있다.

'그래서였나?'

바흘이 루를 예뻐한 이유였나 보다. 이 세상의 것 같지 않은 저 아름다운 움직임.

이런 곳에서 루를 보게 될 줄은 몰랐다. 얼굴을 덮은 저 투구를 벗기고 루의 얼굴을 보고 싶었다.

"루는 남자잖아요."

하지만 루가 바흘에게 잡히도록 둘 수는 없었다.

"저 모델은 아무리 봐도 여자 같은데요."

"그렇긴 하지만…… 저 움직임은 아무나 할 수 있는 게 아닙니다, 라일 님. 아무리 봐도 루 같습니다."

바흘이 고집스럽게 말했다.

"설마요."

경기는 끝나 가고 있었다.

"루가 여자인데 남자인 척 할 이유도 없잖아요. 루가 아닐 거예요. 경기장에 얼굴을 비췄으니 라판트 시 시장님에 대한 예의는 차린 거겠죠. 우린 슬슬 나가죠."

라일이 일어나며 말했다. 하지만 바흘은 꿈쩍도 하지 않고 엘라를 노려봤다. 엘라가 경기의 마무리 동작을 하고 있었다. 높이 도약한 그녀는 검 끝을 아래로 향하고, 그대로 상대를 찍어 눌렀다.

방어구는 진짜지만 검은 가짜인지라 검이 박히는 참사는 일어나지 않았다. 하지만 가슴 쪽의 타격감 때문에, 상대는 비틀거리며 뒤로 넘어갔고, 엘라는 그대로 상대의 복부를 무릎으로 찍어 눌러 움직이지 못하게 만들었다.

바흘은 그녀가 루일 거라고 확신했다.

'그래, 루가 여자였을 가능성도 있지.'

생각해 보면 그러한 미모를 가진 자가 여자일 리 없다. 수염 자국 하나 없는 고운 피부와 가늘고 긴 목, 부서질 듯 여린 어깨.

"루가 맞습니다."

관객들의 함성을 뚫고 바흘이 말했다.

바흘은 검에 손을 가져가며 말했다.

"확인을 해 봐야겠습니다."

"바흘."

라일이 말릴 새도 없이 바흘이 경기장을 향해 뛰어나갔다. 라일은 한숨을 내쉬고 그의 뒤를 따라 경기장으로 뛰어내렸다.

갑작스러운 바흘의 난입에, 유진이 벌떡 일어났다.

'바흘? 저 뒤에 따라가는 건 라일인가?'

케이의 현상 수배서가 떠올랐다. 루의 수배서는 보지 못했지만, 루와 케이가 서로 관련이 있다는 걸 저 두 사람은 알고 있었다.

"루!"

그때, 바흘이 루를 향해 외쳤다. 루는 저도 모르게 뒤를 돌아봤고, 바흘의 입가에 서늘한 미소가 떠올랐다.

"역시 너였군."

바흘이 검을 뽑았다. 루는 반사적으로 검을 들어 그의 검을 막아 냈다.

툭—

하지만 루의 검은 장식용이었다. 바흘의 진검을 이겨 낼 수 없었다. 부딪치자마자 루의 검이 반으로 잘려 나갔다.

"바흘, 멈춰요!"

라일이 외쳤다. 하지만 바흘의 귀에는 라일의 외침이 들리지 않았다. 바흘은 루에 대한 배신감에 치를 떨고 있었고, 마침내 발견한 루를 제압할 생각밖에 없었다.

또 다시 내리치는 검을 향해, 루는 팔을 들어올렸다. 텐의 방어구는 예상 외로 강해서 팔 보호대에 부딪친 바흘의 검이 튕겨 나갔다.

'팔 하나 잃을 줄 알았는데. 대단해, 텐.'

그 와중에도 이러한 방어구를 만든 텐에게 감탄했다.

이런 상황을 예상하지 못한 건 아니기에, 루는 당황하지 않고 바흘의 검을 피하며 니아의 위치를 확인했다. 소란이 벌어졌다는 것을 깨달은 니아는, 사람들을 헤치고 어딘가로 향하고 있었다. 이런 경우를 대비해 약속했던 대로, 경기장 입구로 향하는 것이리라.

'니아를 안아 들고 성문 밖으로만 나가면 돼.'

말은 미리 준비해 뒀다.

그때였다.

저 멀리에서 불길한 기척이 느껴진 것은.

루는 눈에 신경을 집중했다. 저 멀리 보이는 관중석에 유진이 있었다. 사람들 사이에 서 있는 유진은, 총을 겨누고 있었다. 라일을 향해.

바흘은 움직여서 쏘기 힘드니, 라일을 공략하려는 생각인 것 같았다. 죽이는 건 아니지만 몸 어딘가에 상처를 입히면, 바흘이 그를 구하느라 루를 내버려 둘 거라고 생각한 것이리라.

하지만 유진의 생각은 틀렸다.

지금 루를 공격하는 바흘의 눈빛은 정상이 아니었다. 그는 공적인 일보다는 개인적인 미움에 루를 공격하는 것처럼 보였다. 그렇지 않다면 수배자가 아닌 루에게, 검을 휘두르진 않았을 것이다. 바흘의 첫 공격에는 살기가 가득 담겨 있었다.

이런 상황에서 라일이 다치면, 바흘은 더 미친 듯이 루를 공격해 올 것이 틀림없었다.

'라일을 구해야 돼.'

루는 바흘의 검을 팔로 걷어 내며 라일을 향해 몸을 날렸다.

탕-

그와 동시에 총소리가 울려 퍼졌다.

"으아!"

"꺄아아아!"

바흘의 공격이 시작되면서부터 환호가 사라지고, 모두 숨죽인 채 느닷없는 싸움을 구경하던 터였다. 고요한 공간에 울려 퍼진 총소리는 몸서리쳐질 만큼 서늘했다.

라일의 어깨를 겨누었던 총알은, 순식간의 그를 막아선 루의 어깨에 박혔다. 하지만 텐의 갑옷은 총알마저 막아 냈다. 멀리서 날아온 총알이라 위력이 떨어지긴 했지만, 그래도 진짜로 총알까지 막아 낼 줄은 몰랐다.

어깨의 상처를 각오했던 루는, 다시 한 번 텐에게 감탄했다.

총성이 바흘의 머리를 식힌 모양이었다. 바흘이 검을 멈췄다.

"루……."

라일이 작은 음성으로 중얼거렸다. 루는 그의 녹빛 눈동자를 보지 않으려고 애쓰며 말했다.

"두 사람에게 입은 은혜는, 방금 당신의 목숨을 구한 것으로 청산하겠습니다. 앞으로는 서로 모르는 척 살아가는 게 좋을 것 같습니다."

"루."

"앞으로 당신들은 내 적입니다. 눈에 띄면, 망설임 없이 베겠습니다."

"이런 건방진!"

욕설을 내뱉으려는 바흘을, 라일이 한 손을 들어 막았다. 이성이 돌아온 바흘은 이를 악 물고 주먹을 꽉 쥐며 뒤로 한 발 물러났다.

"루, 잠깐만 나랑 얘기 좀 해요. 당신을 잡아서 가두려는 게 아니에요."

"난 당신과 할 얘기 없어요."

"루."

라일이 루의 손목을 잡았다.

"루, 제발. 내 마음 알잖아요. 내가 당신을 부당하게 대할 것 같아요?"

애원하는 듯한 그의 음성에, 왈칵 분노가 치밀었다. 아니, 이건 분노가 아니라 슬픔일지도 모르겠다. 이런 상황에서까지 루에게 약해지는 그의 모습을 보는 것이 싫었다.

라일은 좋은 사람이었다.

비록 그가 오르딘 공작의 아들일지라도, 그 사실은 변하지 않았다. 그는 처음 만났을 때부터 지금까지, 루에게 친절하고 다정하고 달콤했다. 루의 매몰찬 행동에도 그의 행동은 변함이 없었다.

그래서 싫었다.

미워해야만 하는 사람인데 미운 마음이 들지 않아서, 밉지 않은 사람이 남의 속도 모르고 애걸복걸해서, 그리고 언젠가는 그 사람이 변할지도 모른다는 두려움이 생겨서.

"당신이 날 어떻게 대하든."

루는 홱 돌아서서 라일의 멱살을 붙잡았다. 돌변한 루의 태도에 라일은 당황한 듯했다.

"그따위 것은 아무래도 상관없어."

루는 그를 경기장의 벽으로 밀어붙였다.

"당신의 마음 역시 나와는 관계없어, 라일. 모르겠어? 나는 당신이 끔찍이도 싫어."

마음에도 없는 말을 내뱉으며, 그를 노려봤다. 그의 녹색 눈동자에 깊은 아픔이 스치고 지나갔지만, 루는 그것을 무시했다.

"당신은 내가 누군지 모르지. 내가 무엇을 하려는지도 모르고. 그러니까 내게 친절할 수 있는 거야. 날 사랑한다고? 글쎄. 난 그 말을 믿을 수가 없는데."

그가 자신을 미워하길 바랐다.

이 순수하고도 뜨거운 남자가 나를 미워한다면, 그를 적으로 돌리는 것도 어렵지 않으리라. 언젠가 그의 목에 검을 겨눌 날이 오더라도, 가슴이 아프지 않으리라.

"당신의 아버지도 내 어머니에게 사랑 타령을 했거든. 빌어먹을 귀족이란 지위를 앞세워서, 내 어머니를 납치해 농락했거든."

"그게 무슨……."

"내 말 끊지 마, 라일. 잘 들어. 당신의 아버지가 내 부모님에게 무슨 짓을 했는지, 내가 왜 이 따위 꼴을 하고 거리를 헤매게 되었는지, 당신은 잘 들어야 돼."

"루……."

"당신의 아버지는 내 어머니를 농락하다가 죽게 만든 걸로도 모자라서, 내 아버지까지 죽였어. 내 아버지는, 그 행복했던 우리의 저택에서 불에 타서 죽었지. 아마 내가 도망치지 않았더라면 당신 아버지는 나까지 죽였을 거야. 아니, 당신 아버지라면 날 죽이지 않고 살려 뒀겠지. 언젠가 이 몸을 농락하게 될 날을 기억하면서."

"……."

"내가 왜 남장을 하는지 궁금했지? 당신 아버지 때문이야. 당신 아버지가 내 어머니에게 딸이 하나 있다는 걸 알고 있었거든. 그래서 남장을 했어. 당신 아버지에게 더럽혀지고 싶지 않아서. 내 부모님을 죽인 그 남자의 눈에 띄고 싶지 않아서."

사파이어 같은 눈동자가 흐려지는 날은 오지 않을 거라 생각했다. 루의 이야기가 계속될수록 빛을 잃는 그의 눈동자를 보는 것이 괴로웠다. 하지만 어쩔 수 없었다. 정을 떼어 내야 했다. 그에게 미움을 받아야만 했다.

"나는 당신 아버지를 죽일 거야. 그거 하나만 생각하면서 살아왔거든. 그러니까 라일."

루는 그의 멱살을 놔주었다.

"이제부터 당신은 내 적이야."

처참한 그의 얼굴을 보고 싶지 않아서, 곧바로 뒤로 돌아섰다. 바흘이 가만히 서서 루를 응시하고 있었다. 루는 살짝 미간을 좁혔다가 가볍게 고개를 숙였다. 어찌되었든 바흘은 한때 루의 스승이었다. 바흘은 아무 반응도 보이지 않았다.

바흘의 뒤로, 어느새 다가온 유진이 보였다.

유진을 보자 울컥 눈물이 날 것만 같았다. 콧등이 시큰거렸다. 간신히 눈물을 삼키고 그에게 말했다.

"가요, 유진."

시간이 흐름을 멎었다.

아니, 어쩌면 모든 것이 똑같은데 나만 멈추어 버린 것인지도 모르겠다.

라일은 멍하니 서 있었다.

독기를 품은 푸른 눈동자가 여전히 눈앞에 남아 있었다. 사랑하는 그 눈동자가 날카로운 칼이 되어 라일의 심장을 찌르고, 또 찔렀다. 어찌나 찔렀는지 더는 찌를 심장도 남아 있지 않다는 생각이 들 정도였다.

'내가 무슨 소릴 들은 거지?'

루의 음성이 만들어 낸 이야기들이 제대로 정리가 되지 않았다.

'내 아버지가 그녀의 어머니를 범하려고 했다고? 그녀의 아버지를 죽였다고? 내 아버지가 누구지? 나는 누구고? 여긴…… 어

디지?'

혼란에서 빠져나올 수가 없었다.

'왜? 대체 뭐지? 내 아버지 때문에 남장을 한 거라고? 내 아버지가 그녀까지 범할까 봐?'

라일에게 있어서 오르딘 공작은 선량하고 좋은 사람이었다. 이유 없이 평민을 괴롭힌 적도 없고, 오르딘 공작부인이 아닌 다른 여자들에게 시선을 준 적도 없었다. 공무로 바쁜 와중에도 틈틈이 가족을 챙기는, 그런 아버지였다.

"라일 님. 일단 자리를 옮기……."

"바흘."

"네, 라일 님."

"루가 한 말이 사실입니까?"

"네?"

"아버지가 그녀의 어머니를 농락했다는 말, 사실인가요?"

"저는 그런 일에 대해서는 잘 알지 못합니다."

"그래요? 그렇다면…… 아버지가 어머니 외의 다른 여자에게 손을 댄 적이 있나요?"

"……저는 그런 일에 대해서는 잘 모릅니다."

순간 바흘이 대답을 머뭇거린 것을, 라일은 놓치지 않았다.

'아아, 그런가.'

라일만 몰랐을 뿐이다.

오르딘 공작의 아들인 라일에게는, 오르딘 공작의 좋은 면들만 보고가 되었다. 오르딘 공작의 또 다른 일면을, 그의 아들인 라일은 알지 못했던 것이다.

'나만 몰랐던 건가?'

아버지이기에, 가족이기에, 라일의 눈과 귀가 멀어 있었다. 라일에게는 최고의 아버지더라도, 다른 이에게는 그렇지 않다는 것을 지금껏 몰랐던 것이다.

손가락 끝이 차갑게 식었다. 다리에 힘이 빠졌지만 간신히 버티고 서 있었다.

"라일 님. 일단 다른 곳으로 옮기시지요. 보는 눈이 많습니다."

바흘이 초조한 듯 라일에게 말했다. 라일은 주먹을 꽉 쥐고 발을 옮겼다. 힘이 빠져나가 걷는 것조차 힘이 들었다.

"루가 거짓말을 한 겁니다, 라일 님."

경기장 밖으로 나왔을 때, 바흘이 말했다.

"루는 여자인데도 남자인 척 하지 않았습니까. 그런 식으로 모두를 속인 여자입니다. 라일 님이 오르딘 공작님의 아들이신 것을 알게 되니, 라일 님의 마음을 혼란스럽게 만들기 위해 거짓말을 한 것일 뿐입니다."

"그렇게 해서 루가 얻는 게 뭔가요?"

"그건……."

"그래요, 루는 여자예요. 그렇다면 그 아름다움을 내세워서 날 유혹해 오르딘 공작의 며느리, 오르딘 백작의 아내가 되는 편이 훨씬 좋지 않을까요?"

"……."

"굳이 나와 아버지를 적으로 삼아, 그녀가 얻는 게 뭐죠?"

"루는 토스카니까, 케이를 지키기 위해 그런 거짓말을 한 거겠죠."

"정말로 그렇게 생각해요, 바흘?"

라일이 걸음을 멈추고 바흘을 돌아봤다. 그를 똑바로 응시하며, 라일이 물었다.

"정말로 그렇게 생각하는 거예요?"

오갈 데 없이 흔들리던 바흘의 눈동자가 옆으로 비껴 지나갔다. 그는 라일을 똑바로 보지 못했다.

그런 그의 태도가 루의 이야기에 진실성을 부여했다. 충성스러운 바흘은 자신의 주인인 라일을 똑바로 보며 거짓말을 할 수는 없었던 것이다.

"그래요, 바흘. 나도 마찬가지예요."

라일은 다시 걸음을 옮겼다. 라일의 얼굴이 서글프게 일그러졌다.

"나도 루가 진실을 말했다고 생각해요."

* * *

"엘라."

선수가 등장하는 문을 통해 경기장 밖으로 나가려던 루는, 뒤에서 들려오는 텐의 목소리에 걸음을 멈췄다.

"아, 텐."

"도망치는 거지?"

"응, 그렇게 됐어. 아, 맞다. 이 갑옷은……."

"그건 그냥 너 가져. 네 몸에 맞춰서 만든 거니까. 그리고 이거."

텐이 주머니를 내밀었다. 안에서 짤랑거리는 소리가 들렸다.

"남은 돈이야."

"고마워."

"그리고 이거."

텐이 옆에 있던 자루를 내밀었다.

"내가 만든 방어구들을 넣어 뒀어. 쓸모가 있을 거야."

"텐……."

"네 덕에 나는 더 유명해질 거야. 고마워할 거 없어."

"그래도 고마워."

"다음에 라판트 시에 오게 되면 또 모델이나 해 줘."

"응, 그럴게. 고마워."

그가 준 자루를 어깨에 짊어지고 걸음을 서둘렀다. 생각지도 못한 텐의 배려가, 라일 때문에 뚫린 가슴을 조금이나마 채워 주었다.

"저런 건 어떻게 알게 된 거야?"

텐의 외모에 긴장하고 있던 유진이 물었다.

"그냥 어쩌다 보니?"

"어쩌다 보는데 저런 거 알게 돼? 저거 사내놈 맞지? 사내놈이 왜 화장을 하고 있는 거야?"

"제가 남장을 하는 거랑 비슷한 이유 아닐까요?"

"비슷한 이유일 리가 없잖아."

경기장 입구에서는 니아가 기다리고 있었다. 유진에게 니아에 대해 가볍게 소개를 하고 성문으로 향했다. 다행히 뒤를 쫓는 사람은 없었지만, 그래도 걸음을 서둘렀다.

유진은 주아 덕분에 루가 이곳에 있다는 것을 알게 되었다고 말했다.

"넌 말이야. 정말로 대책이 없어, 루. 대장이 수배 중인데 모델을 할 생각을 하다니."

"돈이 필요했어요."

"아무리 돈이 필요해도 그렇지! 차라리 용병 의뢰를 받았으면 됐잖아. 굳이 눈에 띄는 일을 했어야 돼?"

"4골드를 받았거든요."

"……."

"유진이라면 안 했겠어요?"

"나라면 안 해."

"거짓말."

"그래, 맞아. 거짓말이야. 이틀 일하고 4골드라면 해야지. 지옥에라도 들어가야지."

"그렇죠?"

루가 유진을 돌아보며 씩 웃었다. 유진은 작게 한숨을 내쉬며 루의 머리를 토닥였다.

"루, 억지로 웃지 마. 억지 미소 보는 취미 없어."

유진은 라일이 루에게 얼마나 잘해 주었는지 알고 있었다. 루에게 있어서 그가 어떤 의미인지도.

그는 남자로만 살아온 루에게 처음으로 여자로서의 즐거움을 알게 해 준 남자였다. 사랑을 받는 기분이 어떤 것인지 알게 해 준 사람이었다.

"라일은 오르딘 공작의 아들이에요."

"그래."

"그래서 그가 싫어요."

"그래."

"끔찍하게 싫어요."

"그래."

자신을 세뇌하듯 중얼거리는 루에게, 무어라 해 줄 말이 없었다. 그래서 유진은 그저 루의 머리를 쓰다듬어 주기만 했다.

이윽고 기분을 가라앉힌 루가 입을 열었다.

"대장은 갑자기 사라졌어요."

"사라졌다고?"

"네. 사실 수도에서……."

루는 유진이 떠난 후에 있었던 일을 이야기했다.

"그래서 수배령이 내린 거예요."

"초상화가 그렇게 붙었으니, 곧 오르딘 공작이랑 티그리스 본부 쪽에서도 대장을 파악하게 되겠군. 그래서 모습을 감추신 건가?"

"아니요, 모습을 감춘 건 아마 창피해서일 걸요."

유진의 짐작에 반박한 것은 니아였다.

"니아, 관둬."

루가 말렸지만 니아는 무시했다.

"사실 케이가 루에게 고백을 했거든요. 사랑한다고. 그러고 나서 도망쳤어요."

"뭐?"

이건 루가 사람들 앞에서 모델을 하고 있었던 것보다 더 경악할 만한 일이었다. 유진은 걸음을 멈추고 루와 니아를 돌아봤다.

"대장이 루한테 사랑 고백을 했다고?"

"그래요. 사랑을 고백하더니 쌩하니 도망쳤어요. 루만 놔두고. 대체 어쩌자는 건지."

"하?"

유진은 기가 막혔다.

수배자가 돼서 방방곡곡에 케이의 얼굴이 알려지는 위태로운 상황인데, 사랑 타령을 해 놓고 도망까지 치다니. 토스카 단원도 아닌 니아가 비아냥거리는 것에 대해 화를 낼 수도 없었다. 유진도 케이가 앞에 있으면 마음껏 비난해 주고 싶은 기분이니까.

"아뇨, 뭐. 도망친 것까진 아닐 거예요. 바쁜 일이 있으셨겠죠."

루가 케이를 위해 변명을 해 주었다.

"바쁜 일은 개뿔. 대체 이 상황에서 바쁜 일이 뭔데?"

"음. 그러게요. 뭘까요?"

루도 거기까지는 생각하지 못했는지, 도리어 유진에게 질문을 던졌다. 유진은 머리를 북북 헝클어뜨리며 고개를 저었다.

"대장은 대체 뭔 생각이야? 이런 상황에서. 아, 그런데 대장이 네가 여자라는 걸 알게 된 거야?"

"……아뇨."

"그럼 네가 남자인데도 고백을 한 거라고?"

"……."

"미쳤구만. 대장이 아주 제대로 미쳤어."

케이를 감싸 주고 싶은데, 적당한 변명거리가 생각나지 않았다. 결국 루는 어색하게 웃을 수밖에 없었다.

"그래서 넌 뭐라고 했어?"

"네?"

"대장이 고백했다면서? 그럼 너도 답을 해 줬을 거 아냐?"

"아…… 전 그냥…… 음. 도망쳤어요."

"그럼 대장은 까였군."

"아니, 그런 게 아니고요."

"아니긴. 고백을 받고 도망쳤으면 거절한 거지, 뭐. 그럼 대장은 까이고 나서 그 쪽팔림에 도망을 친 건가?"

이래서야 감싸 주기는커녕 케이를 점점 더 수렁에 빠뜨리는 것 같다.

"하아. 내가 다 쪽팔리네."

유진이 한 손으로 얼굴을 쓸어내렸다.

"하여간 알겠어. 대장은 네게 고백을 하고 쪽팔려서 도망을 쳤고, 남겨진 너는 여비를 벌기 위해 모델을 했다는 거지."

상황을 정리하는 유진을 보며, 루는 이상하다고 생각했다. 왜 케이가 루에게 사랑 고백을 했다는 사실에 대해서는 놀라워하지 않는 걸까?

고개를 숙이고 한동안 고민을 하던 유진이 말했다.

"어쨌든 해야 할 일을 도중에 관두는 분은 아니니까 남부로 가셨겠지. 옆 마을에서 텐치랑 합류하고, 하루만 쉰 다음에 곧바로 출발하자. 구온 시에 도착할 때까지는 쉼 없이 달릴 거야. 각오해."

* * *

타우아문의 잊힌 땅.

그곳은 정글 깊은 곳에 있었다. 도착할 때까지 수많은 장애물이 있었다. 깊은 늪지와 거대한 짐승들, 곤충과 파충류의 습격. 시카족이 이 지역을 잘 알고 있지 않았더라면, 도착할 때까지 상당히 오랜 시간이 걸렸을 것이다.

타우아문의 잊힌 땅이라는 걸 알 수 있는 표시는 없었다. 다만 한 발 더 내딛으려 했을 때, 뭔가가 그들의 앞을 막았다. 보이지 않는 장벽이 펼쳐진 것 같았다.

케이는 손을 뻗었다. 역시 무언가가 앞에 존재했다.

"여긴가 보군."

"이게 뭘까요?"

히센이 케이의 옆으로 다가와 앞을 막아선 것을 더듬으며 중얼거렸다.

"글쎄."

케이는 그것에 손을 댄 채 가만히 서 있었다.

"들어가기 힘들어요. 대부분 못 들어가고, 간신히 들어간다고 해도 나오지 못했죠. 여긴 포기하는 게 좋아요."

걱정스러운 표정으로 서 있던 쥬엔이 말했다. 하지만 케이는 계속 거기에 손을 대고 있었다.

"우리는 이보다 더 심한 것들도 이겨 왔어. 이거라고 못 할 것 같냐, 계집?"

쿠반이 끼어들었지만 쥬엔은 "흥."하고는 그의 말을 무시했다. 얼굴이 붉게 달아오른 쿠반이 무어라 욕설을 내뱉으려다가, 족장인 뮈르와 눈이 마주치자 입을 다물었다.

"마법이다."

이윽고 케이가 입을 열었다.

"굉장한 현혹 마법이군. 아무래도 드래곤이 걸어 둔 마법 같은데."

"드래곤의 마법이라니. 라크일까요?"

와칸이 물었다.

"글쎄. 오래 전에 걸린 마법인 것 같아. 다른 드래곤일 수도 있지."

"드래곤의 마법이라면 깨기 힘든 것 아닙니까?"

"마법은 시간이 지날수록 약해지게 되어 있어. 무엇에 마법을 걸어 뒀는지 알면 깰 수 있다. 슬슬 마력도 돌아오는 참이니, 내일쯤이면 들어갈 수 있겠군."

"우리가 준비해야 할 건 없수?"

쿠반의 질문에 케이가 고개를 저었다.

"나 혼자 간다."

"뭐요?"

"왜요?"

"안 돼요, 대장."

토스카 단원들이 반대했지만 케이는 완고하게 말했다.

"오래된 마법이라고 해도 드래곤의 마법이다. 너희는 여기에 걸려 있는 현혹 마법을 이길 수 없어."

* * *

마을 앞에 한 청년과 크고 풍성한 흰 무언가가 있었다. 가까이 갈수록 그들의 모습이 또렷하게 보였다. 텐치와 주아였다.

루를 알아본 주아가 달려와, 루가 타고 있는 말 옆에서 컹컹 짖었다. 루는 말에서 내려 주아의 머리를 쓰다듬으며 걸었다.

"루, 오랜만이야!"

텐치가 반가운 목소리로 외치며 달려왔다.

"텐치."

"이제 우리랑 같이 가는 거야? 저 애는 누구야? 대장은 어디 있어? 우와, 그런데 이 가슴은 대체 어떻게 이렇게 진짜처럼 만든……."

쉴 새 없이 질문을 퍼부으며 루의 가슴을 덥석 움켜쥔 텐치가 그대로 굳어 버렸다. 굳은 건 텐치만이 아니었다. 유진도, 루도, 심지어 주아까지도 굳었다. 앞을 볼 수 없는 니아만이, 갑자기 흐르는 정적에 당황하고 있었다.

'이런.'

다들 루가 여자라는 걸 알고 있는 상황이라서, 텐치는 아직 모르고 있다는 걸 생각하지 못했다. 도망치느라 바쁘기도 한 터라 여장을 한 모습 그대로 말을 타고 이곳까지 달려온 터였다.

"진짜……."

텐치가 루의 가슴을 움켜쥔 채 중얼거렸다.

"진짜 가슴……."

텐치의 손에서 힘이 빠져나갔다. 그는 덜덜 떨며 뒷걸음질을 치다가, 루의 가슴에 닿았던 손을 하늘 높이 들어 올리며 절규했다.

"진짜 가슴이잖아아아아아!"

혼란에 빠진 텐치는 자기가 무슨 짓을 하는지도 깨닫지 못한 것 같았다.

"진짜 가슴! 진짜 가슴이야! 진짜 가슴이라고오오오!"

퍽—

보다 못한 유진이 텐치의 뒤통수를 가격했다.

"으악! 아파요, 형님!"

텐치가 하늘 높이 올리고 있던 손으로 뒤통수를 감싸며 외쳤다.

"시끄러, 텐치. 진정해."

"하, 하지만! 하지만 진짜! 진짜 가슴이라고요! 진짜 여자 가슴! 진짜 살! 따뜻하고 부드럽고! 몽실몽실!"

"그만해, 이 자식아! 그렇게 상세하게 설명할 거 없잖아! 그리고 너도 그래, 루. 제발 이런 상황에서는 여자답게 꺅 하고 비명을 지르든가, 뺨이라도 갈기든가 하라고!"

"아하하하."

루는 어색하게 웃었다. 그런 반응을 보이라니. 무리다.

"어떻게 된 거야, 루? 정말로 따뜻하고 몽실몽실이라고. 그 가슴 대체 뭐야? 마법이라도 걸린 거야? 대장이 마법을 걸었어? 드디어 미쳐서 널 여자로 만드신 거야?"

"……아니, 그건 아니고."

"그럼 대체 그 가슴은 왜 그렇게 풍만하고 몽실몽실……."

퍽-

"빌어먹을 몽실몽실 소리 좀 그만해, 텐치."

"형님이야 말로 그만 좀 때려요! 왜 이렇게 세게 때리는 거야?"

"네가 자꾸 몽실몽실 타령을 하니까 그렇지!"

"하지만 진짜로 몽실몽실하단 말이에요. 형님도 한번 만져 보라고요!"

"내가 왜 만져?"

"만져 보면 형님도 저절로 몽실몽실이란 말이 튀어나올걸요! 저 가슴 진짜로……."

"진짜 가슴이야, 텐치."

텐치를 진정시키지 않으면 평생 몽실몽실이란 말을 듣게 생겼다. 루는 담담한 목소리로 말했다.

"이거 진짜 가슴이야."

두 손으로 가슴 아래를 받치며 말했다. 유진이 두 손으로 머리를 쥐어뜯었다.

"제발, 루! 그런 포즈 취하지 마! 제발 네가 여자라는 걸 자각하라고!"

"그래, 맞아! 대체 여자애가 왜 그렇게 경박스럽…… 여자? 진짜 여자라니? 형님, 그게 뭔 말이에요?"

유진을 두둔하려던 텐치가 고개를 갸우뚱했다.

"그러니까 텐치."

몽실몽실 때문에 혼란에 빠진 듯한 유진을 대신해서, 루가 말했다.

"나, 사실 여자야."

"하하하하하하하."

텐치가 웃음을 터뜨렸다.

"그게 무슨 말이야. 네가 왜 여자야? 너는 나랑 같은……."

거기까지 말한 텐치가 입을 다물었다. 아마도 '넌 나랑 같은 게 달렸잖아.'라는 말을 하려다가, 그걸 본 적 없다는 걸 깨달은 것이리라. 하지만 루의 가슴에 달린 두 개의 둔덕은, 실제로 텐치의 눈앞에 펼쳐져 있었다.

"여자야?"

"응."

"정말로 진짜로 여자? 태어날 때부터 여자? 단 한 번도 남자인 적 없는 여자?"

"응."

"어. 그럼…… 그렇게 예쁜 이유도 여자라서였던 거야?"

"아마도?"

"그럼 난 지금 진짜로 여자 가슴을 만진 거네?"

"응."

"넌 내 친구잖아. 그럼 난 친구인 여자의 가슴을 만진 파렴치한인 거네?"

"아니, 뭐. 파렴치한까지는 아니고."

"으아!"

텐치가 루의 가슴을 만졌던 손을 다시 들어 올렸다.

"으아아아아! 친구인 여자의 가슴을 만지고 말았어어어어어!"

비명 같은 소리를 내지른 텐치는, 루가 붙잡을 틈도 없이 마을을 향해 도망쳤다. 루가 어쩌냐는 듯 유진을 돌아봤다. 유진은 몽실몽실의 충격에서 헤어 나오기 힘든 듯, 루의 얼굴을 똑바로 보지 못했다.

"하여간, 사내들이란."

니아가 중얼거리며 키득키득 웃었다. 그제야 정신을 차린 유진이 니아를 노려봤다.

"맹세코 나는 루의 가슴을 보면서 만지고 싶다거나, 몽실몽실하다거나, 하는 생각을 한 적이 한 번도 없어."

이 남자고 저 남자고 몽실몽실 타령을 해 대니, 루도 슬슬 부끄러워지기 시작했다. 이 몽실몽실 타령을 멈추게 해야겠다.

"유진, 여관 위치나 알려 줘요. 몽실몽실은 이제 그만하시고."

"텐치. 들어가도 돼?"

텐치가 묵는 방 앞에 서서 물었다.

"안 돼, 루. 난 네 몽실몽실한 가슴을 만져 버린 파렴치한이라고!"

"들어간다."

루는 벌컥 문을 열었다. 텐치는 여전히 루의 가슴을 만졌던 손을 하늘 높이 치켜들고 침대에 서 있었다. 혼란에 빠진 그를 보니 피식 웃음이 나왔다.

가슴 좀 만진 게 뭐가 대수라고. 그동안 속인 걸 화내야 할 판에, 실수로 가슴 만진 것 가지고 어쩔 줄을 몰라 하는 텐치가 좋왔다.

"그동안 속여서 미안해, 텐치. 나는 사실 여자야."

"그래, 넌 사실 여자고, 난 네 몽실……."

"그 몽실 타령 한 번만 더 하면 베어 버린다."

"너무해."

"그 손 좀 내리고. 정신 사나우니까."

"대장 노릇 하더니 성격이 나빠졌어. 유진 형님을 닮아 가는 것 같아, 루."

텐치가 투덜거리며 손을 내렸다.

"대체 왜 남장을 하고 다닌 거야? 그렇게 예쁘게 생겼으면서."

루는 여자라는 걸 들킬 때마다 해야 했던 이야기를, 텐치에게도 들려주었다. 오르딘 공작과 부모님에 얽힌, 반복하는 것이 즐겁지 않은 이야기.

이야기가 진행될수록 텐치의 눈썹 끝이 아래로 내려갔다. 루가 얘기를 끝냈을 때, 텐치의 눈에는 눈물이 고여 있었다.

"고생 많았겠다, 루."

"살 만했어."

"아냐, 여자애가 남자인 척 하면서 사는 게 쉬울 리 없잖아. 너도 예쁜 옷 입고 사랑 받고 싶었을 텐데."

예쁜 옷 같은 건 애초에 관심도 없었다. 여자라는 걸 들킬 때마다 그런 부분에 대해 걱정해 주는 토스카 단원들의 마음 씀씀이가 고마웠다.

"그래, 어쩐지 수상하긴 했어. 너처럼 예쁜 남자가 있을 리가 없거든. 히센도 예쁘장하긴 하지만 그래도 남자라는 걸 알 수는 있잖아. 그런데 넌 어딜 봐도 여자처럼 생겼었어. 그래서 여자가 아닐까 하고 의심하긴 했는데."

"아니, 네가 제일 의심 안 했던 것 같은데."

루가 여자라는 걸 알게 된 사람들 중, 텐치의 반응이 제일 격했다. 물론 루의 가슴을 만지는 바람에, 더 격해진 것일지도 모르지만.

"아무튼 네가 여자라는 걸 알았으니, 내가 앞으로 널 보호해 줄게."

"그러지 않아도 돼."

"그러지 않아도 된다니! 넌 내 친구잖아! 게다가 여자고! 그 몽실몽실한 가슴은 내가 지켜!"

"……어, 그래."

"그 누구도 네 몽실몽실한 가슴에 손가락 하나 대지 못하게 해줄게!"

"그런 건 아무래도 좋거든."

"넌 말이야, 루. 여자라는 자각이 필요해. 여자들은 가슴뿐 아니라 눈만 마주쳐도 비명을 질러 댄다고."

"넌 대체 어떤 여자들을 만나 온 거야?"

"너도 누가 네 가슴을 만지면 비명을 질러! 소리를 치란 말이야!"

"노력은 해 볼게."

"그 몽실몽실한……."

"텐치."

"응?"

"한 번만 더 몽실몽실이란 말을 꺼내면, 진짜로 베어 버릴 거야."

루의 살기에 텐치가 하하하 웃었다.

"알겠어, 알겠어. 이제 안 그럴게. 하지만 진짜로……."

"텐치!"

"하하하하하."

다행이다.

여자라는 걸 알았어도 텐치의 행동에는 변화가 없었다.

"그럼 텐치. 난 가서 옷 좀 갈아입을게. 이따 같이 저녁 먹자."

"그래, 루. 아참, 루."

돌아서는 루를, 텐치가 불러 세웠다. 루는 문고리를 손에 쥐고 텐치를 돌아봤다.

"응?"

"너네 부모님 말이야. 무덤은 만들었어?"

"……아니."

생각지도 못한 질문을 받았다.

부모님의 죽음은 갑작스러웠고, 그후 쫓기느라 무덤 생각은 해 보지도 못했다. 루의 머릿속에는 그저 오르딘 공작에게 복수해야 한다는 생각뿐이었다.

"그래. 그럼 우리, 오르딘 공작을 죽인 다음에 네 부모님의 시신을 찾으러 가자. 근사한 무덤을 만들어 드리는 거야."

휙 돌아섰다.

"응."

참을 새도 없이 눈물이 흘러내렸기 때문이다. 지금껏 잘 참아 왔는데, 텐치의 다정함이 꾹꾹 눌러놨던 눈물을 터뜨려 버렸다.

"응, 고마워, 텐치."

목이 메었지만 간신히 감사 인사를 건넸다. 형편없이 떨리는 목소리였을 텐데도, 텐치는 비웃지 않았다.

그런 텐치가, 루는 몹시도 좋았다.

* * *

이럴 때는 기절이라도 하고 싶다고, 가터 백작은 생각했다.

비비안이 집을 나간 후, 남몰래 그녀의 자취를 쫓았다. 케이를 따라가 잘 지내고 있을 거라는 보고를 받게 될 줄 알았다. 하지만 아니었다.

수도에서의 비비안은 구온 시에 있을 때와 완전히 달랐다. 그녀는 마치 유곽의 여인처럼 행동하고 있었다. 게다가 케이에게 버림을 받기까지 했단다.

두 손으로 얼굴을 감쌌다.

믿을 수가 없었다. 비비안은 영특한 아이였다. 귀족가의 여인들이 자유연애를 부르짖으며, 결혼하지도 않을 남자들과 놀아날 때에도 비비안은 정숙했다. 의학에 관심이 많고 남을 돕는 비비안은 가터 백작의 자랑거리였다.

그런 그녀가 남자 하나 때문에 그렇게까지 변하다니.

'내 잘못인가? 내가 욕심이 많았나?'

케이를 얻으면 언젠가 티그리스 역시 이 손에 들어올 거라고 생각했다. 많이 알려져 있지는 않지만, 오르딘 공작이 손에 넣은 그 티그리스를 가터 백작 역시 가질 수 있으리라 생각했다.

'케이를 믿은 게 잘못이었나?'

그는 비비안에게 조금도 관심이 없어 보였다. 하지만 그를 도우며 비비안과 만날 일을 자주 만들면, 그의 마음이 열릴 줄 알았다.

"헤다인."

충실하게 옆에 서 있는 헤다인을 불렀다.

"수도에 가서 비비안을 데려오게."

* * *

몸 안에는 마력이 충분했다.

케이는 손을 뻗어 앞을 가로막은 막을 만졌다. 보이지는 않아도 단단한 막이 침입자를 밀어내려 하고 있었다. 마치 생명을 가진 듯, 손을 대고 있는 시간이 길어질수록 막이 밀어내는 힘도 강해졌다.

모두의 걱정스러운 시선이 느껴졌다.

사실 케이도 이 안에 들어갔을 때 무슨 일이 벌어질지 정확히는 알 수 없었다. 아무리 오래되었다고 해도 드래곤의 마법이다. 마법에 걸린 물건을 찾아, 그 마법을 깨뜨리는 일은 쉽지 않을 것이다.

하지만 해야만 한다. 이 지역을 깨끗이 정복하지 않으면, 오르딘 공작을 상대하기 힘들다.

"20일."

케이가 입을 열었다.

"20일 후에도 내가 돌아오지 않는다면, 이 지역을 포기하고 다른 방법을 강구해라. 아니, 티그리스의 탈환을 포기해."

"대장!"

"부탁이 있다면 루를 도와서 오르딘 공작만큼은 죽여 줬으면 좋겠군."

"대장, 다시 한 번 생각해 보는 게 좋지 않겠습니까?"

와칸이 말했지만 케이는 가볍게 고개를 저었다.

"내가 이 지역조차 정복하지 못한다면, 나는 너희의 대장이 될 자격이 없다는 거겠지. 다녀오마."

보이지 않는 막에 댄 손을 꾸욱 눌렀다. 그러자 케이의 손이 막의 건너편으로 쑤욱 들어갔다. 그리고 나머지 부분도 막 안으로 들어가게 되었다.

밖에서 볼 때는 케이가 평범하게 걸어가고 있는 것으로만 보였다. 와칸이 반사적으로 케이의 뒤를 따라 들어가려 했지만, 보이지 않는 막이 그의 앞을 막았다. 토스카 단원들은 자신들의 대장이 뒤도 돌아보지 않고 어두운 정글 안으로 걸어가는 것을 지켜보는 수밖에 없었다. 이윽고 케이의 모습이 나무에 가려져 보이지 않게 되었다.

그러한 모습을, 라크는 팔짱을 끼고 지켜보고 있었다.

이 정글에 걸린 마법은 라크의 마법이 아니었다. 오래 전 언젠가, 성질 나쁜 친구가 걸어 둔 마법.

'깨기 쉽지 않을 텐데.'

인간들에게는 이 마법이 타우아문의 왕이 자식을 죽여서 내려진 저주라고 생각하지만, 사실 이곳은 드래곤의 무덤이었다. 타우아문이란 나라가 있었던 것은 사실이지만 저주를 받을 만한 짓을 하지는 않았다. 그저 성질 나쁜 친구가 죽기 전 온 힘을 다해 차단과 현혹의 마법을 걸어, 아무도 나가지 못하고 들어오지 못하게 한 후 자신의 무덤으로 삼은 것이다.

'도와주진 않을 거야, 반푼이. 노력해 봐.'

라크는 자신도 죽어 가고 있음을 느끼고 있었다. 드래곤은 지상에 존재하는 가장 완벽한 존재이지만, 한 가지 금제가 있었다.

거짓말을 하면 안 된다는 것.

가장 강한 힘을 얻게 된 대신에, 거짓말을 할 때마다 수명이 깎이고 육체가 부서진다. 안 그래도 얼마 남지 않은 라크의 생명은,

케이와 루를 만난 후 거짓말을 몇 번 하는 바람에 서서히 깎여 나가고 있었다.

'하지만 후회하지 않아.'

라크는 그곳을 벗어났다.

'그러니까 내가 죽기 전에, 얼른 재미있는 모습을 보여 달라고. 내 거짓말이 가치를 잃지 않도록.'

'굉장하군.'

케이는 성큼성큼 걸어가며 주위를 둘러봤다.

보이지 않는 막 너머는 놀라울 정도로 마력이 가득했다. 풍부한 마력에 숨이 막힐 지경이었다.

'이건 티그리스의 영지에 있는 마력 이상이야.'

굳이 마력을 채우고 들어올 필요가 없었다. 텅 빈 상태로 들어왔어도 반나절 만에 가득 채워졌으리라.

얼마나 걸어 들어왔을까.

한참을 걸어온 것 같은데 같은 곳을 걷는 기분이 들었다. 게다가 정오쯤에 들어왔는데 해가 지는 기미를 보이지 않았다. 태양의 상태를 확인해 보기 위해 고개를 들려고 할 때였다.

맞은편에서 바스락거리는 소리가 들렸다.

'짐승인가?'

인간이 있을 리 없다. 그래도 혹시 몰라, 허리춤의 단검에 손을 가져갔다.

바스락-

바스락-

무성한 수풀을 헤치고 무언가가 이곳으로 다가오고 있었다. 빠르지도, 느리지도 않은 속도였다. 케이는 눈이 아플 정도로 그쪽을 노려봤다. 이윽고 이쪽으로 다가오던 것의 정체가 드러났다.

상대를 보는 순간, 빼 들고 있던 단검을 툭 떨어뜨리고 말았다. 케이의 눈이 휘둥그레 커졌고, 붉은 입술이 벌어지며 쉰 음성이 흘러나왔다.

"아버지?"

선대 검은 호랑이이자 케이의 아버지인 스메르츠가 놀란 케이를 보며 빙그레 웃었다.

"아스. 왜 그렇게 놀란 거니?"

"아버지, 살아 계셨습니까?"

"응? 그게 무슨 소리지?"

"아뇨, 그게……."

"이리 오렴. 네게 화염구를 만들어 내는 마법을 가르쳐 주마."

스메르츠가 두 팔을 벌렸다. 어서 와서 안기라는 듯이. 마치 7살짜리 어린아이를 대하는 듯한 태도였다.

케이는 인상을 찌푸렸다.

'어떻게 된 거지?'

무언가 잘못되었다.

아버지가 살아있을 리 없었다. 그의 죽음을, 넝마가 된 그의 시신을, 케이는 두 눈으로 똑똑히 확인했다.

'제길. 현혹 마법에 걸린 모양이군.'

현혹 마법의 기운을 느끼지도 못했다. 역시 드래곤의 마법이다.

"꺼져. 네놈이 진짜가 아니라는 걸 알고 있으니까."

으르렁거리듯 말했다. 스메르츠가 눈을 크게 떴다가 살짝 미간을 좁혔다.

"이 녀석. 아빠한테 그게 무슨 말버릇이야?"

"내 앞에서 사라지라고."

"왜 그렇게 화가 난 거지? 아빠가 어제 약속을 못 지켜서 그래?"

"시끄러."

"미안하다, 미안해. 금방 돌아올 줄 알았는데, 말 귀에 벌레가 들어가는 바람에 야단이 나서 일정이 조금 늦어졌어. 대신에 내일 파믈문에 데리고 가 줄게."

파믈문은 오르딘 공작령에 속한 도시로, 각종 무기와 마법 도구들을 파는 큰 도시였다.

"내가 거길 왜 가?"

"거기서 마법 도구들을 사고 싶다면서? 수정구를 다루는 법도 배우고."

"내가 언제……."

거기까지 말하고 입을 다물었다.

그러고 보니, 오래 전에 그런 말을 한 적이 있었다. 수정구를 다루는 마법사들은 많지 않은데, 그걸 배워 두면 쓸모가 있을 것 같았다. 게다가 투명한 수정구로 마법을 만들어 내고 먼 곳의 일을 보는 모습이, 어린 마음에 무척 멋있어 보였다.

'어린 마음?'

의아하게 생각하며 고개를 숙였다.

'왜 이러지?'

정글이어야 했다. 하지만 바닥에 보이는 건 적갈색 양탄자였다. 번쩍 고개를 들었더니, 스메르츠의 뒤로 방문이 보였다. 눈에 익은 방문이었다. 어린 시절에 살았던 저택, 케이의 방.

케이는 혼란에 빠져 주위를 둘러봤다.

창문이 있고, 침대가 있었다. 여기저기 흩어진 장난감 같은 마법 도구들도 눈에 들어왔다.

스메르츠가 다가오는 바람에, 저도 모르게 뒷걸음질을 쳤다. 하지만 스메르츠는 그럴 줄 알았다는 듯 단숨에 걸어와 케이를 꽉 끌어안았다.

"아스, 요 녀석아. 아빠 서운하게 자꾸 피할 거야?"

그리운 향기가 났다.

"아버지……."

"너, 인마. 아빠가 약속 좀 못 지켰다고 못되게 굴기 있어, 없어?"

"하지만 분명 어제 아침에 도착하실 거라고 하셨잖아요. 다른 애들한테도 엄청 자랑해 놨는데. 유진이 얼마나 놀렸는지 아세요?"

흘러나온 목소리는 20대 사내의 것이 아니었다. 어린아이의 목소리였다.

"유진 고 녀석이 또 놀리든?"

"걔는 날 놀리는 재미로 사는 것 같아요."

"혼내 줘야겠네."

"됐어요. 혼내는 건 내가 할 거예요."

"하하하. 유진을 이길 수나 있겠어?"

"걘 마법을 사용하지 못하잖아요."

"하지만 네가 말발이 딸리잖아. 유진은 나도 못 이기겠더라."

괜히 눈물이 나왔다.

왜일까?

아버지가 고작 하루 늦게 도착하신 것뿐인데, 왜 이렇게 가슴이 미어지는 걸까? 어린 나이에 상상도 못 해 본 강렬한 아픔이 심장을 쑤셨다.

케이는 아버지의 넓은 가슴에 얼굴을 묻고, 크게 숨을 들이마셨다. 아버지의 향기다.

파믈문 시 방문은 상상 이상으로 즐거웠다. 필요했던 마법 도구들과 수정구를 산 것도 좋았고, 파란 보석을 발견한 것도 좋았다.

파란 보석.

깨끗한 호수를 들여다보는 듯 투명한, 푸른 눈동자.

티그리스 단원들과 거리를 걷다가 발견한 눈동자는, 시리도록 아름다웠다. 구경꾼들 사이에 섞여 있는데도 단번에 찾아냈고,

보는 순간 사로잡혔다.

물빛 눈동자는 흔들림 없이 케이를 응시하고 있었다. 자그마한 얼굴과 오뚝한 코, 체리처럼 붉고 도톰한 입술에서 눈을 뗄 수가 없었다.

"파믈문 시는 재미있었습니까?"

티그리스 본부 근처에 있는 저택에 돌아온 후에도, 케이는 그 눈동자를 잊을 수가 없었다. 보석 같은 푸른 눈동자는 케이의 뇌리에 선명하게 각인되어 있었다.

수정구 위에 손을 올린 채로 와칸을 응시했다. 어릴 적부터 쭉 함께 해 온 와칸은 언젠가부터 케이에게 정중한 존댓말을 사용했다. 와칸과 같은 입장인 쿠반이나 유진, 휴이는 여전히 친구처럼 행동하는데, 와칸만 이렇게 정중한 이유를 알 수가 없다.

언젠가 티그리스의 검은 호랑이가 될 날이 오겠지만, 아버지는 아직 건재하다. 그럴 날은 아주 오랜 후에나 올 것이다. 그때까지는 친구처럼 지내면 좋으련만.

"이걸 구했어. 유명한 수정술사가 가지고 있던 거래."

"흐음. 수정술이라면…… 먼 곳에서 벌어지는 일을 알 수 있는 마법이었지요?"

"응. 가끔은 상대의 미래도 볼 수 있고."

"그렇군요."

"게다가 보석을 하나 봤어."

"보석이요?"

"아주 새파란 보석이었어. 가지고 싶더라."

"파란 보석이라면…… 사파이어입니까?"

"아니. 눈동자."

와칸이 미간을 좁혔다. 케이와는 같은 나이인데도, 도저히 그렇게 보이지 않는 어른스러운 행동이었다. 애늙은이 같은 그 행동은, 와칸과 무척 잘 어울렸다.

"사람의 눈동자를 욕심내는 마음은 덮어 두시는 것이 좋겠습니다."

"하지만 태어나서 처음으로 손에 넣고 싶다는 생각이 들더라."

"관두세요, 아스."

"네가 반말 사용하면."

"네?"

"네가 전처럼 날 대하면, 그 아이를 납치해 오려고 했던 계획은 관둘게."

"벌써 그런 계획을 세우신 겁니까?"

"보자마자 세울 수밖에 없었어. 너도 보면 가지고 싶어질걸."

"하아."

와칸이 어깨가 들썩거릴 정도로 한숨을 내쉬었다.

"언젠가 말이야."

케이는 와칸의 한숨을 모르는 척 하며 방에 드러누웠다. 은빛 머리카락이 케이의 반듯한 이마 옆으로 흘러내렸다.

"그 애를 다시 만날 수 있으면 좋겠어. 그러면…… 내가 정말로 아껴 줄 텐데."

케이는 눈을 감았다.

그러자 한 여인의 모습이 떠올랐다. 아니, 어쩌면 청년일지도 모르겠다. 백옥처럼 흰 피부와 조각처럼 선이 고운 얼굴, 그리고 새파란 눈동자와 새까만 머리카락을 가진 인물이었다. 사내 같은 차림새를 하고 있는데, 얼굴은 영락없는 여인이다.

*—대장.*

그녀의 도톰한 입술이 벌어지며 허스키한 음성을 만들어 냈다. 아니, 그녀가 아니라 그인가.

케이는 눈을 번쩍 떴다.

와칸이 이상하다는 듯 케이를 보고 있었다.

"왜 그러십니까?"

"어? 아니. 뭔가를 봤는데."

다시 보고 싶었다.

그 음성이, 눈동자가, 그 아름다운 얼굴이 말도 못 하게 그리웠다. 아는 사람도 아닌데, 왜 이리도 보고 싶은 건지. 어찌 이리도 안고 싶다는 마음이 드는 건지 모르겠다.

그리하여 다시 한 번 눈을 감았지만, 이번에는 그저 캄캄할 뿐이었다.

"아니, 아무 것도 아냐."

케이는 다시 눈을 뜨고 중얼거렸다.

"내가 뭔가 잘못 봤나 봐."

* * *

후텁지근한 정글에는 일주일 째 비가 내리고 있었다. 케이가 떨어뜨린 단검은 비에 젖어 흐르는 진흙에 묻혀 보이지 않게 되었다. 그리고 케이는 단검을 떨어뜨린 자세 그대로 굳어 있었다. 마치 그대로 석상이 되어 버린 듯이.

은빛 머리카락은 물에 흠뻑 젖었고, 부릅뜬 눈으로 빗물이 흘러들어 갔다. 그러나 마법에 사로잡힌 케이는 꼼짝도 하지 않았다. 육체만 남고 그 안에 담겨 있는 영혼은 사라진 것 같은 모양새였다.

안쪽의 상황을 모르는 와칸은 잠도 자지 않고 막을 노려보고 있었다. 케이가 들어간 지 일주일이 지났다.

아무리 위험하다고는 해도, 케이라면 며칠 만에 멀쩡한 모습으로 돌아올 거라 생각했다. 이러니저러니 해도 토스카 단원들은 케이를 믿고 있었다. 하지만 일주일 동안 소식이 없다. 들어가 볼 수도 없으니 답답해서 견딜 수가 없다.

"좀 자라, 와칸."

이른 아침, 하품을 하며 나온 쿠반이 와칸의 어깨에 손을 얹으며 말했다.

"조금 더 있다가."

"네가 여기 서 있다고 해서 대장이 빨리 나오는 건 아니잖냐."

"그러는 넌 왜 이런 시간부터 나온 거냐?"

"요새 불면증이라서."

"웃기는 소리를 하는군."

누구보다도 본능에 충실한 쿠반이, 최근에는 3시간도 제대로 못 자는 이유는 케이가 걱정되기 때문일 것이다. 와칸과 쿠반뿐 아니라 휴이와 히센도 마찬가지였다.

"이제 고작 일주일 지났어. 대장은 20일은 기다려 보라고 했고. 대장이 말한 기한에서 반도 안 지났으니까, 일단 밥 먹고 잠 좀 자. 네놈이 먼저 쓰러지겠다."

"그래."라고 대답하면서도, 와칸은 꿈쩍도 하지 않았다. 쿠반은 어쩔 수 없다는 듯 어깨를 으쓱하곤 와칸의 옆에서 자리를 지켰다.

저 안에서는 무슨 일이 벌어지고 있을까.

케이는 선대 검은 호랑이조차도 '나보다 강하다.'라고 인정할 만큼 대단한 마법사였다. 그런 케이가 일주일 동안 소식이 없다는 건, 이 마법이 생각보다 훨씬 더 강하다는 걸 의미했다.

"드래곤은 드래곤인가 보다. 라크가 도와주면 좋을 텐데."

쿠반이 담배를 입에 물며 중얼거렸다.

"드래곤은 도와줄 땐 반드시 대가를 요구한다고 하더군."

"그래? 그럼 루는 뭘 치른 거지?"

와칸이 쿠반 쪽으로 고개를 돌렸다.

"왜?"

"그렇군. 루가 라크에게 부탁해서, 대장이 티그리스의 추적 마법에서 벗어나게 된 거지."

"응. 뭘 대가로 줬을까? 루가 가진 건 그렇게 많지 않은데."

"그러게."

"설마 생명의 반을 줬다든가, 하는 건 아니겠지?"

"아무리 드래곤이라도 인간의 생명을 가지고 가진 못하겠지."

"하긴. 죽음은 신의 영역이니까. 그럼 뭐지? 대체 뭘 대가로 치른 거지?"

"쿠반 형님을 드리겠습니다, 라면 좋을 텐데."

"루가 날 팔아넘겼을 리 없어."

"아니, 난 충분히 가능한 일이라고 본다. 너는 어디를 봐도 쓸모없는 놈이니까."

"너 진짜 말이 심하다? 내가 없으면 토스카가 돌아갈 것 같냐?"

"이쯤에서 우린 진지하게 네 가치에 대해 논할 필요가 있다고 본다."

와칸이 짐짓 심각하게 말했다.

"검은 나와 루가 잘 다루지. 휴이는 요리를 잘하고, 유진은 총을 잘 쏘고 머리가 좋아. 히센은 기계를 잘 다루고, 나즐은 남의 마음을 읽는 장사꾼이지. 알리는 치유력이 있고."

"야, 그렇게 따지면 텐치도 쓸모가 없거든?"

"아니, 텐치는 너보다 싹싹하고 남을 기쁘게 해 주고 귀여워."
"나도 귀엽고자 마음먹으면 얼마든지 귀여워질 수 있어!"
"미쳤냐? 절대 보고 싶지 않다."
"아니, 봐! 똑바로 보고 내 귀여움에 탄복하도록 해!"
"시끄러워요!"
뒤에서 나직한 외침이 들려왔다. 쥬엔의 목소리였다. 쿠반이 어깨를 움츠렸다.
"당신이 귀여울 리 없잖아요. 쓸데없는 짓 하지 말고 나가서 마른 장작이나 찾아와요. 오늘은 당신이 장작 담당이라는 걸 잊었어요?"
"야, 계집. 너 요새 나한테 너무 막하는 거 아니냐? 내가 네 목 하나 못 딸 것 같냐?"
쿠반이 으르렁거리며 협박하듯 말했지만, 쥬엔은 대꾸하지 않고 정글 쪽을 가리켰다. 닥치고 네 할 일이나 하라는 뜻이었다.
당장이라도 쥬엔을 잡아먹을 듯 콧등을 찡그리던 쿠반은, 그녀의 뒤로 보이는 뮈르를 발견했다.
"쳇."
혀를 찬 쿠반은 순순히 마른 장작을 주우러 갔다.

쿠반이 떠난 후, 쥬엔이 와칸의 옆에 와서 섰다.
"아직 아무 소식도 없나요?"
"응."

"걱정이네요. 아무리 케이라지만 이 마법을 풀긴 힘들 것 같은데."

"언제까지 쿠반을 안달하게 할 생각이지?"

와칸의 날카로운 지적에 쥬엔이 피식 웃었다.

"내 이름을 제대로 불러 줄 때까지."

"쿠반은 원래 여자 이름 안 불러."

"그럼 케이는 원래 사내에게 다정하게 대하는 사람이었던가요?"

되묻는 쥬엔의 말에 대꾸할 말을 찾을 수가 없었다.

"원래라는 게 어디 있어요. 누구나 변하는 법이고, 상대에 따라 달라지는 법이죠. 당신들의 대장은 이상하게도 루에게만 다정하죠. 나는 쿠반이 내게만 다정하고, 내 이름만 제대로 불러 주었으면 해요. 그런 걸 바라는 게 욕심인 걸까요?"

"아니, 그런 건 아냐. 하지만 쿠반은 네게 다정해. 우리는 늘 놀라고 있지."

"당신도 쿠반이 날 어떻게 대하는지 알잖아요. 그게 다정한 거라고요?"

"다른 여자였으면 지금쯤 목이 날아갔을걸."

대답은 뒤에서 들려왔다. 휴이였다.

"다른 여자들이 너처럼 행동했으면, 이미 쿠반의 손에 죽었을 거야. 쿠반은 여자들이 버릇없이 구는 걸 제일 싫어하니까."

"설마요."

"말이 그렇다, 라는 수준이 아냐. 실제로 그러니까. 그래서 늘 놀라운데. 쿠반은 네가 아무리 막 대하고 못된 소리를 해도 다 받아 주잖아. 게다가 당신 아버지 앞에서 긴장하고."

쥬엔은 거기까지는 몰랐는지 눈을 동그랗게 떴다.

"쿠반이 우리 아버지 앞에서 긴장한다고요?"

"응. 몰랐어? 바짝 얼어 있던데. 그렇지, 와칸?"

"응."

와칸이 가볍게 고개를 끄덕였다. 실없는 소리를 하지 않는 와칸까지 그렇다고 하자, 쥬엔의 볼이 발그레 달아올랐다.

"쿠반이 아버지 앞에서 바짝 얼어 있단 말이지요."

기쁜 마음은 감출 수 없는지, 쥬엔의 입꼬리가 올라갔다.

"그러니까 적당히 하고 봐줘. 쿠반은 여자를 어떻게 대해야 하는지 전혀 모르는 녀석이야. 그 녀석한테 원하는 게 있다면 분명하게 말하는 게 좋아. 분명 네가 원하는 대로 해 줄 테니까."

"하지만…… 나는 잘 모르겠어요. 그가 정말로 날 사랑하는지 아닌지."

"네 아버지 앞에서 쩔쩔매고, 네가 무슨 짓을 하던 다 넘어가고. 그쯤 되면 굳이 사랑한다는 말을 입에 담지 않아도 알아야 하는 거 아냐? 넌 쿠반보다 똑똑하잖아. 쿠반 같은 바보한테 많은 걸 바라지 마."

휴이와 와칸이 쥬엔에게 쿠반에 대한 조언을 하고 있을 때에도, 케이의 현혹 마법은 계속 진행 중이었다.

케이는 주륵주륵 내리는 비를 맞는 줄도 모르고, 마법이 만들어 낸 과거 속을 헤매고 있었다. 영원히 깨어나지 못하는 꿈을 꾸고 있었다.

* * *

완연한 가을로 접어들었다.

눈에 익은 풍경이 들어왔다. 이제 며칠만 더 달리면 구온 시에 도착한다.

"여기서 서쪽으로 쭉 가면 바빈터 백작의 저택이 있어. 아마 이 부근이 전부 바빈터 백작령일 거야."

유진이 말했다.

"구온 시 사람들은 우리 얼굴을 알고 있으니, 도시엔 들어가지 않는 게 좋을 것 같다. 가터 백작의 저택에 들러서 도움을 받을 수 있다면 좋을 텐데."

"글쎄요. 전 별로 권하고 싶지 않은데요."

루가 대꾸했다.

"대장은 비비안을 버렸어요. 가터 백작은 전처럼 호의적으로 우리를 대하진 않을 거예요."

"그래도 대장이 금언 마법을 걸어 뒀잖아. 우리에 대해 떠벌릴 수 있는 것도 아니니까, 이용할 수 있는 건 다 이용하는 게 좋아. 슬슬 여비도 떨어졌고, 여기서 남부까지는 또 한참을 가야 돼."

가터 백작에게 도움을 청할지를 두고 유진과 대화를 하느라,

접근하는 무리가 있다는 걸 깨닫지 못했다.

탕—

총성이 울렸다.

루는 순간적으로 몸을 틀었다. 총알이 간발마의 차이로 루의 어깨를 스치고 지나갔다. 재빨리 피하지 못했더라면 가슴에 맞았을 것이다. 위험할 뻔했다.

탕—

탕—

상황을 판단하기도 전에 또 다시 총성이 울렸다.

"윽!"

총에 맞은 건 루가 아닌 텐치였다. 텐치가 루의 앞을 가로막은 것이다. 텐치의 건장한 상체가 튕기듯 들썩거렸다. 등에 피가 번지는 것을, 루는 멍하니 응시했다. 붉은 선혈이 텐치의 옷을 물들였다.

"루!"

유진의 외침에 정신을 차렸다.

유진은 이미 총 두 자루를 양쪽 손에 각각 쥐고 싸울 준비를 마쳤다. 그는 니아를 잡아당겨 짐마차의 옆에 숨기고, 총알이 날아온 곳을 노려보다가 방아쇠를 당겼다.

탕—

풀썩—

무언가 쓰러지는 소리가 들렸다.

루를 지켜야 한다는 의지만으로 버티고 있던 텐치도, 그 소리에 맞춰 쓰러졌다. 루는 한 팔로 텐치를 받아 냈다.

"루, 괜찮아?"

텐치가 물었다. 그의 눈동자에서 빛이 사라지고 있었다.

"죽지 않을 거지, 텐치?"

루의 질문에 텐치가 힘없이 웃었다.

"안 죽어."

"믿을게."

루는 텐치를 조심스레 바닥에 뉘였다. 그 동안에도 유진은 계속 총을 쏘고 있었다. 상대의 총과 유진의 총이 내는 굉음이 숲에 울려 퍼졌다.

"죽지 말고 쉬고 있어."

"응."

"약속해."

"응, 약속할게."

그의 목소리엔 힘이 없었다. 하지만 텐치를 걱정할 때가 아니었다. 상대를 제거하는 게 우선이었다.

루는 귀에 온 신경을 집중했다.

바람이 흘러와 상대편에서 나는 소리를 전해 주었다. 총을 쏘는 이를 제외하고는 몇 명이 숨도 쉬지 않고 숨어 있었다. 하지만 루는 그들이 호흡하는 소리를 정확하게 알아냈다.

"상대는 12명."

루가 중얼거렸다.

"한 명은 유진이 쏜 총에 맞았어요. 이제 총을 가진 사람은 세 명. 나머지는 검, 그리고…… 메이스를 가지고 있는 것 같아요."

다급한 와중에도, 유진은 보이지 않는 상대의 상태를 정확하게 짚어 내는 루의 능력에 놀랐다. 루는 허리춤에 차고 있던 두 개의 단검을 꺼내 쥐었다. 라판트 시에서 사 온 검이었다.

"총 든 녀석들을 먼저 제거하고 올게요. 몸 사려요, 유진."

"잠깐만, 루!"

말리려 했지만, 루는 이미 달려 나간 후였다. 유진은 루의 뒤를 따라갈까 하다가, 니아와 텐치를 돌아보고는 관뒀다. 니아는 원래 전투 능력이 없고, 텐치는 더 이상 움직일 수 있는 상태가 아니었다. 여차할 때는 그들을 보호해야 한다.

주먹을 꽉 쥐고 루가 달려간 곳을 노려봤다. 나무 그림자에 덮인 숲은, 낮인데도 어둡기만 했다. 아무 소리도 들리지 않아, 벌써 루가 당한 건 아닌지 걱정이 됐다.

루가 코흐만을 단숨에 죽인 일이 있긴 했지만, 싸우는 모습을 실제로 보진 못했다. 코흐만을 죽인 게 운이었다면, 상대가 여러 명 있는 상황에서는…….

콰아아아아—!

그때, 굉음이 울려 유진은 생각을 멈췄다.

숲의 나무가 들썩거리는 것 같았다. 회오리바람이 부는 듯, 나무들이 조각나 흩뿌려졌다.

탕—

총성이 아까처럼 불길하게 들리지 않는 이유는, 아마도 회오리에 휘말린 듯 조각나는 나무 때문일 것이다. 잘려 나간 나무의 울음소리가 시끄러워, 총성이 파묻혔다.

사내들의 비명 소리가 들려오는 것도 같은데 정확히는 모르겠다. 유진은 더 이상 견디지 못하고 소리가 나는 곳을 향해 달려갔다.

그곳에 도착한 유진은 이 세상의 것 같지 않은 광경을 목격했다. 여전히 흩날리는 나뭇잎과 나뭇조각들, 난자한 선혈, 그리고 그 사이에 오롯이 고고하게 서 있는 땅의 여신.

'루…….'

순간, 루가 여신처럼 보였다. 이제는 가발도 벗어서 아무렇게나 자른 검은 머리카락에 편한 옷을 입고 있는데도, 여신 같았다. 비릿한 혈향이 꽃향기처럼 느껴질 만큼 아름다워서, 눈을 뗄 수가 없었다.

루는 길어진 두 자루의 검을, 양손에 하나씩 쥐고 바닥 쪽으로 늘어뜨리고 있었다. 은빛이었던 검을 타고 피가 흘러내렸지만, 그것이 조금도 끔찍하게 보이지 않았다.

루가 천천히 고개를 들었다. 검은 머리카락이 살랑거리는 모습이 현실적이지 않았다. 사후 세계에서나 볼 수 있다는, 지독히도 아름다운 광경을 눈앞에 둔 것만 같다.

호수처럼 파란 눈동자에는 아무런 감정도 담겨 있지 않았다.

섬뜩할 정도의 무감정에, 유진은 저도 모르게 뒤로 물러났다.

'루가 맞겠지? 내가 아는 루인 거겠지?'

유진이 혼란에 빠져 있는 그때에, 조금 떨어진 곳의 무성한 나뭇잎에 몸을 감추고 있는 남자가 있었다. 비비안에게 의뢰를 받은 흑의 용병 잭이었다.

의뢰를 받은 용병들과 함께 이곳까지는 왔지만, 잠시 몸을 감추고 있었다. 상대의 실력을 가늠해 보기 위해서였다. 만약 다른 용병들이 먼저 루를 처리한다면, 놈들을 죽인 후 공을 빼앗을 작정이었다.

그러한 욕심 덕분에 목숨을 건졌다.

'저 새낀 대체 뭐지?'

방금 무엇을 봤는지 알 수 없었다.

나무 뒤에 몸을 감춘 용병 하나가 총을 발사한 것까지는 알고 있다. 총을 가진 녀석이 있다면 일이 빨리 끝나겠다고 생각하며, 어떻게 총 가진 놈들을 처리할지 고민하고 있을 때 검은 그림자가 툭 튀어나왔다.

루였다. 마차 옆에 있어야 할 루가 어느새 이곳까지 와 있었다. 양손에 짧은 검을 한 자루씩 쥔 루는, 자신을 공격한 용병들을 한 번 둘러봤다. 적진에 혼자 들어왔으면서도 두려워하는 기색이 전혀 없었다.

"네놈들이군."

약간 높은 듯한, 허스키한 음성.

그와 동시에 검이 길어지는가 싶더니, 그 일이 벌어졌다. 루의 움직임이 너무 빨라서 제대로 볼 수가 없었다. 베여 날아가는 용병들의 몸뚱이와 나무들, 그 처참한 광경만이 눈에 들어왔다.

굵고 긴 나무가 무성한 곳이었다. 몸을 숨기기가 용이하기에 선택한 장소였는데, 순식간에 정리가 되었다. 사람의 몸을 베는 것은 보기와 달리 힘든 일이다. 그런데 루는 사람뿐 아니라 나무까지도 동시에 베어 버렸다.

그럼에도 숨을 헐떡이지 않았다. 아무 일도 하지 않았다는 듯이.

'마법을 쓴 건가? 마법사였나? 그래서 그 계집이 그런 큰돈을 주고 처리해 달라고 한 건가?'

루와 같은 싸움 방식은 본 적이 없기에, 잭은 마법이라고 생각할 수밖에 없었다. 실력에 자신이 없는 건 아니지만 마법사를 상대하는 건 무리다.

"루, 괜찮아?"

유진이 루의 주의를 흐트러뜨린 것을 기회 삼아, 잭은 도망칠 작정이었다. 하지만 그럴 수 없었다.

"아직요."

루가 유진에게 대답하며 천천히 고개를 돌렸다. 잭이 있는 방향으로.

"해결하지 못한 게 있어요."

눈이 마주쳤다.

감정 없는 새파란 눈동자가 무게를 가지고 잭을 찍어 눌렀다. 어지간해서는 겁에 질리는 법이 없는 잭인데, 맹수 앞의 토끼처럼 옴짝달싹도 할 수가 없었다. 눈빛만으로 숨이 막혔다.

루가 느릿하게 걸어오는 동안, 잭은 도망칠 생각도 하지 못했다.

"괜한 살생은 하고 싶지 않아. 누가 보냈는지 알려 주면 목숨은 살려 주지."

루는 잭이 있는 나무 밑동에서 고개를 들고 말했다. 잭은 고민했다. 잭은 손에 철퇴를 들고 있었다. 이대로 뛰어내린다면 루를 철퇴로 찍어 누를 수 있지 않을까?

'아니, 관두자.'

이길 것 같다는 생각이 들지 않았다. 그 어떤 방법을 써도 루를 이길 수는 없을 것 같았다. 조금이라도 잘못 움직이면, 루가 들고 있는 검이 목에 박힐 것만 같아 두려웠다.

손가락 끝이 차갑게 식어 있었다.

"이름은 몰라."

잭이 말했다. 목소리가 제 것 같지 않았다. 긴장해서 잔뜩 쉰 목소리가 창피하다는 생각이 들지 않을 정도로, 잭은 겁에 질려 있었다.

"수도에 있을 때 어떤 계집이 흑의 용병들이 있는 술집으로 찾아와서 의뢰를 하더군."

"생김새는?"

"예쁘장했어. 연갈색 머리카락에 갈색 눈동자였고, 눈이 커. 귀족인 것 같기도 하고, 창녀인 것 같기도 하고……. 가늠하기 힘들더군. 하지만 돈이 많은 것만은 분명했어. 금화를 잔뜩 가지고 있던데."

"그렇군."

루가 한 걸음 뒤로 물러섰다.

"살려 줄게. 가 봐."

루의 말을 믿을 수가 없었다.

"정말이야?"

"응, 약속했잖아. 약속은 지켜. 하지만 계속 우리 뒤를 밟으면 죽일 거야."

"저, 절대 안 따라갈게."

다급히 대답했다. 자신이 상대하는 게 뭔지도 모르는 채로 죽고 싶진 않았다.

"그래, 그럼 가 봐. 안 그러면 죽인다?"

마지막 말은 농담 같았지만, 겁에 질린 잭은 그런 걸 구별할 정신도 없었다. 루의 허락이 떨어지자마자 그는 툭 내려와서 뒤도 돌아보지 않고 도망쳤다.

이름 모를 사내가 사라진 후, 루는 휙 돌아섰다. 유진이 황급히 루의 뒤를 따랐다.

"루, 괜찮은 거야?"

"네. 텐치는 어때요?"

"심한 것 같아. 아무래도 심장 부근을 맞아서."

"죽진 않겠죠?"

"……그렇겠지."

루가 달리기 시작했다.

루가 여자라는 걸 알게 된 후, 텐치는 늘 루를 지키겠다고 야단이었다. 여자는 보호를 받아야 한다며, 노숙을 할 때에도 가장 편한 자리를 만들어서 루에게 양보했다. 미안할 정도로 잘해 주는 것이 고맙기도 하고 재미있기도 해서 말리지 않았는데, 이런 일이 생길 줄은 몰랐다.

총알 정도는 피할 수 있는데. 적어도 급소는 피해서 맞을 수 있는데. 이럴 줄 알았으면 자신이 얼마나 빠르고 예민한지에 대해 미리 말을 해 둘걸 그랬다.

니아가 텐치의 옆에 쭈그리고 앉아 응급처치를 하고 있었다. 니아의 손이 붉게 물들어 있었다.

"니아, 텐치는 어때?"

"모르겠어요."

니아가 떨리는 목소리로 말했다.

"앞이, 내가 앞이 안 보여서…… 앞이 보이면 좀 더 잘할 수 있을 텐데…… 뭘 어떻게 해야 할지 알 수가 없어서……."

텐치의 상처 부위를 막고 있는 니아의 손이 바들바들 떨렸다.

"심장박동이 약해지는 것 같아요. 피를, 피를 너무 많이 흘려서……."

니아는 울고 있었다. 루는 그녀의 어깨를 살며시 잡아 옆으로 밀어내고, 니아가 막고 있는 손 위에 자기 손을 겹쳤다.

"손 떼도 돼, 니아."

"루, 어떡하죠?"

"걱정 마. 안 죽겠다고 했으니까."

하지만 텐치의 얼굴은 핏기가 빠져나가 창백했다.

"텐치, 깨어 있어?"

대답이 없었다.

"텐치."

니아의 말대로 심장박동이 거의 느껴지지 않았다. 유진이 마차 안에서 무언가를 주섬주섬 꺼내 왔다. 오래 전에 비비안에게 받아 둔 약이었다.

"일단 이거라도 발라 두자. 지혈이 잘되더라고."

조심스럽게 옷을 위로 걷어 냈다.

총알이 뚫고 나간 부위에서 피가 철철 넘치고 있어서, 상처를 제대로 찾기도 힘들었다. 유진이 연고를 듬뿍 퍼서 상처 위에 발랐다.

"예전에 이보다 더 심한 상처를 입은 적도 있어. 그때도 살아남았으니까 이번에도 살아남을 거야. 총알 두 방에 죽을 녀석이 아냐."

텐치는 배에도 총을 맞았다. 다만 배에 맞은 총알은 뚫고 들어가지 못하고 반쯤 박힌 채 멈춰 있었다. 완벽한 성능의 총이 아니라서, 쏠 때마다 위력이 달라져서 다행이었다. 총알이 박힌 부위에서는 피가 많이 흐르지 않았지만, 뽑는 순간 피가 뿜어져 나올 것 같아서 건드리지 않았다.

"알리가 있었으면 좋았을 텐데. 제길."

괜찮을 거란 말과 달리, 약을 바르는 유진의 손가락이 가늘게 떨리고 있었다. 끈적끈적한 약이 피를 응고시켰다. 흐르던 피가 끈적거리다가 굳어서 더는 피가 흐르지 않았다. 하지만 이미 흘린 피가 너무 많았다. 텐치의 혈색은 돌아오지 않았다.

루는 텐치의 차가운 손을 꽉 잡았다.

부모님이 돌아가신 후, 사람에게 정을 줘 본 적이 없다. 소중한 친구가 죽기 직전이 되었을 때, 무엇을 어떻게 행동해야 하는지 루는 알 수 없었다. 생각이 진행되지 않았다. 앞으로 뭘 어떻게 해야 하는 거지?

"일단 텐치를 마차에 눕히자."

유진의 말에 루는 벌떡 일어나 짐마차 안으로 들어가 텐치가 누울 만한 공간을 만들었다. 조심스럽게 텐치를 안아 들고 온 유진이 그곳에 텐치를 눕혔다. 끙끙거리던 주아가 짐마차에 뛰어오르더니 텐치의 머리를 감싸듯 누웠다.

"주아, 이리 내려와."

루가 말했지만 주아는 끙끙거리며 말을 듣지 않았다.

"아냐, 그냥 놔둬. 몸이 많이 식었으니까 주아가 있으면 좀 따뜻할 거야."

유진이 말했다.

"니아, 텐치 옆에서 텐치 손 좀 잡아 줘. 반응이 있으면 말해 주고."

"응, 그럴게요."

니아가 얼른 짐마차에 올라가 텐치의 옆에 앉았다. 그녀의 손은 여전히 피에 젖어 있었지만, 그걸 닦을 생각도 하지 못했다.

"무리가 가면 안 되니까 천천히 달려야겠다. 구온 시에는 내일 모레에나 도착하겠네."

유진이 안경을 슬쩍 위로 올리며 말했다. 루는 아랫입술을 잘근 깨물었다. 안 그러면 비명이 터져 나올 것만 같았다.

"괜찮아, 루."

유진이 루의 어깨를 툭툭 쳤다.

"괜찮아."

"나는…… 싸워 본 적은 많지만 동료가 있어 본 적은 없어요."

짐마차를 끄는 말의 고삐를 잡고 걸으며, 루가 말했다.

"지킬 게 없으니까 싸울 때도 거침이 없었어요. 잃을 것이라고는 내 목숨뿐. 질 것 같다는 생각이 들어 본 적이 없으니, 무서운 적도 없었어요."

"그래."

"동료가 있다는 건, 굉장히 무서운 거였네요."

"응, 무섭지. 지킬 게 많아질수록 무서운 것도 많아지더라."

"나는 모두를 지킬 힘이 없어요."

"모두를 지킬 수 있는 사람이 어디 있어? 대장조차도 모두를 지키지는 못해."

"대장은 멀리 있으니까요. 만약 대장이 여기에 있었더라면 텐치가 저렇게 다치는 일은 없었을 거예요."

"글쎄."

유진은 어깨를 으쓱했다.

케이가 이곳에 있다고 해서 달라졌을까?

아마 지금과 비슷한 상황이 벌어졌을 것이다. 총성이 울리고, 누구 하나는 케이를 지키기 위해 총에 맞았겠지. 아마도 쿠반이나 와칸일 가능성이 높다. 둘은 케이의 옆에 찰거머리처럼 붙어 있으니까.

쿠반이나 와칸은 인간이 아니라고 생각될 정도로 단단한 육체를 가지고 있으니, 텐치보다는 상처가 깊지 않았을지도 모른다. 하지만 케이가 있다고 해서 지금보다 더 나은 상황이 되진 않으리라.

아니, 오히려 루가 있기에 피해가 적었다. 루는 적이 있는 곳을 빠르고 정확하게 찾아냈다. 아무리 케이라 한들, 루처럼 빨리 찾아낼 수 있을까. 그렇지 않으리라고 생각한다.

대체 루에게는 어떤 능력이 있는 걸까?

그러고 보니, 드래곤의 마음을 얻은 것도 마법사인 케이가 아닌 루였다. 까다로운 드래곤의 마음에 들 정도라면, 루에게 무언가 있는 것이 분명하다.

“흑의 용병에게 사주를 했다는 여자는, 아무래도 비비안인 것 같아요.”

“그런 것 같네.”

“왜 그런 짓을 한 걸까요?”

“질투겠지.”

“질투요? 비비안이 내게 질투를 할 게 뭐가 있어요?”

“대장이 널 사랑하잖아.”

“하지만 비비안은 그 사실을 모르는데다가, 내가 여자라는 것도 몰라요.”

“대장이 네게 고백했다고 했을 때 아무도 의심하지 않은 건, 대장 마음이 그만큼 눈에 보였기 때문이야. 게다가 비비안은 대장을 사랑하니까, 누구보다도 대장을 잘 관찰했겠지. 네가 여자든, 남자든 대장은 널 사랑하고, 그러니까 비비안은 널 질투하는 거야.”

“……말도 안 돼.”

루는 고개를 저었다.

비비안이 자신을 싫어한다는 것은 알고 있었지만, 그게 질투 때문이라고는 생각하지 못했다. 비비안은 모든 것을 가진 여자였다. 든든한 배경과 값진 액세서리, 똑똑한 머리까지. 손에 넣고자 하는 게 있으면 무엇이든 가질 수 있는 여자가, 무엇하러 뒷골목 불량배 따위를 질투한단 말인가.

“여자 마음은 어렵네요.”

"너도 여자야, 인마."

유진이 희미한 미소를 지으며 루의 머리를 쓰다듬었다.

"하여간 가터 백작의 저택에 들러야 할 이유가 하나 더 생겼어. 가서 비비안에 대해 이야기를 해 봐야겠다."

"만약 가터 백작이 고자세로 나오면 어쩌죠?"

"죽여야지."

유진이 단호하게 말했다.

"한때의 아군이라도 약간의 위협이 될 것 같으면 제거해야 돼. 그러지 않으면……."

유진은 거기까지 말하고 입을 다물었다.

오르딘 공작과 내통하던 마법사 무리들이 떠올랐다. 선대 검은 호랑이를 가차 없이 짓밟던 그들의 모습이 생생하게 기억났다.

"그러지 않으면 언젠가 큰 독이 되게 되어 있어."

# 15장

기차를 타면 수도까지 일주일 정도 걸린다. 헤다인이 수도로 떠난 지 2주가 다 되어 가니 지금쯤 비비안을 데리고 돌아오는 중이리라.

비비안의 행태에 대해 보고를 받은 이후, 하루도 제대로 자지 못했다. 두통 때문에 잠은커녕, 업무도 제대로 보기 힘들었다. 시장실의 책상 위에는 처리하지 못한 서류들이 쌓이고 있었다.

'비비안을 데리고 오면 저택에 가둬 둬야겠어.'

그나마 다행인 것은 비비안이 수도에서 가터 백작가의 이름을 팔고 다니지 않았다는 점이었다.

가터 백작가의 영애가 창부처럼 엉덩이를 흔들고 다녔다는 게 알려지면, 아들인 아리크에게도 안 좋은 영향이 미칠 것이다.

가터 백작의 뒤를 이을 아리크의 이름이 더럽혀지는 일이 생겨서는 안 된다.

'괜한 욕심을 부려서 가문을 더럽힐 뻔했어. 티그리스에서 쫓겨난 애송이 따위가 약속을 지킬 리 없는데.'

약속을 지키지 않고 비비안을 버린 케이에 대한 마음이 미움과 원망으로 바뀐 지는 한참 되었다. 금언 마법만 아니라면 당장이라도 오르딘 공작을 만나 그의 계획에 대해 알려 주고 싶다는 생각까지 들었다.

'쫓겨 다니다가 뒷골목 불량배로 전락한 놈을 아껴 주었더니, 이런 식으로 배신을 하다니. 용서할 수 없어.'

하지만 방법이 없었다. 쫓겨났다고는 해도, 케이는 마법사였다. 한 명의 마법사를 상대하기 위해서는 몇십 명의 검사가 필요하다.

아무리 마법이 약해진 시대라고는 해도, 쉽게 건드려서는 안 되는 게 마법사였다. 그렇기에 티그리스를 건드리는 자들이 없는 것이다.

"금언 마법을 풀어 줄까?"

문득 목소리가 들렸다.

낯선 목소리였다.

'내가 미쳐 가나?'

집무실에는 아무도 없었다.

"나는 네게 걸린 그 마법을 깨끗이 풀어 줄 수 있지."

아무도 없었던 소파 위에 한 남자가 나타났다. 주홍빛 머리카락에 검붉은 눈동자를 지닌, 위험스런 분위기의 사내였다. 짙은 눈썹과 우뚝한 코 때문에 유독 남성스러운 느낌이 들었다.

이런 남자라면 한번 봐도 잊을 수 없다. 본 적 없는 얼굴이 분명하다.

'내가 진짜로 미쳐 가나?'

환각을 본 거라고 생각했다.

하지만 어느새 곁에 다가온 남자가 가터 백작의 어깨를 세게 잡았다. 환상이라고 생각할 수 없는 강한 통증이 느껴졌다.

"반푼이, 그러니까…… 케이가 너와 네 딸에게 금언 마법을 걸었지? 그 마법, 내가 풀어 줄까?"

"티, 티그리스의 마법사이십니까?"

평범한 힘을 가진 남자는 아닌 것 같기에, 가터 백작은 조심스럽게 경어를 사용하여 물었다. 사내의 입꼬리가 슬쩍 올라갔다.

"내가 마법사 나부랭이로 보이나?"

"아, 아니. 그런 것이 아니라……."

그가 허리를 굽히고 백작의 귀에 속삭였다.

"내 이름은 화염의 레클리스."

그가 다시 허리를 폈다. 키는 190cm쯤 될까? 하지만 집무실을 가득 채운 듯 크게 느껴졌다.

"드래곤이다."

드래곤이 눈앞에 있다는 충격에서 벗어나기까지는 상당히 오랜 시간이 걸렸다. 가터 백작이 혼란에 빠져 있는 동안, 라크는 지루한 듯 공중에 드러눕듯이 떠올라 손가락으로 불꽃을 만들어 가지고 놀았다. 붉은 불꽃은 이리저리 휘날리며 아름다운 문양을 그려 냈다. 홀린 듯 그것을 응시하던 가터 백작이, 이윽고 정신을 차리고 물었다.

"진짜로 드래곤입니까?"

"그래."

라크가 하품을 했다.

"하, 하지만…… 드래곤이 정말로……."

"존재하지."

그 순간, 가터 백작은 거대하고도 뜨거운 생명체에 짓눌린 듯한 느낌을 받았다. 라크는 인간의 모습을 그대로 유지하고 있었지만, 잠깐 펼친 드래곤의 존재감이 가터 백작을 압박한 것이다.

숨이 막힐 듯한 열기와 존재감에, 가터 백작은 그가 드래곤이라는 것을 믿을 수밖에 없었다. 이런 존재감은 인간이 가질 수 없다. 저도 모르게 무릎을 꿇어야만 할 것 같은 존재감.

입 안이 바싹바싹 마르고 몸이 덜덜 떨렸다.

"저, 정말로…… 정말로 금언 마법을 없애 주실 수 있습니까?"

"내가 못할 것이 있을 것 같나? 반푼이, 그러니까, 일개 마법사 따위가 건 마법을, 내가 제거해 주지 못할 것 같아?"

"하지만 케이는……."

"쉿. 아직은 금언 마법을 풀지 않았어. 내게 그 녀석에 대해 한 마디라도 하면, 넌 죽어."

가터 백작은 오싹 소름이 돋았다. 하마터면 케이의 마법에 대해 털어놓을 뻔했다.

"하지만 나는 그 금제를 깨끗이 없애 줄 수 있지."

"그렇다면 없애 주십시오!"

가터 백작이 벌떡 일어나 말했다.

"제발 부탁드립니다, 레클라스 님."

"좋아. 자, 없앴어."

"네?"

"없앴다고."

"하, 하지만 아무 것도…… 안 하셨잖습니다. 케이는 마법을 걸 때 손을 제 어깨에 대고 세게 눌렀습니다. 낙인 같은 것이 빛나다가 제 몸속으로 사라졌지요."

"나는 드래곤이라니까. 애송이 마법사들처럼 번거로운 짓을 하지 않아도 돼. 생각만으로 마법을 사용할 수 있으니까."

"하지만 풀렸다는 걸 어떻게 확인하죠?"

"방금 말했잖아."

"네?"

"방금 케이가 네게 마법을 걸었다는 말을 했는데도, 네가 죽지 않았잖아."

"아……!"

"네 딸에게 걸린 금언 마법도 풀어 주지."

그렇게 말한 라크는 나타났을 때와 똑같이, 갑작스럽게 모습을 감췄다.

"레클라스 님?"

조심스럽게 불러 보았지만, 드래곤의 응답은 없었다.

*　　*　　*

"이게 마지막 가르침이 되겠구나, 아스."

지하 감옥에서, 케이의 아버지이자 검은 호랑이인 스메르츠가 작은 목소리로 말했다. 감옥은 검은 마법의 기운으로 가득 차 있었다. 끈적거리고 불쾌한 죽음의 마법. 생명을 깎아 먹는 마법이 여기저기 걸려 있었다.

스메르츠는 심장이 반으로 잘린 상태였다. 마력을 잡아 두는 심장이 쪼개어져, 더는 마법을 담을 수 없게 되었다. 그럼에도 살아 있는 것은, 케이 덕분이었다. 케이는 온 힘을 다해 스메르츠의 쪼개진 심장을 붙여 놓고 있었다.

"말씀 마십시오, 아버지."

케이가 땀을 뻘뻘 흘리며 말했다.

지하 감옥의 단단한 돌벽에, 스메르츠는 두 팔 두 다리를 고정당한 채 박혀 있었다.

"그냥 계십시오."

티그리스의 영지에서 벗어난 땅에 있는 지하 감옥에 가둔 이유는, 마력이 빨리 차오르는 것을 막기 위해서일 것이다. 이 시대의 마지막 천재 마법사라는 말을 듣는 케이라도, 이렇게 마력이 드문 곳에서는 마력을 채우기가 힘이 들었다.

이제 곧 마력은 다할 것이고, 스메르츠는 죽으리라.

하지만 케이는 어떻게든 아버지를 살려 두고 싶었다. 단 몇 분이라도 더, 그의 살아 있는 모습을 보고 싶었다. 사랑하는 아버지를 잃고 싶지 않았다.

"세상의 많은 것들은 변하기 마련이란다, 아들아. 그 어느 것도 변치 않는 것이 없지."

"제발, 아버지."

볼을 타고 흐르는 것이 땀인지, 눈물인지, 케이는 알 수 없었다.

"티그리스의 배신과 내 죽음 또한, 변하는 시대에 맞춰 가는 것일 게야."

"아버지."

"마법도, 인간도, 사회도, 나라도. 시간이 지나면 변한단다. 언젠가는 이 시대의 모습이 기억조차 나지 않게 변할지도 모르지."

케이는 답답했다.

아버지가 왜 계속 말을 하는지 모르겠다.

"허나 아스. 변치 않는 것도 있단다."

"아버지."

"나는 네가 그걸 알았으면 좋겠구나. 무엇이 변하고, 무엇이 변치 않는지 알게 된다면, 너는……."

스메르츠가 케이를 향해 다정한 시선을 보냈다. 케이와 똑같은 그의 붉은 눈동자엔 애정이 담뿍 담겨 있었다.

"케이아스, 내 사랑하는 아들아."

인기척이 났다. 많은 사람들이 계단을 타고 내려오는 소리가 들렸다.

"있는 힘을 다해서 행복해져야 한다. 반드시 행복해져야 돼."

"안 돼!"

배신자들의 공격을 막아 낼 여유가 없었다. 검은 호랑이를 배신한 마법사들이 스메르츠의 손목을 향해, 날카로운 검날과도 같은 마법을 쏘아 보냈다. 손목이 툭 잘려 나가며, 벽에 고정되어 있던 스메르츠의 몸이 앞으로 기울어졌다.

그때였다.

스메르츠에게서 어마어마하게 강한 바람이 쏘아져 나온 것은.

그의 몸에서 시작된 회오리바람이 케이의 몸을 휘감았다. 강한 바람은 지하 감옥의 벽을 부수고 나아갔다. 마법사들 중 누구도, 위대한 검은 호랑이가 마지막으로 쏘아 보낸 마법을 막을 생각을 하지 못했다.

"안 돼애애애!"

케이는 도망치고 싶지 않았다.

죽는다면 아버지와 함께 죽고 싶었다. 목숨을 건진다 해도 무엇이 남겠는가. 태어날 때부터 함께였던 티그리스의 마법사들은 케이 부자를 버렸다. 아니, 버렸을 뿐 아니라 철저하게 짓밟았다.

아무 것도 남지 않았다.

하지만 아버지의 심장을 붙여 놓느라 너무 많은 힘을 쏟은 탓에, 회오리바람에서 벗어날 수가 없었다. 게다가 그 회오리바람에는, 아버지의 향기가 가득 담겨 있었다.

얼마나 휘말린 채 날아갔을까.

바람의 힘이 옅어지고 아버지의 향기가 사라지기 시작했다. 그리고 툭, 케이의 몸이 바닥으로 떨어졌다.

케이는 떨어진 채 움직이지 않았다. 움직이고 싶지도, 무언가를 보고 싶지도 않았다.

눈을 뜨는 순간, 끔찍한 현실을 받아들여야만 한다.

얼마나 그러고 있었을까.

누군가 옆에 앉는 기척이 느껴졌다.

"검은 호랑이님께서 며칠 전에 말씀하셨어. 검은 호랑이님께 무슨 일이 생기면 이쪽으로 가 보라고."

와칸의 음성이었다.

"미안해, 아스. 우리는 마법을 사용할 수가 없어서…… 너와 검은 호랑이님이 위험하다는 걸 알면서도 도울 수가 없었어."

오랜만에 듣는 와칸의 친근한 반말이, 간신히 참고 있던 눈물샘을 건드렸다. 케이는 흐느낌도 없이 눈물을 흘렸다. 흐른 눈물은 뜨겁고 거칠었다. 눈물이 흐르는 부위가 너무 아파서, 케이는 더 많이 울었다.

와칸은 케이의 어깨에 살며시 손을 얹었다.

"미안해, 아스."

"미안해."

"미안해요, 형."

다른 이들의 음성도 들려왔다. 케이는 간신히 울음을 멈추고 고개를 들었다. 시야에 들어오는, 낯익은 얼굴들.

모든 것을 잃은 게 아니었다.

"앞으로."

쿠반이 무릎을 꿇고 케이를 단단히 끌어안았다.

"앞으로 네가 우리 대장이야, 아스. 네가 우리의 검은 호랑이야."

* * *

케이의 육체는 여전히 정글 속에 있었다. 우두커니 서 있는 케이의 옆에, 라크가 내려섰다. 그는 가만히 케이의 얼굴을 들여다보다가 빙그레 웃더니 작은 목소리로 속삭였다.

"얼른 돌아와, 반푼이. 죽어 버린 드래곤의 마법 따위에 지지 마. 더 재미있는 일이 널 기다리고 있을 테니까."

* * *

주아는 끊임없이 텐치의 상처를 핥고 있었다. 저래도 될까 싶을 정도로 핥았지만, 니아는 주아를 말리지 않았다. 흰 늑대는 불길하다고 알려져 있지만, 니아가 본 흰 늑대는 그렇지 않았다.

루의 미래를 볼 때에 그 옆에 있던 주아. 루가 죽는 순간에도, 그녀의 곁을 떠나지 않았던 주아.

"흰 늑대가 불길하다고 알려진 이유는, 흰 늑대가 가는 곳마다 화재가 나거나 사람이 죽었기 때문이야. 흰 늑대 때문에 사람이 죽어 나간다고 생각한 거지. 하지만 아니지?"

주아가 귀를 쫑긋거렸다.

"너희도 미래를 보기에, 사건이 일어나는 곳으로 먼저 달려가 위험을 알리려고 한 거지?"

주아가 그렇다는 듯 꼬리를 두어 번 흔들었다.

"주아, 그거 알아? 나 조금씩 앞이 보이기 시작하고 있어. 미래를 보면서부터 시력을 잃게 된 건데, 이제 미래를 보지 못해서 다시 시력이 돌아오고 있나 봐. 희미하게 보여서 덩어리로만 보이지만, 그래도 보이긴 보여."

주아가 텐치를 핥던 걸 멈추더니 니아를 쳐다보며 고개를 갸우뚱했다. 그리고 니아의 볼을 한번 핥았다.

"간지러워, 주아."

니아가 까르르 웃자, 주아는 만족스러운 듯 다시 텐치를 핥기 시작했다. 텐치의 상처는 거의 아물어 가고 있었다. 루와 유진은 비비안의 약 덕분이라고 생각하지만, 사실은 주아 덕이었다. 흰 늑대는 아주 약하기는 해도 치유의 능력을 가지고 있었다.

"으……."

가터 백작의 저택이 보일 무렵, 텐치가 작게 신음했다. 니아가 벌떡 일어났다. 짐마차가 니아가 일어나도 머리가 닿지 않을 만큼 높아서 다행이었다.

"루, 유진. 텐치가 깨어났어요."

니아의 외침에 짐마차가 멈췄다.

"텐치, 일어났어?"

"깨어난 거야?"

하지만 텐치는 대답하지 않았다.

"방금 신음 소리를 냈는데."

니아의 중얼거림에 유진이 짐마차에 올라오더니, 텐치의 뺨을 한 대 가볍게 때렸다.

"그만 걱정시키고 일어나, 텐치."

"으으, 아파요, 형님."

텐치가 쉰 목소리로 말했다.

"텐치!"

루가 날카롭게 외치며 텐치 옆에 쭈그리고 앉았다.

"텐치, 텐치. 괜찮은 거야?"

텐치의 눈꺼풀이 바르르 떨리다가 위로 올라갔다. 주근깨 가득한 얼굴에 옅은 미소가 떠올랐다.

"이야. 천사다. 여긴 천국인가?"

"헛소리하지 마, 텐치."

"으으. 천사가 아니라 루였구나."

"농담할 여유가 있는 걸 보니 멀쩡한가 보군. 괜히 걱정했네. 출발할게요, 유진."

루가 매몰차게 말하고는 짐마차에서 내렸다. 말을 끄는 듯, 곧 짐마차가 움직이기 시작했다.

"형님, 루가 더욱 차가워진 것 같아요. 무슨 일 있었어요?"

"네가 루 대신 다쳤잖아. 지금껏 혼자 살아와서, 누군가 자기를 위해 다친다는 게 어떤 건지 잘 몰랐던 것 같아. 루가 네 걱정 많이 했어, 텐치."

"예전에 휴이 형님이 그런 이야기를 했어요."

"어떤 이야기?"

"죽을 때 죽더라도, 아름다운 여인의 눈물과 함께 죽는다면 후회가 없을 거라고."

"……그건 또 뭔 개소리래."

"루를 위해서라면 죽을 수 있어요."

"루 입장을 생각해. 루는 너 따위 놈이 자기를 위해 죽는 걸 바라지 않을 거야."

"헤헤."

텐치가 웃었다.

"니아, 계속 손잡아 줬지? 고마워."

"깨어 있었어요?"

"가끔 가위 눌린 것처럼 깰 때가 있었는데, 그럴 때마다 네가 손잡고 있는 게 느껴져서 안심이 되더라고. 고마워."

"깨어나서 정말 다행이에요. 피를 진짜 많이 흘렸거든요. 죽을 줄 알았는데."

"죽길 바랐다는 말투인데?"

"그럴 리가요."

텐치는 아직 일어날 만큼 회복한 상태는 아니었다. 유진이 나간 후, 텐치는 누운 채로 주아의 털을 쓰다듬으며 니아에게 이것저것 물었다. 자기가 정신을 잃은 사이에 벌어진 일들이 걱정된 것이다.

"루가 혼자서 놈들을 다 해치웠다고?"

"그래요. 루는 강해요, 텐치."

"그렇구나. 형님들이 루가 강하다고 말하기는 했지만…… 총을 든 녀석이 있는데도 그렇게 단숨에 해치우다니. 루가 싸우는 걸 한번 보고 싶은데."

"보는 게 문제가 아니라, 루는 강하니까 앞으로 루를 보호하려다가 다치거나 하지 말아요. 당신이 다치는 게 루한테는 더 큰 일일 거예요."

"그래도…… 난 계속 루를 보호할 거야."

"대체 왜요?"

"루는 여자잖아. 강하다는 이유로 아무도 보호해 주지 않으면 서럽지 않겠어?"

곧 죽을 것 같았던 사람답지 않게, 싱글싱글 웃으며 말하는 텐치를, 니아는 어이없다는 듯 쳐다봤다.

"토스카에는 제대로 된 사람이 없나 봐요."

"난 내가 제일 정상이라고 생각하는데."

"정상 아니에요. 그리고 그 기사도도 나쁘지는 않지만, 그렇다고 물불 안 가리고 뛰어들진 말아요. 루는 제 한 몸 지킬 정도로는 강하니까."

니아가 유독 그렇게 말하는 데는 이유가 있었다.

오래 전에 본 미래 중에, 텐치의 죽음이 있었기 때문이다. 그때에도 텐치는 루를 지키려다가 죽었다.

지금은 미래가 많이 바뀌어서 텐치가 죽지는 않았지만, 그런 일이 벌어질까 봐 두려웠다.

니아는 텐치가 마음에 들었다. 현실에서 그가 죽는 것을 보고 싶지 않았다.

다시 마차가 멈추고, 유진이 짐마차의 입구로 고개를 들이밀었다.

"조금만 더 가면 가터 백작의 저택이야. 그 전에 뭣 좀 먹고 가자."

오늘의 요리 담당은 루였지만, 유진이 하기로 했다. 루의 요리는 복불복이라서, 잘될 때도 있지만 놀랍도록 끔찍한 맛을 낼 때도 있었기 때문이다. 건강한 사람이라면 모를까, 이제 막 죽음에서 벗어난 사람에게 먹이기에는 힘든 음식이었다.

유진의 요리 솜씨가 좋은 건 아니지만 루보다는 나았기에, 식사를 준비했다. 텐치를 위해 곡물을 빻아 물에 끓인 스프였다.

충분하지는 않지만 허기를 달랠 정도는 되었다.

"지금쯤이면 가터 백작도 비비안에 대해 알고 있겠죠?"

텐치가 물었다.

"아마도. 하지만 비비안이 우리를 죽이기 위해 용병을 고용한 것까지는 모르지 않을까."

"비비안이 저택에 와 있을 가능성은 없을까요? 기차를 타면 도착하고도 남았을 시간인데."

"글쎄. 비비안이 도착을 했든, 하지 않았든 가터 백작의 태도를 주의 깊게 살펴야 돼. 만약 그가 우리를 배신할 기미를 보이면, 곧바로 죽이고 도망칠 거다. 그때부터는 쉬지 않고 남부로 달릴 거야. 각오들 해 둬."

밤이 늦기 전에는 가터 백작을 만나고 싶었기에, 서둘러 식사를 마치고 출발했다. 가터 백작은 갑작스럽게 찾아온 그들을 반가이 맞아 주었다. 그의 행동으로만 봐서는 수도에서의 일을 전혀 모르는 것 같지만, 그들은 긴장을 풀지 않았다.

루는 불온한 기척을 잡아내기 위해 신경을 집중했다. 어딘가에 칼을 들 병사들이 숨어 있을지도 모른다는 생각 때문이었다. 하지만 저택 안에는 고용인들의 기척만 느껴질 뿐이었다.

'전투를 준비하는 사람은 숨소리부터 달라. 지금은 그런 게 전혀 없는데…… 이자가 진짜로 아무 것도 모르는 건가?'

루는 미간을 좁히고 소파에 앉았다. 테이블에는 하녀가 준비해 둔 향긋한 차와 쿠키가 놓여 있었다. 저녁을 간단하게 먹은 터라 쿠키의 달콤한 향기가 위장을 자극했다. 하지만 쉽게 손을 댈 수가 없었다. 어쩌면 독을 탔을지도 모르기 때문이다.

"그런데 셔너는 같이 안 왔나?"

"아아. 이제 대장은 다시 대장입니다."

가터 백작의 질문에, 유진이 대답했다.

"호오. 그래? 원하던 일은 다 마무리되었나 보지?"

"그럭저럭. 그런데 백작님. 비비안 양은 없나 보지요?"

"아, 비비안은 얼마 전에 수도로 여흥을 떠났다네. 말이 여흥이지, 수도에서 신식 의술을 익혀 올 게 분명해. 여자답지 못하게 그런 데에 관심이 많아서 말이야."

가터 백작이 아무 것도 모른다는 듯이 대답했다.

이곳에 와서의 대화는 유진이 이끌어 가기로 했기에, 루는 가만히 가터 백작의 표정만 살펴봤다.

"그래요? 비비안 양이 의술을 익혀 오면, 우리에게도 큰 도움이 되겠군요."

"그래, 그럴 게야. 케이에게 도움이 될 수만 있다면, 뭐든 지원을 해 줘야지. 뭐 필요한 것은 없나? 거기 그 친구는 많이 피곤해 보이는데."

가터 백작이 텐치를 가리키며 말했다. 가터 백작의 상황이 어떤지 모르는 때에, 전투할 만한 상황이 아니라는 것을 들킬 수는 없었다. 텐치는 싱긋 웃으며 말했다.

"배가 좀 고파서요."

"그럴 줄 알고 만찬을 준비하라고 해 뒀다네. 오늘 밤은 여기서 묵고 가겠지?"

"괜찮겠습니까?"

"이보게, 유진. 나는 자네들 편이야. 케이는 곧 내 사위가 될 사람이고. 케이의 부하들에게 편리를 제공하는 것이 당연하지 않겠나."

"저희는 그저 부하일 뿐인데도 이렇게 배려해 주셔서 감사합니다."

유진이 정중하게 말했다.

"감사하긴. 당연한 것을. 허허허허."

가터 백작이 사람 좋게 웃었다.

"그나저나 구온 시에는 아무 문제가 없습니까?"

"문제?"

"대장의 수배지가 돌고 있거든요."

"아아. 며칠 전에 받았다네. 그건 내 힘으로 막을 수가 없었어. 하지만 안심하게. 난 금언 마법 때문에 케이에 대해 증언할 수가 없잖아. 자네들을 배신하는 일은 없을 거야."

"당연히 그렇겠지요."

"그럼 쉬고들 있게. 만찬이 준비되면 부를 테니까. 아, 요새 정원에 가을꽃들이 만발해서 향기가 좋으니까, 한번 거닐어 보는 것도 좋을 거야."

일단 방에 짐을 풀어 놓고 생각해 보기로 했다. 가터 백작은 그들에게 아주 넓은 손님용 방을 두 개나 제공해 주었다. 욕실이 딸린 방에는, 침대가 두 개씩 놓여 있었다.

루와 니아가 한방, 유진과 텐치가 한방을 쓰기로 했지만 일단 루는 유진의 방에 따라 들어갔다.

"유진, 경계해야겠어요."

"응?"

"가터 백작의 금언 마법이 풀렸어요. 그를 죽여야 할지도 모르겠어요."

"금언 마법이 풀리다니. 그럴 리 없어. 그건 대장이 걸어 둔 거야."

"하지만 금언 마법이 풀린 건 확실해요."

"왜?"

"가터 백작이 금언 마법에 대해 언급했으니까요."

"그거야 우리만 있으니…… 아!"

유진이 깨달음을 얻은 듯 눈을 크게 떴다.

그곳에는 토스카만 있는 것이 아니었다. 니아도 함께 있었다. 가터 백작은 니아가 누군지 알지도 못하는 상황에서, 금언 마법에 대한 이야기를 꺼냈다.

"니아는 어디를 봐도 어린 소녀예요. 토스카의 단원이라고는 생각하기 힘들죠. 설령 토스카의 단원이라고 생각했다고 해도, 목숨이 걸린 상황인데 확인도 안 해 보고 금언 마법에 대해 언급하진 않을 거예요. 우리한테 먼저 얘기해도 되는지, 안 되는지 확인을 해 봤겠죠."

"그렇구나."

"모르는 동행이 있는데도 입이 가벼워졌다는 건, 그만큼 자유로워졌다는 걸 말해요. 금언 마법은 풀렸어요. 어떻게 풀렸는지는 알 수 없지만."

"그렇다면…… 죽여야겠군."

유진은 살인마가 아니었다. 사람을 죽이는 건 내키지 않지만, 지금 같은 상황에서는 어쩔 수 없었다.

비비안이 용병을 고용한 사실을 알았을 때만 해도 갈등을 하고 있었다. 가터 백작을 잘 설득해서 넘어갈 수 있는 문제라면, 그렇게 끝내려고 했다. 하지만 금언 마법이 풀렸다. 그런데도 가터 백작은 그 사실을 말해 주지 않았다.

배신의 마음을 품고 있다는 증거다. 살려 둘 수 없다.

"만찬까지 기다릴 것도 없어. 저녁 식사에 뭘 탔을지도 모를 일이니까."

유진이 침대에 앉아 있는 텐치를 돌아봤다.

"텐치, 몸 좀 어때?"

"안 죽을게요."

"안 죽는 걸로는 부족해. 상처 하나 입지 마. 네놈 뒤치다꺼리 하는 건 질색이니까."

"한 개 정도는 봐줘요. 죽다 살아난 지 얼마 안 됐는데."

"그럼 한 개."

"네, 가능합니다."

"루, 니아와 주아를 데리고 나가 있어."

유진이 루에게 말했다. 니아가 루의 옷깃을 꽉 붙잡았다.

"텐치가 니아를 데리고 나가 있고, 저랑 유진이 싸우는 건 어때요?"

"안 돼. 니아를 제대로 보호해. 그리고 힘을 아껴."

"하지만 전……."

"건방지게 구는 건 상관없지만 고집은 부리지 마, 루."

유진이 차갑게 말했다. 유진이 그렇게 나오면 루도 어쩔 수 없었다. 가볍게 고개를 끄덕이고 니아의 손을 잡았다.

"알겠어요, 유진. 다치지 마요."

* * *

아리크는 정원에 앉아 눈을 감았다.

'오늘로 나도 끝일까?'

아리크는 가터 백작가의 유일한 아들임에도 크게 사랑을 받지 못했다. 말수가 적고 사회성이 부족했기 때문이다. 누나인 비비안은 영특하고 아름다워 모두가 사랑했고, 어디를 가도 비비안에 대한 이야기를 했다. 하지만 실제로 가터 백작가에서 머리가 가장 좋은 사람은 아리크였다. 말수가 적고 사람을 만나지 않는 만큼, 생각할 시간이 많았다.

아리크는 타고난 두뇌에 수많은 책을 읽어, 그 지식이 대학자 못지않았다. 다만 드러내지 않아, 누구도 그 사실을 모를 뿐이었다.

'아버지와 누님이 욕심을 내지 않았더라면 좋았을 텐데. 어설프게 새끼 호랑이를 키워 봐야, 그 발톱에 죽게 되는 게 당연한 것을.'

아리크는 무릎에 얼굴을 파묻었다.

토스카가 가터 백작가에 드나들 때부터, 언젠가 이런 날이 올 줄은 예상하고 있었다. 오늘 저택에 들어온 세 명의 사내와 한 명의 소녀, 그리고 늑대 한 마리. 그들을 보는 순간, 오늘이 바로 그날이라는 걸 깨달았다.

유진과 루, 텐치의 얼굴은 종종 봐서 알고 있었다. 그들이 그토록 차가운 눈빛을 하고 있는 건 처음 봤다. 아버지가 왜 그 살기를 깨닫지 못했는지 이해가 안 된다.

도망칠까 고민도 해 보았지만, 아버지를 버리고 도망치고 싶진 않았다. 그렇다고 해서 아버지를 지킬 방법도 없었다. 저들은 너무 강하고, 이쪽은 너무 무력했다.

'드래곤은 우리 편이 아니야.'

드래곤과 아버지의 대화를 엿들은 건 우연이었다. 아니, 어쩌면 드래곤이 일부러 듣게 해 주었는지도 모른다. 아리크에게 옳은 선택을 하라고.

레클라스라는 이름의 드래곤은, 가터 백작과 대화를 나누고 저택을 떠나기 전 아리크의 방에 들렀다. 그리고 말했다.

*—똑똑한 녀석이군. 머리가 좋은 녀석은 싫지 않지. 죽지 마.*

드래곤이 아버지의 금언 마법을 풀어 준 이유는, 아버지를 도와주기 위해서가 아니다. 드래곤은 결코 대가 없이 인간을 도와주지 않는다. 드래곤의 대가 없는 친절을 받은 인간은, 그 목숨을 내놓을 각오를 해야 하는 것이다.

그런데 아버지는 의심 없이 드래곤의 친절을 받아들였다.

그 대가를 오늘 치르게 되었다.

'어떻게 죽지 않을 수 있겠어요?'

머리가 좋기는 해도, 아리크는 아직 16살짜리 소년이었다. 죽음에 대한 공포와 서글픔에 눈물이 나려고 했다.

'저 사람들을 상대로 어떻게 죽지 않을 수 있겠어요?'

그때, 정원 쪽으로 누군가 나오는 소리가 들렸다. 아리크는 황급히 손등으로 눈물을 닦고 일어났다.

루와 니아, 그리고 주아가 정원으로 걸어 나오고 있었다.

*　　*　　*

정원으로 나가자마자 짙은 꽃향기가 덮쳐 왔다.

루는 니아를 벤치에 앉히고 그 옆에 앉았다.

“향기가 좋아요, 루.”

니아가 아무 것도 모른다는 듯 중얼거렸다. 곧 있을 참사는, 니아에게도 루에게도 반가운 일이 아니었다.

루는 알고 있었다. 유진이 더 이상 루의 손을 더럽히지 않기 위해 나가 있으라고 했다는 것을. 지금 배신의 마음을 품었더라도, 과거에는 도왔던 사람을 죽이는 걸 달가워하지 않는 마음을, 유진은 눈치챈 것이다.

“응, 그러게.”

니아의 말에 대답을 하면서도 온 신경은 저택 안에 향해 있었다. 유진과 몸이 안 좋은 텐치에게 모든 걸 맡겨 놓았더니 마음이 불편했다. 당장이라도 뛰어 들어가 그들을 돕고 싶었다.

하지만 니아를 두고 들어갈 수도 없었다. 도망쳐 나온 기사들이 니아를 공격하면 큰일이었다.

“아버지랑 누님은 생각이 짧아요. 항상 그랬어요.”

문득 들려오는 소년의 목소리에, 루는 벌떡 일어났다. 반사적으로 검을 뽑고 상대를 노려봤다. 금발에 갈색 눈동자를 가진, 귀여운 외모의 소년이었다.

소년은 아무 것도 들고 있지 않으면서도, 검을 든 루를 두려워하는 기색이 전혀 없었다.

"아리크……인가?"

아리크는 루를 몇 번 본 적이 있지만, 루는 아리크를 본 적이 한 번도 없었다.

"네. 제가 아리크예요, 루."

아리크가 천천히 루에게 다가왔다. 루는 아리크에게 살기가 없음을 깨닫고 도로 검을 집어넣었다.

루의 앞에 멈춘 아리크가 저택 건물에 시선을 보냈다.

"누님은 늘 특별해지고 싶어 했어요. 남들과 다른 모습, 다른 삶을 살기를 꿈꿨죠. 그래서예요. 이 시대의 여자들은 기피하는 의술과 약초에 관심을 가지고, 평민들의 거리를 드나든 이유는. 그리고 토스카라는 집단의 대장에게 마음을 빼앗긴 이유는."

어린 소년은 나이답지 않은 현명한 눈빛을 지니고 있었다. 루는 단숨에 아리크가 좋아졌다. 생각이 깊은 사람이 좋다.

"아버지의 영향을 받은 거겠죠. 아버지도 항상 특별함을 꿈꾸셨거든요. 평범한 게 가장 좋은 건데, 그걸 모르시더라고요, 두 분 다."

아리크의 곱상한 얼굴이 괴로운 듯 일그러졌다. 그는 저택을 향하고 있던 시선을 루에게로 향했다. 그의 눈동자가 안쓰러울 정도로 흔들렸다.

"죽이실 건가요?"

떨리는 음성.

"응."

루는 단호하게 대답했다.

"그렇군요, 역시."

아리크가 주먹을 꽉 쥐었다.

"다시 한 번 생각해 주실 수는 없나요?"

"왜 도망치지 않았지, 아리크? 이런 상황을 예상하고 있었던 것 같은데. 만약 네가 어디로든 도망을 쳤더라면, 굳이 널 찾아내서 죽이진 않았을 거야."

"사실은 고민했어요. 솔직히 말씀드리자면, 아버지와 누님이 토스카와 연을 맺을 때부터 불안했어요. 그래서 도망치고 싶었어요. 하지만……."

그의 눈에서 눈물이 흘렀다.

저택 안에서 들려오는 소리 때문이었다. 사람들의 비명 소리.

"하지만 어떻게 그래요? 그래도 제 가족인데."

루는 고개를 옆으로 돌렸다. 아리크의 눈을 똑바로 보기 힘들었다.

지금 이건 옳은 일일까? 단지 방해가 된다는 이유만으로 한 가족을 몰살하는 짓이, 과연 옳은 일일까?

이래서야 내 가족을 죽인 오르딘 공작과 다를 것이 없지 않은가.

"미안."

하지만 어쩔 수 없었다.

싫은 일을 유진과 텐치에게만 맡겨 두고 뒤로 물러설 수는 없었다. 검을 다시 뽑아 들려는데, 니아가 루의 손목을 잡았다.

"이 소년은 살려 주도록 해요, 루."

"안 돼."

그럴 순 없었다.

한 명도 남겨 둘 수 없었다. 루가 그랬던 것처럼, 아리크도 복수를 꿈꾸며 힘을 키울지도 모른다.

"살려 줘요, 루. 아리크는 절대로 토스카의 위협이 되지 않을 거예요."

니아의 목소리는 확신에 차 있었다.

"아리크의 미래를 본 적이 있어요. 좋지 않은 상황이었지만, 아리크는 늘 옳은 선택을 했어요."

"하지만……."

"살려 줘요, 루."

니아의 음성이 달콤하게 울렸다.

루는 이왕이면 누군가를 죽이지 않는 쪽을 선택하고 싶었다. 그래서 니아의 제안이 더욱 유혹적으로 다가왔다.

검 자루를 손에 꽉 쥐고 저택 쪽을 돌아봤다. 비명 소리가 서서히 잦아드는 것으로 보아, 거의 끝나 가는 듯했다.

"도망쳐, 아리크."

루는 저택에 시선을 둔 채로 말했다.

"내가 한눈을 판 사이에 도망쳐. 내게 잡히지 마."

말이 끝나기가 무섭게, 아리크가 휙 돌아서서 달리기 시작했다. 크게 한숨을 내쉬는 루의 어깨에, 니아가 손을 얹었다.

"잘했어요, 루."

"옳은 판단일까?"

"네. 내가 본 미래에서, 아리크는 죽어요."

"내 손에?"

"아뇨. 가터 백작의 손에."

"가터 백작? 백작이 자기 아들을 죽인다고?"

"그래요. 금언 마법이 풀리지 않았더라도, 가터 백작은 토스카를 배신했을 거예요. 아리크는 가터 백작에게 토스카를 배신하지 말라고 하다가, 기어코 배신을 한 백작을 비난해요. 그때 가터 백작은 이성을 잃은 상태이기 때문에, 아들을 죽이죠. 아주 끔찍하게."

"……."

"미래가 바뀌었으니, 저 애가 당신들을 배신할지, 하지 않을지는 알 수 없어요. 하지만 저 애는 제 아비와 달라요. 틀린 선택을 하는 일은 없을 거예요."

"언젠가 저 애는 검을 우리에게 겨누게 될 거야."

"그때는 날 원망해요."

"아니. 마음이 약해진 내 자신을 원망해야지."

루는 쓴웃음을 지으며, 마침 도망치는 한 남자를 붙잡았다.

하인들의 옷으로 갈아입은 가터 백작이었다.

겁에 질린 가터 백작은 어디를 봐도 귀족적인 느낌을 풍기지 않았다. 그저 옷 한 벌 갈아입었을 뿐인데, 귀족의 자태를 잃었다. 그런 그를 보며, 귀족과 평민을 가르는 것이 과연 무엇인가, 라는 상황에 어울리지 않는 생각을 했다.

"대, 대체 왜 이러는 겐가? 응? 내가 자네들에게 뭘 어쨌다고?"

유진과 텐치, 루를 번갈아 보는 그의 시선이 혼란스러웠다.

"내가 서운케 한 것이 있나? 응?"

"밖에."

루가 입을 열었다.

"기척이 느껴져, 가터 백작."

"그, 그게 무슨 말인가?"

"용병들 같은데. 중장비로 무장한 사람들이 저택에서 머지않은 곳에 있어."

가터 백작이 잠시 숨을 멈췄다. 동요한 기색이 역력했다.

"그, 그게 무슨 소린가?"

가터 백작은 당황을 감출 수가 없었다. 용병들을 고용한 것은 사실이었다. 하지만 그들은 저택에서 아주 멀리 떨어진 곳에 있었다. 혹시나 이들이 눈치를 챌까 봐, 먼 곳에서 대기하라고 일러 둔 터였다.

오늘 밤, 만찬을 즐긴 후 그들이 편히 쉬고 있을 때에 신호를 하면 일시에 그들의 방을 덮치기로 했다. 하지만 만찬이 준비되기도 전에 일방적인 학살이 시작되었다. 저택 내의 경호 기사들은 검 한번 제대로 휘두르지도 못하고 당했다.

"그동안 여러 가지 도움을 준 건 고마워, 가터 백작. 하지만 당신은 너무 멀리 갔어."

루는 검을 빼들었다. 유진이 루의 손목을 잡았지만 루는 가볍게 고개를 저었다. 유진과 텐치의 손에만 피를 묻힐 수는 없다.

"당신의 딸이 날 죽이기 위해 흑의 용병을 고용했다는 소식, 당신은 이미 전해 들은 거겠지. 당신의 금언 마법이 어떻게 풀린 건지는 모르겠지만……."

"드래곤이!"

가터 백작이 비명처럼 외쳤다.

"드래곤이 날 도와주고 있어! 네놈들 따위가 날 이길 수 있을 것 같으냐?"

심장이 철렁했다.

'라크가 금언 마법을 풀어 줬단 말이야?'

루가 당황했다는 걸 깨달은 듯, 가터 백작이 계속해서 말했다.

"뒷골목 잡배들을 거두어 줬더니 돌아오는 게 이런 건가? 이래서 잡것들은 곁에 두지 말라는 소리가 있는 거야. 네놈들이 강해 봐야 드래곤을 이길 수 있을 것 같아? 나에게는 드래곤이……."

루의 검이 번쩍 빛을 발했다.

가터 백작의 눈이 커졌다. 그의 목에 가느다란 붉은 선 하나가 생겨났다. 가터 백작의 눈동자가 루를, 그 다음에는 유진과 텐치를 한 번씩 돌아봤다.

그러더니 툭.

머리가 떨어졌다.

루의 검에는 피 한 방울 묻어 있지 않았다. 루는 아무 일도 없었다는 듯 검을 집어넣었다. 그 눈빛이 어찌나 서늘한지, 유진도 텐치도 루에게 한 마디 건네지 못했다.

"못된 드래곤 같으니."

벤치에 앉아 있던 니아가 중얼거리는 소리만이, 아무도 남지 않은 저택에 울려 퍼졌다.

* * *

아리크는 달렸다. 숨이 턱에 차올라 폐가 찢어질 것 같았지만, 그래도 달렸다. 달리고, 또 달리다가 더는 달리지 못하고 쓰러졌다.

벌어진 입 안으로 흙이 묻어 들어갔다. 하지만 아리크는 그조차 느끼지 못한 채 흐느꼈다. 마른 몸이 안쓰러울 정도로 떨렸다.

온몸의 수분이 빠져나갈 정도로 울고, 또 운 아리크는 해가 저물고 그 해가 다시 뜰 무렵에야 울음을 멈췄다. 손등으로 눈물을 쓱 닦아 낸 아리크의 눈동자가 결연한 각오로 빛났다.

'정신을 차려야 돼.'

아리크는 몸을 일으키기 위해 애썼다.

'아직 누님이 살아 있어. 우리 가문에서 일어나는 일을 제대로 아는 사람도 없고.'

가터 백작이 토스카를 돌보다가 도리어 죽임을 당했다, 라는 사실이 알려져서는 안 된다. 그런 사실이 알려졌다가는 가터라는 이름이 더럽혀질 것이다.

'이제 내가 가터가를 이어 가야 돼.'

간신히 두 발로 버티고 섰다.

'내가 가터가를 원래의 자리로 되돌려 놔야만 해.'

* * *

케이가 예고한 시간인 20일이 훌쩍 지나갔다. 시간은 한 달 째로 접어들고 있었다. 그러나 그들의 앞을 가로막은 보이지 않는 막은 여전히 존재했고, 케이는 나올 기미를 보이지 않았다.

제대로 자지도 먹지도 못한 와칸은 수척해져 있었다.

"들어가 봐야겠다."

와칸이 중얼거렸다.

"한 달이 지났는데도 나오지 않는다면, 대장에게 무슨 일이 생겼다는 거야."

"대장도 해내지 못한 건데 네가 할 수 있겠냐? 내가 들어갈란다.”

쿠반이 말했다.

“아니, 네놈은 대장의 울화통을 터지게 할 뿐이니 내가 들어가는 게 낫다. 내가 가서 대장을 데리고 오지.”

거기까지 말했을 때였다.

정글을 뒤흔드는 굉음이 울려 퍼진 것은.

* * *

케이가 환상에서 벗어난 시점은, 구온 시에 도달했을 때였다.

구온 시 근처의 숲에 누워 있을 때, 루를 보았다.

숲을 천천히 거니는 그녀의 모습에서, 케이는 눈을 뗄 수가 없었다. 희고 고운 피부, 선이 고운 눈썹과 그 아래에 자리 잡은 푸른 눈동자, 오밀조밀 조화로운 이목구비, 그리고 길고 가느다란 목 아래로 보이는 풍만한 가슴.

‘뭔가 이상해.’라고, 케이는 생각했다.

‘이건 아니야.’

현혹 마법에 걸린 케이는 ‘아스’라고 불렸던 시절부터 새로이 살아가는 중이었다. 모든 것이 그때와 똑같기에 현실과 환상을 구분할 수 없었는데, 지금 이 순간만큼은 현실적이지 않다는 생각이 들었다.

‘뭐지? 나는 왜 저 여자를 아는 것 같은 기분이지?’

환상 속에서의 케이는 루를 몰라야만 했다. 하지만 그녀를 보는 순간, 알고 있었다. 저 여인이 가진 가슴이 가짜라는 것을.

'루.'

저 여인의 이름이 '루'라는 것을.

그리고.

*—나는 당신의 개입니다.*

저 여인의 음성을.

케이는 알고 있었다.

그리하여 깨달았다. 지금껏 자신이 걸어온 길이 모조리 환각이라는 걸.

'그래, 맞아.'

케이는 눈을 감았다.

'이건 현실이 아니야.'

여자인 루가 걸음을 멈추더니 고개를 들었다. 그녀의 푸른 눈동자가, 정확히 케이가 있는 곳으로 향했다. 그녀의 얼굴에 가슴이 시릴 만큼 아름다운 미소가 떠올랐다.

"저기요? 누구 있어요?"

가슴이 지끈 아파 왔다.

그녀의 음성은, 케이의 기억 속에 있는 음성과 달랐다. 조금 더 높고 가느다란 목소리. 매력적인 것은 분명하지만, 케이가 아는 루의 목소리는 아니었다.

케이는 나무에서 내려와 그녀를 마주 보고 섰다. 느닷없이 등장한 사내의 모습에도, 그녀는 놀라지 않았다.

"이름이 뭐지?"

그녀에게 물었다. 그녀는 고개를 옆으로 갸우뚱 기울이더니 곧 옅은 미소를 지으며 말했다.

"루엘."

"루엘."

"루엘라인."

"루엘라인."

그녀가 말하는 이름을 따라서 읊조렸다.

"너는 루가 아니군."

"네?"

"너는 나의 루가 아니야."

자신을 경멸했다.

"그게 무슨……?"

그녀가 의아하다는 듯 눈을 동그랗게 떴다.

사랑스러웠다. 어디를 봐도 루와 똑같은 그 모습이, 단지 여성일 뿐인 그녀의 모습이 사랑스러워서 가슴이 아팠다.

루가 여자이기를 바랐다. 타우아문의 잊힌 땅에 걸려 있는 현혹 마법이 과거부터 지금까지를 쭉 보여 준 이유는, 바로 이 순간을 위해서인 모양이다. 케이가 가장 원하는 것을 이루어 주기 위해서. 케이가 가장 소망하는 것이 있는 이 환각 속에, 의심 없이 머물게 하기 위해서.

하지만 그게 오히려 독이 되었다.

루가 여자일 리 없다. 루를 사랑하는 만큼, 그 마음을 부정했다. 루를 사랑하기에, 루가 여자이기를 꿈꿨다. 하지만 루에게 사랑 고백을 하는 그때에, 케이는 루가 남자라는 것을 받아들였다.

때문에 이 앞의 여인이 가짜라는 것을, 케이는 알 수 있었다.

"이 마법은 내가 보고 싶은 것을 보여 주는가 보군."

그러자 루엘이 빙긋 웃었다.

"이름이 뭐예요?"

환각이라는 것을 알면서도, 그녀의 질문을 모르는 척 할 수 없었다.

"케이. 케이아스."

"케이아스."

환각이라는 걸 알면서도, 그녀가 불러 주는 풀네임에 심장이 두근거렸다.

"이곳에서 뭘 하고 있었어요?"

"너를 만나러 왔어."

"저를요?"

"아니, 네 얼굴과 똑같은 한 남자를 만나러 왔어."

"제 얼굴과 똑같다고요?"

놀란 듯한 그녀의 얼굴을 보는 게 즐거웠다. 케이가 기억하는 것보다 한 톤 높은 음성을 듣는 것도 좋았다. 그래서 케이는, 이 환각에서 벗어나고 싶지 않았다. 케이가 꿈꿔 왔던 이 환각에 머물러, 눈앞의 여인과 함께 지내고 싶었다.

"루엘라인."

"네?"

"반가웠어."

"네, 나도 반가워요. 케이아스."

"하지만 안녕."

"네?"

"잘 지내."

케이는 돌아섰다.

그 순간 뒤에서 무언가 무너지는 소리가 들려왔다. 돌아보고 싶었다. 그녀를 끌어안고 싶었다. 하지만 케이는 참았다.

환각 따위에 지고 싶지 않았다. 원래의 세계로 돌아가면, 루는 남자이겠지만, 아마도 사내인 자신을 사랑하는 케이를 경멸하겠지만, 그래도 환각 따위를 선택하고 싶진 않았다.

경멸을 받더라도, 현실의 루를 사랑했다. 여인이 아니더라도 상관없었다.

루를 사랑한다.

거침없는 그 검술을, 때로는 건방진 듯한 말투를, 가끔은 눈치를 보는 태도를, 무엇 하나 빼놓지 않고 사랑하고 있다.

'그러니까.'

케이는 눈을 질끈 감았다.

'내 세계로 돌아갈 거야.'

다시 눈을 떴을 때, 케이는 정글 안에 우두커니 서 있었다. 시선을 옆으로 내리자, 바닥에 떨어진 단검이 보였다. 케이는 그 단검을 집어 들다가 옆에 앉아 있는 라크를 발견했다.

"여어, 반푼이. 돌아왔군."

그가 반갑다는 듯 말했다.

"네, 라크."

케이는 단검에 마력을 불어넣었다.

"돌아왔습니다."

그리고 그 끝을 땅에 박아 넣었다.

오랫동안 이 땅에 걸려 있던 마법이 깨지며, 마지막 굉음을 내뱉었다.

마법이 사라지는 것을 느끼며, 케이는 라크의 옆에 책상다리를 하고 앉았다.

"그 안에서 무엇을 봤지, 반푼이?"

"과거를."

"과거라…… 선대 검은 호랑이가 살아 있는 꿈이라도 꿨나?"

"아니요. 선대는 죽었습니다."

"그래? 그렇다면 무엇이 널 현실로 이끈 거지?"

"루."

"호오."

"루가 절 현실로 이끌었습니다, 라크."

"그렇군."

"이 땅은 드래곤의 무덤입니까?"

"그래. 저기 어딘가에 내 친구의 시체가 있겠지."

"그렇다면 드래곤 레어도 있겠군요."

라크가 킬킬 웃었다.

"그럴지도."

"좋은 곳입니다."

"좋은 곳이지."

라크가 몸을 일으켰다.

"내게 부탁하고 싶은 게 있겠지?"

"네."

"대가는 뭐지?"

"내 마법."

"하하하하하."

라크가 웃음을 터뜨렸다.

"이봐, 반푼이. 네 마법 따위를 가져가서 내게 무슨 도움이 되겠어? 네 마법이 아니어도 나는 충분한 마력을 가지고 있어."

"그렇다면 뭘 원합니까?"

"네 자식."

케이가 미간을 좁혔다.

"언젠가 네가 낳은 아이를, 내게 줘."

"알겠습니다."

케이가 가볍게 대답했다. 이번에는 라크가 인상을 찌푸릴 차례였다.

"알겠다고? 네 자식을 달라는데?"

"네, 라크. 드리겠습니다."

"그때 가서 마음이 바뀌어도……."

"바뀔 일 없습니다."

남자인 루를 사랑한다. 이 마음은 변치 않을 테니, 결혼을 할 일도, 아이를 갖게 될 일도 없다.

"그렇다면야."

라크가 고개를 옆으로 기울였다. 그러자 정글의 무성한 나무 뒤로 보이던 허름한 성이 광채에 휩싸였다. 오랫동안 사람의 발길이 닿지 않아 무너져 가던 타이아문의 성은, 갓 지은 듯 튼튼하고 화려한 모양새를 되찾았다.

"네게 아이가 생겼을 때에 돌아오지."

* * *

와칸이 도착했을 때, 케이는 정글 한가운데에 가만히 앉아 있었다. 죽은 게 아닌가 싶을 정도로 꼼짝하지 않는 그의 모습에 심장이 철렁 내려앉았다.

"와칸, 기억나?"

문득 그의 음성이 들려와 안심했다.

한차례 불어온 습한 바람이 그의 은빛 머리카락을 스치고 지나갔다. 와칸은 그의 옆에 앉으며 물었다.

"무엇이요?"

"내가 전에 구온 시에서 네게 재미있는 이야기를 하나 해 주겠다고 했던 거."

"아아, 기억납니다."

그때는 관심 없다고 매몰차게 거절했었다.

"아직도 관심 없나?"

그가 놀리듯 물었다.

벌써 한참이 지난 일을 기억하고 있는 걸 보면 무언가 중요한 말이었나 보다. 그래서 궁금해졌다.

"관심이 생겼습니다."

"그렇군. 그렇다면 와칸, 이건 기억나? 아주 오래 전에 내가 파플문 시에 다녀왔을 때의 일."

와칸은 그게 뭐죠, 라고 되묻지 않았다. 그때의 일은 당연히 기억하고 있었다. 충격적이라서 기억할 수밖에 없었다.

*—가지고 싶은 게 생겼어.*

*—또?*

*—이번엔 진짜야. 다른 걸 다 잃어도 좋아. 그거 하나만 있으면 돼.*

*—뭔데?*

*—어떤 소녀.*

*—뭐?*

*—새파란 눈동자를 가진 애야. 굉장히 예뻐. 난 그 애를 가지고 싶어.*

*—하다하다 사람을 사고팔고 싶다고? 관둬. 노예를 두는 건 못 할 짓이야.*

*—아니, 노예 같은 걸로 갖고 싶다는 게 아니야. 나는 그 애를…….*

꿈꾸듯 말하던 어린 케이의 얼굴이 붉게 물든 것을, 와칸은 똑똑히 기억했다. 아마 유진과 휴이, 쿠반도 그 일을 기억할 것이다. 케이가 그런 식으로 여자 이야기를 하며 얼굴을 붉힌 건 그 때가 처음이니까.

"네, 기억합니다."

와칸의 말에 케이가 씩 웃었다.

"그렇군."

그 순간, 와칸은 심장이 쿵 내려앉는 깨달음을 얻었다.

새파란 눈동자의 소녀.

루를 처음 봤을 때부터 이상할 정도로 잘해 주던 케이의 태도.

'설마…… 루가 파믈문 시의 그 소녀였던 건가?'

그렇다면 몇 가지 설명할 수 있는 점들이 생긴다. 그로부터 몇 개월 후, 파믈문 시의 커다란 저택에 불이 났다는 소문을 들었다.

그 저택이 루가 어린 시절에 살던 저택이었나 보다.

"루는 아마."

케이가 말했다.

와칸은 꿀꺽 침을 삼켰다. 드디어 케이가 루의 정체를 알게 된 모양이다.

"그 소녀의 남동생이 아닐까 싶어."

"콜록…… 콜록콜록!"

어지간한 와칸도 느닷없는 케이의 추리에 사레가 들리고 말았다. 한참 콜록대는 와칸을, 케이는 걱정스럽다는 듯 쳐다봤다. 와칸은 외치고 싶었다.

이 인간아. 나는 당신의 그 둔해 빠진 머릿속이 더 걱정스러워!

"외모가 닮았다. 게다가 눈동자 색도 똑같고."

"……아, 네."

"그래서였나 봐. 그 녀석을 보는 순간 애정이 생긴 이유는."

"……하아. 네에."

"혼자 살아남았다고 했으니 아마도 그 소녀는 죽었겠지."

"……."

"신기하지 않나? 아주 잠깐의 인연일 뿐이었는데, 그 소녀의 남동생을 거두게 되다니."

"네, 그러시겠지요."

"그러니 나는 루에게 잘해 줘야 할, 또 하나의 이유가 생긴 거다."

"네, 그러시지요."

케이가 살짝 미간을 좁혔다.

"와칸, 네 말투가 날 비난하는 것처럼 들리는 이유가 뭐지?"

"착각일 겁니다."

지금 당신이 하고 있는 것처럼.

"흐음."

그는 아무래도 좋다는 듯 몸을 일으켰다. 와칸도 따라 일어났다.

'내 대장은 진짜로 바보였군.'

그런 생각을 지울 수가 없었다.

그러는 한편 자꾸만 웃음이 비집고 나오는 이유는, 케이의 분위기가 달라졌기 때문이었다. 이 안에서 무슨 일이 있었는지 모르겠지만, 케이는 과거의 분위기를 되찾았다. 티그리스의 선대 검은 호랑이가 건재했을 때의, 그의 아들이 갖고 있던 유쾌하면서도 묵직한 분위기. 와칸이, 그리고 또 다른 친구들이 무척이나 사랑했던 분위기.

케이가 씩 웃었다.

"모두를 불러 와라, 와칸. 이 지역이 앞으로 우리가 살아갈 땅이다."

*　　*　　*

도망칠 때와는 달리, 터벅터벅 걸어서 저택으로 걸어가는 동안 오만 가지 생각이 다 들었다. 혼자 남겨졌다는 불안함과 알 수 없는 미래에 대한 불안, 그리고 부모님을 잃은 슬픔에 심장이 터질 것만 같았다.

그러나 아리크는 영특한 소년이었다.

저택이 눈에 들어올 무렵부터 앞으로의 일에 대해 진지하게 고민을 하기 시작했다.

'루는 강해. 케이도 강할 거야. 게다가 그 드래곤은 결코 우리 편이 아니야. 그들의 편이지. 드래곤을 등에 업은 자를 이길 수 있을 리 없어. 게다가…….'

루의 눈빛이 떠올랐다.

미안하다고 말하는 루의 눈동자에 담긴 감정은 미안함뿐이 아니었다. 더 많은 것들이 그 안에 감춰져 있었다. 깊은 슬픔과 절망, 후회, 그리고 각오.

루를 미워할 수가 없었다.

루가 구온 시에서 어떤 취급을 받으며 살아왔는지 알고 있다. 토스카를 만난 후, 루는 변했다. 그렇다는 건 아마도, 루에게는 파필리아의 괴물로 살 수밖에 없었던 이유가 있었다는 것이리라.

'루는 해야만 할 일을 했어. 아버지가 배신하지 않았더라면, 누님이 너무 큰 욕심을 내지 않았더라면, 우리 가족이 죽는 일도 없었을 거야. 그러니까 누구도 원망해서는 안 돼.'

저택에 들어가기도 전부터 피비린내를 맡았다. 슬프지만 역겨운 냄새에 몇 번 토악질을 했다. 간신히 속을 달래고 안으로 들어갔다.

정원에 아버지의 시신이 보였다.

마치 잠든 것처럼 가지런히 정돈되어 있어서, 가까이 가서야 목이 베였다는 걸 알 수 있었다. 시신을 이렇게 정리해 둔 건 아마도 아리크에 대한 배려이리라.

아버지를 사랑했기에, 아리크는 그의 시신 옆에서 한참을 울었다.

왜 그렇게 욕심을 부렸어요, 지금도 충분히 행복했잖아요, 넘치도록 많은 것을 가지고 있었잖아요.

그런 말을 되뇌며 울다가 저택 안으로 들어갔다.

혹시나 토스카가 드나들었던 흔적이 있을까 싶어 대충 훑어봤다. 그들은 아무 흔적도 남기지 않았다.

'일단 신고를 하자. 괴한들이 침입했다고 해 두면 토스카와 관계되는 일은 없겠지. 우리 가문과 토스카의 연은 이걸로 끝이야. 복수를 할 것도, 그들을 도울 것도 없어. 더 많은 걸 욕심내지 말고, 다시 한 번 가문을 일으키면 되는 거야.'

*　　*　　*

바흘은 라일의 눈치를 보며 말했다.

"라일 님, 곧 구온 시에 도착합니다."

라일은 팔짱을 낀 채로 창밖에 시선을 두고 있었다. 대답도 하지 않았다.

어릴 때부터 라일을 봐 왔지만 이런 모습의 라일을 보는 건 처음이었다. 태양 같았던 그는 빛을 잃었다. 어둠이 그의 주변에 머물렀다. 아니, 그 자체가 어둠에 침잠한 듯 보였다.

그저 천천히 호흡하는 것만이 그가 할 수 있는 유일한 일이라는 듯, 그는 감정을 드러내지도 말을 하지도 않았다. 그의 어둠이 전염될 것만 같았다.

덜컹―

기차가 속도를 줄이기 시작했다.

라일이 느릿하게 일어나, 서늘한 목소리로 말했다.

"가죠."

*　　*　　*

구온 시에 도착하자마자 가터 백작가에 큰일이 벌어졌다는 소식을 들었다. 도시는 뒤숭숭하고, 여기저기 긴장한 표정으로 사람들을 조사하는 경비병들이 보였다.

몸수색을 하려던 경비병들이 라일을 알아보고는 뒤로 한 걸음 물러났다. 평소의 라일이라면, 그들에게 가볍게 미소를 보이며 인사를 했겠지만 오늘은 아니었다.

라일은 그대로 가터 백작가로 향했다.

발은 가터 백작가를 향해 움직이지만 머릿속은 딴생각으로 가득했다. 원망에 찬 루의 눈빛, 그녀의 나직한 속삭임, 전신을 강타하는 차가운 진실.

그녀에게 들은 것에 대해 알아보기 위해 사람들을 고용하느라, 구온 시로 출발하기까지 꽤 시간이 걸렸다. 고용인들에게는 정보를 얻는 대로 구온 시로 오라고 말해 뒀다. 유능한 이들이니 시간이 오래 걸리지는 않으리라.

사건이 벌어진 건 며칠 전인데도, 가터 백작의 저택 근처에는 경비병들이 많이 있었다. 도시의 시장에게 벌어진 일이니만큼 해결하기 위해 많은 인원을 투입한 것 같다.

저택 안에는 가터 백작의 아들인 아리크만 있었다. 아리크는 누나인 비비안과는 다른 분위기의 소년이었다. 어린 나이답지 않게 신중한 그의 모습에, 라일은 내심 놀랐다.

갑작스럽게 가족을 잃었으니 겁에 질려 있을 줄 알았는데, 소년에게서는 그런 분위기를 조금도 찾을 수 없었다.

"안녕하세요, 오르딘 백작님. 아리크입니다."

"라일이라고 불러 주세요, 아리크. 곧 당신이 작위를 물려받겠군요."

"네, 수도에는 공문을 보내 두었습니다."

모르는 사람이 본다면, 아리크가 작위를 받기 위해 부모를 죽였나 싶을 정도로 담담했다. 하지만 라일은 소년의 눈 깊은 곳에 웅크리고 있는 슬픔을 보았다.

"괴한들에게 당했다고 들었어요."

"네, 한 번도 본 적 없는 자들이었습니다."

"얼굴을 보신 겁니까?"

"네."

아리크는 처음엔 복면 쓴 자들이라고 하려고 했었지만, 그랬다가는 토스카와 연결시킬지도 모른다는 생각이 들어 계획을 바꿨다.

"흉악한 외모를 가진 사람들이었습니다. 얼굴에 칼자국이 있는 사람도 있었고요."

"몇 명이었지요?"

"도망치느라 확실하게 세어 보진 못했습니다. 상당히 많았습니다. 저택 안에 있는 사람들을 단숨에 죽일 만큼."

"그렇군요."

라일은 손가락으로 테이블을 톡톡 두드렸다.

"왜 그런 짓을 했을까요?"

"전에…… 누님이 사교 모임에 초대를 받아서 가다가 습격을 받으신 적이 있습니다. 그때의 무리들이 아닐까 싶습니다."

그 일이라면 라일도 알고 있었다. 그가 구온 시에 머물 때 일어난 일이다.

"그렇군요. 그러고 보니, 비비안 양은 아직 수도에 있나요?"

"얼마 전에 돌아오셨지만…… 심신이 많이 허약해지셔서 별장에 보내 두었습니다. 건강을 회복하시면 다시 저택으로 모실 예정입니다."

"그래요. 그럼 저택 안을 좀 둘러봐도 될까요?"

"네, 백작님. 얼마든지."

응접실을 나오자마자 바흘이 작은 목소리로 속삭였다.

"라일 님, 아무래도 좀 이상하지 않습니까? 부모가 죽었는데 저렇게 담담하다니. 아무래도 뭔가 감추는 게 있는 것 같습니다."

"그렇군요."

"어쩌면 작위를 얻기 위해 부모를 죽인 건지도 모릅니다."

"그래요."

"좀 더 조사를 해 보셔야……."

"바흘."

"네?"

"내가 알아서 할게요."

"죄송합니다, 라일 님."

바흘에게 화를 낼 일은 아니었다. 하지만 라일은 그조차도 원망스러웠다. 어찌하여 아버지를 둘러싼 추문들을 감추어 왔단 말인가. 바흘은 더 이상 내 사람이 아니다. 아버지의 사람이다.

라일은 누구를 믿어야 좋을지 알 수 없었다.

세상에 혼자 남겨진 기분이었다.

일에 집중하면 기분이 좀 나아질까 싶었다. 잠시만이라도 그 지저분한 추문을, 머릿속에서 떼어 내고 싶었다. 평소보다 공들여 가터 백작의 저택을 조사했다. 샅샅이 조사하다가 백작의 서재에 들어갔다.

서재 안에는 귀한 서적들이 많이 있었다. 라일은 우선 책상 서랍을 조사 후, 책들을 한 권, 한 권 펼쳐 보았다. 그리고 두꺼운 마법 서적 사이에 들어 있는, 편지 봉투를 발견했다.

라일은 아무 것도 보지 못했다는 듯 책을 탁 덮었다. 바흘이 서재의 다른 쪽을 뒤지느라 정신없는 걸 확인하고는, 편지 봉투를 꺼내 품에 감추었다.

편지 봉투에는 [오르딘 공작님 귀하]라고 쓰여 있었다.

라일은 아리크에게는 내일 다시 오겠다고 말한 후, 숙소로 삼은 쿠빌레로 향했다. 쿠빌레는 토스카와 관련 없는 다른 사람이 운영하고 있었다. 서둘러 방에 들어가 문을 걸어 잠그고 편지를 꺼냈다.

[오르딘 공작님 귀하]

가터 백작과 아버지 사이에 무슨 관계가 있는 건지, 라일은 알지 못했다. 이 편지 안에, 라일이 봐서는 안 될 내용이 담겨 있을 것만 같았다. 그걸 보는 순간, 라일이 알고 있던 많은 것들이 무너져 버릴 것만 같아 두려웠다.

하지만 라일은 거침없이 봉투를 뜯고, 그 안에서 편지지를 꺼냈다. 내용은 많지 않았다.

*오르딘 공작님께.*

*저는 구온 시의 시장직을 맡고 있는 메르앙 가터 백작이옵니다.*

*오르딘 공작님께서 찾고 계신 인물이 어디에 있는지 알고 있습니다. 그는 토스카라는 불량배 집단을 이끌며, 용병단인 척 위장을 하고 있습니다. 공을 세워 작위를 얻을 예정으로, 작위를 얻자마자 남부 토벌을 계획하는 중입니다.*

*티그리스 선대 검은 호랑이의 하나뿐인 아들.*

*오르딘 공작님께 복수를 꿈꾸는 그는, 현재 케이라는 이름을 사용하고 있습니다.*

*저는 그의 계획을 아주 잘 알고 있습니다. 혹여 공작님께서 제게 기회를 주신다면, 놈을 붙잡아 둘 방도를 생각해 보려고 합니다.*

*오르딘 공작님.*

*저는 늘 오르딘 공작님의 편입니다. 저도 오르딘 공작님의 계획에 동참하고 싶습니다.*

*가터 백작 올림.*

툭—

편지지를 떨어뜨렸다.

'아버지의 계획이 뭐지? 그리고 왜…… 티그리스의 이야기가 여기에 나오는 거지? 아버지와 티그리스가 무슨 관계인데?'

손가락 끝이 차게 식었다.

'케이가 티그리스 선대 검은 호랑이의 아들이었다고? 그런데 왜 아버지께 복수를 꿈꾸는 거지? 아버지께 복수를 하려는 건 루만이 아니었다는 건가?'

루와 오르딘 공작의 관계도 제대로 규명하지 못한 상태에서 또 다른 진실을 알아 버렸다. 제대로 정돈되지 않은 진실들이 뇌를 휘저었다. 견디기 힘든 두통이 몰려와, 라일은 두 손으로 머리를 거머쥐었다.

무엇이 어떻게 돌아가는지, 도통 알 수가 없었다.

* * *

타우아문의 성은 완벽했다.

성벽 안에 자리 잡은 도시는, 사람만 없을 뿐 있어야 할 것이 다 있었고, 그 중앙에 위치한 성은 높고 화려하고 견고했다. 라크의 마법 덕에, 원래보다 더 견고하고 아름다워진 것이다.

토스카에 협조하기로 약속한 정글의 부족들이 하나둘 모여들어, 도시 안에 제각각 자리를 잡기 시작하자 사람 사는 냄새를 풍겼다. 도시 안의 인구수는 순식간에 몇백 명으로 불어났다. 조만간 천 명을 넘기리라.

영토도, 물자도 풍부했다.

그쯤하여 나즐과 알리도 신력을 사용할 줄 아는 이들을 모아 타우아문의 땅에 도착했다. 나즐과 알리는, 히센에게서 그동안의 일을 전해 듣고는 한 문장의 감상을 남겼다.

"대장은 멍청이야."

케이가 타우아문의 땅에 걸려 있던 드래곤의 마법을 깨뜨렸다는 대단한 업적은, 루에게 고백한 후 까여서 도망친 일에 밀려 저평가되었다.

타우아문의 성에 조금씩 토스카의 향기가 배어들 무렵, 케이는 짐 속에 넣어 두었던 수정구를 꺼내 들었다.

수정구를 다루는 것은 마력만 가지고 할 수 있는 단순한 일이 아니었다. 집중력과 통찰력, 그리고 끈기가 필요했다.

오래전에 배우기는 했지만, 그 후 반란이 일어나는 바람에 제대로 연습할 시간을 갖지 못했다. 도망칠 때 챙겨 오긴 했지만 꺼낼 일이 없어서 잊고 있었는데, 타우아문의 땅에 들어와서 과거를 볼 때에 떠올랐다.

투명한 수정구 위에 손을 얹었다. 양질의 유리로 만든 수정구에서 미미한 마력이 전해졌다. 그 기운과 제대로 접촉하여 이쪽의 마력을 수정구로 전해, 공명하면 수정구에 원하는 영상을 비추게 할 수 있다.

볼 수 있는 영상의 범위는 다양했다. 과거의 일, 혹은 현재 어딘가에서 벌어지는 일, 그리고 미래의 일. 볼 수 있는 영상의 종류는 수정구를 얼마나 잘 다루느냐에 달려 있었다.

많은 마법사들이 어느 정도 마법을 익히고 나면 수정구에 도전을 하는데, 대부분이 실패할 정도로 어려운 마법이었다.

수정구를 다룰 수 있게 된다면 여러모로 편해진다.

케이는 눈을 감고 집중했다.

수정구의 힘에 공명하려고 애쓰며 보고 싶은 영상을 떠올렸다. 떠오르는 것은 단 하나, 루의 얼굴이었다.

루가 어디에 있는지, 무엇을 하는지 알고 싶었다. 그때에 그렇게 두고 오는 것이 아니었다. 어렵게 고백한 사랑이 매몰차게 던져지더라도, 루의 곁에 있어야만 했다. 루의 경멸 어린 시선이 불편하고 속상해도, 루의 곁을 떠나면 안 됐다.

부하들이 케이를 경멸하는 것이 당연했다.

고독하게 살아온 루에게 사람들과 몸을 비비는 따스함을 알려 준 것은 케이였다. 그런 주제에 제멋대로 사랑을 고백하고 도망쳤다. 그 차가운 고독 속에, 또 다시 루를 밀어 넣는 짓을 해버렸다.

경멸받아 마땅하다.

'아니, 이런 게 아냐.'

집중을 해야 하는데 딴생각을 하고 말았다. 간신히 느낀 수정구의 기운을 놓쳤다. 케이는 다시 한 번 집중했다. 루를 보고 싶지만 그보다 먼저 보아야 할 것이 있었다.

오르딘 공작.

그자가 어디에서 무얼 하는지 보아야 한다.

그러나 간신히 수정구의 힘과 공명했을 때에, 그 맑고 투명한 둥근 구 안에 선명하게 떠오른 것은 루의 얼굴이었다.

케이는 숨도 쉬지 못하고 가만히 수정구를 들여다보았다. 오랜만에 보는 루의 얼굴이, 케이에게서 생각의 힘을 앗아 갔다. 오르딘 공작의 위치를 확인해야 한다는 생각은 사라지고, 그저 루의 얼굴을 보는 데에만 몰입했다.

오밀조밀 예쁜 얼굴에서 눈을 뗄 수가 없었다. 커다란 눈과 푸른 눈동자가 케이의 심장을 움켜쥐었다. 떨어져 있던 시간이 긴 만큼, 가슴 안에 담긴 그리움이 큰 만큼, 루를 향한 애정이 진해졌다. 당장이라도 루의 곁에 달려가 끌어안고 입 맞추고 싶었다. 루가 허락하지 않아도 그 붉은 입술을 마음껏 탐하고 싶었다.

문득 루가 옆을 돌아보며 무어라 이야기하는 영상이 잡혔다. 아직 목소리를 들을 수 있을 만큼 수련하지 않아서, 무어라 하는지는 알 수 없었다. 루의 옆으로 언뜻 보이는 텐치의 모습에, 케이는 퍼뜩 정신을 차렸다.

루의 얼굴을 보는 동안 참고 있던 숨을 크게 몰아쉬었다.

'유진, 텐치와 합류한 건가? 다행이군.'

그들의 뒤로 펼쳐진 광경이 눈에 익었다. 정글 초입이었다.

'벌써 이곳까지 왔나?'

루를 마주할 마음의 준비가 되지 않은 상태에서, 가까운 곳에 있다고 생각하니 심장이 뛰었다.

사실 그리 가까운 거리는 아니었다. 말을 타고 일주일이 걸리는 거리. 정글은 길이 험해서 아마 일주일보다 더 걸릴 것이다. 마음의 준비를 할 시간은 충분하지만, 케이에게는 그렇게 생각되지 않았다.

왼쪽 가슴 위에 살며시 손바닥을 올렸다가, 슬쩍 고개를 젓고는 손을 내렸다. 이게 뭐하는 짓인지 모르겠다. 루는 내 개인데. 내가 무어라 말했어도, 루가 무어라 생각해도, 나의 개인데.

케이는 수정구에서 손을 떼고 벌떡 일어났다.

루에게, 나의 사랑스러운 개를 마중하러 가기 위해.

* * *

정글은 습하고 더웠다.

꾸덕꾸덕한 공기가 몸에 들러붙었고, 모기나 파리 떼가 수시로 덮쳐 왔다. 게다가 생각지도 못한 곳에 늪이 있어서, 정글이 깊어질수록 진행이 더뎌졌다.

차라리 다행이라는 생각이 들었다.

아직은 케이를 만날 마음의 준비가 되어 있지 않았다. 그를 만났을 때 무슨 말을 해야 할지, 어떤 표정을 지어야 할지, 하나도 알 수 없었다.

여자라는 사실을 알려야 할 것 같은데, 그 말을 했을 때 그의 반응을 상상하기 힘들었다. 화를 낼까, 경멸할까, 피하기 시작할까.

이것저것 마음에 걸리는 것이 많아서, 오히려 걸음이 느려졌다.

"그나저나."

늪에 다리가 빠진 말을 끌어내려고 애쓰며, 루가 입을 열었다. 무슨 말이든 하지 않으면 케이에 대한 생각 때문에 머리가 터질 것 같았기 때문이다.

"정글이란 곳은 생각보다 넓네요. 시카족의 땅까지는 얼마나 남았어요?"

케이가 타우아문의 땅을 점령했다는 것을 알지 못하는 그들은, 시카족의 땅을 목적지로 삼았다.

"잠깐, 지도 좀 볼게."

유진이 주머니에서 지도를 꺼냈다. 벌써 몇 번이나 꺼내 봐서 닳아 버린 지도였다.

"이 속도라면 하루는 더 가야 도착할 것 같아. 방향은 맞는 것 같고."

"하아."

루와 텐치, 니아가 동시에 한숨을 내쉬었다. 정글에 들어온 지

3일이 지났다. 모기와 습한 더위 때문에 3일간 제대로 못 자서, 상태가 말이 아니었다. 게다가 두툼한 털을 가진 주아는 기절하기 일보 직전이었다. 루는 혀를 길게 내밀고 헥헥거리는 주아를 토닥거리며 말했다.

"시카족의 땅으로 갔는데도 못 만나면 큰일이에요. 주아가 정말 힘든 것 같은데."

"시카족의 땅이 아니면 거기서 좀 더 들어가서 코거족의 땅으로 가야 하는데. 일단 시카족의 땅에 머물면서 체력 좀……."

거기까지 말한 유진이 불현듯 입을 다물었다가 한결 밝아진 목소리로 말했다.

"걱정 안 해도 되겠는데."

"네?"

루가 고개를 들어 유진을 쳐다봤다. 유진은 루의 뒤쪽을 보며 미소를 짓고 있었다.

"대장이."

그 말과 동시에 루는 뒤를 돌아보았다.

"마중을 나왔어."라는, 유진의 뒷말은 귀에 들어오지 않았다.

케이가 있다.

나무 그림자 사이에, 케이가 있었다. 그립고 그리웠던 얼굴이, 아주 가까운 곳에 있었다. 떠올리는 것만으로도 심장을 죄는 남자가, 눈앞에 있었다.

눈부신 은빛 머리카락과 짙은 눈썹 아래로 보이는 붉은 눈동

자. 오래전, 티 없이 맑았던 어린 소녀의 심장을 가득 채운 붉은 보석이 루를 응시하고 있었다.

저도 모르게 일어나 그를 향해 달렸다. 그것이 얼마나 여자 같은 행동인지 생각할 겨를도 없이 그의 앞으로 달려갔다. 그의 얼굴을 보는 순간, 그저 그의 품에 안기고 싶다는 생각뿐이었다. 그의 따스한 체온과 달콤한 아카시아 향기에 푹 파묻히고 싶었다.

그리하여 달려간 루는 그를 끌어안기 직전에 가까스로 정신을 차렸다. 어느새 그의 허리께까지 들어 올린 팔을 내리려고 할 때였다. 그의 향기가 루를 덮쳤다.

루는 무슨 일이 벌어진 건지 깨닫지 못했다. 온몸을 감싸 안은 단단한 두 팔, 얼굴을 누르는 따뜻한 가슴, 그리고 아찔할 만큼 강한 그의 향기.

그가 루를 꽉 보듬어 안고 있었다. 힘을 주어도 빠져나가지 못할 정도로 세게.

"보고 싶었다, 루."

정수리 부근에 그의 숨결이 느껴졌다.

"네가 그리웠다, 루."

그의 나직한 음성을 듣자, 온몸에서 힘이 빠졌다. 그 바리톤의 음색에 섞인 향기가 어찌나 달콤한지, 루는 이곳에 다른 사람들이 있다는 것조차 잊었다.

"두고 가서 미안, 루."

그가 속삭였다.

"두 번 다시 그런 일 없을 거다."

그의 입술이 루의 머리카락에 살짝 닿았다가 떨어졌다.

"네가 날 경멸한대도 상관없어."

그가 조금 뒤로 물러나 루의 양쪽 어깨를 잡고 내려다봤다. 루 역시 그를 올려다봤다. 그의 붉은 눈동자는 조금도 흔들리지 않고, 그 맑고 깊음 속에 루를 가득 채우고 있었다.

"너는 내 사랑스러운 개니까 절대로 놔주지 않아."

"대장……."

"널 사랑하는 날 경멸해 떠나고 싶다면, 네게 채운 목줄을 끊고 날 물어라, 루."

"……."

"내 숨통을 끊어 놓고 도망쳐라, 루."

그가 다시 루를 안았다.

"내 목숨이 붙어 있는 한, 너는 내 개야, 루. 절대로 놔주지 않을 거야."

그의 가슴에 얼굴을 묻은 채, 루는 속삭였다.

"원하는 바예요, 대장."

그 작은 음성은, 케이의 귀에까지는 들리지 않았다.

* * *

타우아문의 땅에 들어온 지 일주일이 지났다. 토스카 단원들은 성에서 생활을 하고 있었고, 루의 방은 늘 그렇듯 케이의 옆방이었다.

기온이 적당했던 바만 제국과 달리, 정글에 위치한 타우아문의 땅은 덥고 습해서 밤에 잠을 자는 것조차 힘들었다. 뿐만 아니라 넓고 화려한 성에서의 생활이, 루에게는 도무지 익숙해지지가 않았다.

그러나 루를 잠들지 못하게 하는 고민은 다른 데에 있었다.

'모두에게 내가 여자라는 걸 알려야 하는데.'

알 만한 사람들은 다 알게 되었지만, 아직도 루가 여자라는 걸 모르는 단원들이 몇 명 있었다. 히센과 쿠반, 휴이, 그리고 케이.

라일에게 루의 정체를 밝힌 시점에서, 단원들에게도 모든 것을 솔직하게 말하는 것이 옳았다. 하지만 언제 어떻게 뭐라고 말을 꺼내야 할지 알 수 없었다. 아침을 먹으면서 느닷없이 '나, 사실은 여자예요.'라고 말할 수는 없는 노릇 아닌가.

'아, 쥬엔에게도 말해야 하는데.'

쥬엔은 루가 파필리아의 괴물로 살아갈 때에도, 차별하지 않고 대해 주었던 사람이다. 루에게 있어서는 쥬엔 역시 토스카 단원과 마찬가지 위치였다.

"무슨 고민 있어, 루?"

루의 옆에 앉아 셔벗을 먹던 텐치가 물었다.

루와 텐치는 성 안에 있는 작은 연못 앞에 앉아, 휴이가 특별히 만들어 준 셔벗을 먹는 중이었다. 셔벗을 만드는 데 사용한 얼음은 케이가 마법으로 얼렸다고 들었다.

"아직 대장한테 내가 여자라는 걸 말 못 했어. 언제 말해야 할지 모르겠어."

"흐음."

"말하면 화낼 것 같아서 무섭기도 하고. 대장이 날 버리면 어쩌지?"

"그럴 리가."

텐치가 고개를 절레절레 저었다.

며칠 전, 오랜만에 루를 만난 케이가 어떤 행동을 했는지 두 눈으로 똑똑히 목격한 터였다. 부하들이 보는 앞에서도 애정을 표현할 만큼, 루가 남자라고 알면서도 그걸 부끄러워하지 않고 드러낼 만큼, 케이는 루를 사랑하고 있었다. 루가 인간이 아니라 괴물이라고 말해도, 케이가 루를 버리는 일은 없을 것이다.

"대장은 네가 뭐라고 해도 버리지 않을 거야. 지금 가서 말해."

"지금? 너무 갑작스러워."

"갑작스럽긴. 여기 도착한 지 일주일이 넘었는데, 그동안 준비할 시간은 충분히 있었잖아."

"하지만……."

"말하고 나면 별거 아냐."

"뭐라고 말하지?"

"음. 두 가지 방법이 있어."

"두 가지?"

"첫 번째는, 그냥 가서 대장한테 진지하게 할 이야기가 있다고 하고, 나 여자예요, 라고 밝히는 거. 그러면 대장은 좀 충격을 받겠지만 곧 받아들이겠지. 가장 무난한 방법이야."

"두 번째는 무난하지 않은 방법인가 보지?"

루의 말에 텐치가 씩 웃었다. 어딘지 짓궂은 미소였다.

"아니, 두 번째 방법은 안 들을래."

루가 거절했다.

"들어, 루. 이건 무난하지 않지만 아주 아름다운 방법이니까."

"아름답다고?"

"응. 잘 들어 봐. 일단 오늘 밤에 잘 씻고 대장 방에 찾아가는 거야. 대장은 너한테 미쳐 있으니까, 네가 밤에 찾아왔다는 것만으로도 두근두근하겠지. 아마 심장이 터질 것 같다고 생각할 거야."

"설마."

"내 얘기 다 들어, 루. 하여간 찾아가서 무작정 대장을 침대에 쓰러뜨려. 그리고 대장 위에 올라타고, 상의를 벗으면서……."

빠악—

텐치의 뒤통수를 누군가 가격했다. 텐치는 두 손으로 머리를 감싸고 돌아봤다.

"아파요, 형님!"

"루한테 이상한 거 가르치지 마라, 텐치."

와칸이었다.

"이게 뭐가 이상한 건데요? 이건 남자들의 로망이잖아요! 이 방법을 쓰면 내상은 코피를 그냥……."

빠악—

텐치는 한 대 더 맞았다.

"관둬, 텐치. 휴이가 찾는다, 가 봐."

"에이, 이게 진짜 제일 좋은 방법인데."

텐치가 투덜거리며 성의 주방으로 달려갔다. 와칸이 텐치가 앉아 있었던 자리에 앉았다.

"대장한테 말하는 방법이 걱정인가?"

"네, 언제 말해야 할지 알 수 없어서."

"편하게 가서 말해도 될 것 같은데."

"대장이 화낼까 봐 무서워요."

"흐음."

와칸은 루의 옆모습을 가만히 응시했다. 앞에서 봐도 옆에서 봐도 예쁜 얼굴이다. 긴 속눈썹 아래에 자리 잡은 푸른 눈동자는, 그야말로 보석보다 아름다웠다. 어린 시절, 케이가 갖고 싶다고 생각할 만도 하다.

걱정스러운 듯 축 늘어진 눈썹이 예뻤다. 만약 루가 여자라는 걸, 오래 전 갖고 싶다고 생각한 소녀라는 걸 알게 되면, 케이는 어떤 표정을 지을까?

상상조차 할 수 없었다.

"여기서 뭘 하고 있어요?"

문득 들려오는 소리에, 루와 와칸이 동시에 뒤를 돌아봤다. 쥬엔이었다.

파필리아를 떠난 후부터, 유곽의 여주인 행세를 그만둔 쥬엔은 활동이 편한 가죽옷 차림이었다. 긴 머리를 위로 질끈 묶은 그녀는, 파필리아의 고혹적인 여주인일 때와 다른 매력이 있었다. 그 당시의 쥬엔이 달의 여신이라면, 지금의 쥬엔은 해의 여신 같다.

"내가 사실은 여자라는 이야기요."

느닷없는 루의 말에, 쥬엔은 물론 와칸까지도 눈을 크게 떴다. 방금 전까지만 해도 케이에게 진실을 밝힐 수 없다고 한 루가, 쥬엔에게 너무 쉽게 털어놓는 게 와칸을 놀라게 한 것이다.

"뭐라고?"

"속여서 미안해요, 쥬엔. 나, 사실은 여자에요."

쥬엔은 마법에 걸린 사람처럼 우뚝 멈춰서 루를 빤히 응시하고 있었다.

"이상해요, 와칸. 쥬엔한테는 이렇게 편하게 얘기할 수가 있는데, 왜 대장에게만 말하기 힘든 걸까요?"

루가 이상하다는 듯 말했다.

"말 나온 김에 휴이랑 히센이랑 쿠반한테도 고백해야겠어요. 더 늦기 전에 형님들한테……."

"잠깐, 잠깐, 잠깐, 루."

쥬엔이 평소의 그녀답지 않게 황급히 루의 손목을 잡았다. 루가 눈을 동그랗게 뜨고 쥬엔을 쳐다봤다.

"뭘 깜짝 놀라고 그래? 깜짝 놀라야 하는 건 내 쪽이야, 루."

"아, 그렇죠. 하하."

"웃음이 나와, 지금? 너 대체 무슨 소리를 하는 거야? 네가…… 네가……."

쥬엔의 시선이 루의 가슴 쪽으로 옮겨 갔다. 루는 아직도 몸에 꽉 맞는 가죽을 이용해서 가슴을 눌러놓은 상태였다.

"여자라고?"

"네, 보여드릴까요?"

당장이라도 단추를 풀려는 루의 팔을, 와칸이 잡았다.

"관둬, 루. 안 그래도 유진에게 얘기를 들었다."

"무슨 얘기요?"

"네가 자각 없이 그걸…… 내보인다는 얘기."

와칸이 루의 가슴을 턱으로 가리키며 말했다.

"아뇨, 자각이 없는 건 아닌데. 그냥 이렇게 하는 게 믿게 만들기 편할 것 같아서."

"제발."

와칸이 한숨을 내쉬었다. 적어도 루는 정상이라고 생각했는데, 이놈의 토스카에는 정상인이 하나도 없다.

"그런 짓은 이제 관둬. 여자가 그런 거 함부로 내보이는 거 아냐."

"네, 주의할게요. 그래도 쥬엔은 같은 여자니까 상관없지 않아요?"

고집스럽게 말하는 루를 노려보던 와칸은, 손가락으로 성을 가리켰다.

"그렇게 보여 주고 싶으면 네 방에 들어가서 보여 주든가. 제발 좀."

와칸에게 호되게 혼난 루는, 어깨를 축 늘어뜨리고 방으로 들어왔다. 쥬엔도 함께였다.

침대에 나란히 앉아, 루는 쥬엔에게 그동안의 일을 전부 설명했다. 꽤나 긴 이야기인데도 쥬엔은 움직이지 않고 들었다. 루의 이야기가 끝났을 때, 쥬엔은 작게 한숨을 내쉬었다.

할 말이 많은 듯 쥬엔은 몇 번이나 입술을 열었다가 닫았다. 그러기를 몇 번째. 쥬엔은 루의 손을 잡으며 말했다.

"잘됐다, 루. 정말로."

그녀에게서 전해지는 체온이 따스했다.

파필리아의 괴물로 살 때에, 그 어떤 온기도 없다고 생각했다. 하지만 아니었다. 쥬엔은 그럴 때에도 늘 루를 아끼고 돌보아 주었다. 그저 루가 마음을 닫아, 눈을 닫아, 그녀의 친절과 배려를 깨닫지 못했을 뿐이었다.

"고마워요, 쥬엔. 늘 고마웠어요."

쥬엔의 입가에 희미한 미소가 번졌다.

"고맙긴. 제대로 챙겨 주지도 못했는데."

"아니에요. 파필리아에서 일하게 해 주셨잖아요. 쥬엔이 아니었다면 따뜻한 곳에서 먹고 자지 못했을 거예요."

"지붕 하나 내어 준 것뿐인데, 뭘. 그래도 이제부터는 제대로 도와줄 수 있겠네. 내 분야니까."

"쥬엔의 분야요?"

쥬엔의 눈이 반짝 빛났다. 약간은 장난기가 감도는 눈빛이었다.

그래서 루는 안심했다. 타우아문의 땅에서 쥬엔을 다시 만나게 되었을 때에, 어두운 그녀의 표정이 마음에 걸렸기 때문이었다.

"응, 내 분야. 너를, 완벽한 여자로 만들어 줄게."

"아니요, 그렇게 완벽한 여자가 될 생각은 없는데요."라고, 루는 말했다. 두 손을 저으며 말하는 루를, 쥬엔은 애정과 약간의 질투를 담아 응시했다.

루는 사내처럼 머리를 자르고 후줄근한 옷을 걸쳤음에도 빛이 났다. 쿠반이 루에게 유독 잘해 주는 이유를, 그저 귀여운 동생이기 때문이라고 생각했다. 그런데 루가 여자였다니. 그렇다면 이야기가 달라진다. 어쩌면 쿠반은 그 짐승 같은 본능으로 루가 여자라는 것을 눈치챘을지도 모른다.

"저기, 쥬엔."

침묵이 길어지자 루가 쥬엔의 손을 잡았다.

"아니에요."

루의 푸른 눈동자가 흔들림 없이 쥬엔을 응시했다. 쥬엔이 무슨 생각을 하는지 안다는 듯이. 쥬엔의 머릿속 깊은 곳을 찌르고 들어오는 듯이.

"쿠반은 내게 아무 감정도 없어요."

"루……."

"예전에는, 그래요, 내가 아무 것도 몰랐던 예전에는 착각했을지도 모르겠어요. 하지만 쥬엔, 내가 지금 절대로 아니라고 말할 수 있는 건, 대장의 눈빛을 알기 때문이에요."

그리고 라일도, 라는 말을 루는 덧붙이지 않았다.

"사랑에 빠진 남자가 어떤 눈으로 날 보는지, 나는 알아요. 사랑에 빠진 남자의 눈동자가 얼마나 견고하게 빛나는지, 얼마나 깊은 감정을 담고 있는지, 나는 알고 있어요. 그래서 나는 알아요."

루의 입가에 옅은 미소가 떠올랐다.

"쿠반이 그런 눈빛으로 바라보는 여자는 딱 한 명뿐이라는 걸."

"……."

"쿠반 형님의 심장을 가져간 여자가 누군지, 쥬엔은 알고 있죠?"

"어느 남자도 다 내 것으로 만들 수 있다고 생각했어. 그이의 마음 역시 내가 가질 수 있을 거라고 생각했어. 그이가 아무리 나를 거칠게 대해도, 그 마음만큼은 내 것이라고 생각했어. 하지만 루…….”

쥬엔이 어깨가 움직일 정도로 깊은 한숨을 내쉬었다.

“하지만 루. 아니더라. 아니더라, 루.”

“아니라니요. 쿠반은 정말로…….”

“아니, 쿠반의 마음이 문제가 아니라 내가 문제야.”

“쥬엔이요?”

“불안해.”

“…….”

“쿠반이 어느 여자를 만나도 화를 내지 않을 수 있을 거라고 자신했어. 쿠반이 내게 마구 대해도 상처 받지 않을 수 있을 거라고 생각했어. 그런데 아니더라. 나도 상처 받더라. 나도 불안해지더라. 손을 잡고 걸어가는 다정한 연인들이, 참으로 부러워지더라. 나도 그렇게 사랑받고 싶더라. 그렇더라, 루.”

작게 떨리는 목소리로 말하는 쥬엔이 사랑스러웠다. 여자 혼자 몸으로 파필리아를 운영할 정도로 강한 여성이라고만 생각했는데, 이런 여린 부분도 있었다.

사랑을 해 보았더라면 쥬엔에게 무슨 말이든 해 줄 수 있었을 텐데, 적당한 말을 찾을 수가 없어서 한스러웠다. 볼 안쪽의 살을 잘근잘근 씹는데, 쥬엔이 분위기를 바꾸려는 듯 환하게 웃었다.

“자, 루. 그런 건 됐고, 얼른 변신이나 하자.”

“아니, 저기. 난 진짜로 괜찮은데. 그냥 이대로……”

"어서, 어서. 나한테 근사한 계획이 하나 있어. 자, 어서 옷 벗어 봐."

쥬엔이 달려들었다. 상냥한 듯하지만 사실은 우악스럽게 옷을 벗겨 내는 쥬엔을 막을 수가 없었다. 루는 그동안 남자로 살아와서인지, 여자들에게 약했다. 그래서 쥬엔이 하는 대로 내버려 뒀다.

티셔츠를 벗고 가슴을 압박하고 있던 붕대를 풀었을 때였다.

방문이 벌컥 열린 것은.

"야, 쥬엔! 아무래도 안 되겠다. 나랑 얘기 좀…… 어? 그게…… 뭐냐?"

방에 들어오자마자 버럭 소리를 지르던 쿠반의 잿빛 눈동자가, 루의 가슴에서 멈췄다. 붉은 머리카락 아래에 자리 잡은 눈동자가 하염없이 흔들리다가 루의 얼굴로 향했다. 쿠반은 안쓰러울 정도로 일그러진 표정을 짓고 있었다.

"아, 쿠반. 사실……."

쾅—

루가 무슨 변명이든 하려는데, 쿠반이 자기 등 뒤로 방문을 닫았다. 쥬엔이 벗긴 옷으로 루의 가슴을 가려 주며 말했다.

"보지 말아야 할 걸 봤으면 나가서 문을 닫아야지, 들어와서 문을 닫으면 어쩌자는 거예요?"

"아니, 저기……."

"당장 나가요, 쿠반."

"아니, 저기…… 방금 내가 뭘 본 거지? 엉? 내가 잘못 본 거지? 어, 그러니까…… 내가 방금 루에게 가슴이 달린 걸 봤거든. 그거 내가 잘못 본 거 맞지? 하하하하하하하하. 그렇지, 루에게 가슴이 있을 리가 없지. 하하하하."

헛된 웃음을 흘리는 쿠반을, 두 여자는 어이없다는 듯 응시했다.

"이거 봐요, 쥬엔. 쿠반은 내가 여자인 줄은 꿈에도 몰랐던 데다가, 내게 아무 관심도 없다니까요."

루가 작은 목소리로 속삭였다.

"그건 그렇지만……."

"있어 봐요, 쥬엔."

루는 일단 벗었던 셔츠를 다시 입고 쿠반에게로 다가갔다. 쿠반이 겁에 질린 표정으로 뒷걸음질을 쳤다.

"뭘 그렇게 놀라요?"

"아니, 내가 방금 뭔가를 잘못 봤거든. 그런데 그게 잘못 본 게 아니라는 생각이……."

쿠반의 눈동자가 루의 가슴께로 향했다. 가죽조끼의 앞섶을 여미지 않은 터라, 셔츠 아래로 풍만한 가슴이 존재한다는 게 확연히 드러났다.

"하하하하. 하여간 아직도 네게 가슴이 달려 있는 것 같네. 하하하하. 이게 무슨 일일까? 응? 하하하하하. 내 눈이 왜 이러지? 하하하하."

"쿠반 형님."

루가 오랜만에 '형님'이라는 말을 입에 담자, 쿠반이 더욱 당황하여 뒷걸음질을 쳤다. 하지만 등이 방문에 닿아 더는 도망칠 수 없게 되자, 그는 혼란스러운 눈으로 주위를 두리번거렸다. 루에게서 멀리 떨어질 곳을 찾는 것이리라.

"그동안 속여서 죄송해요. 저는 사실 여자예요."

"왜!"

"……그러게요. 왜일까요?"

"왜 여자인 건데? 남자라면서?"

"그러게요. 왜 여자일까요."

"대체 왜 속인 건데? 남자인 척 해야 할 필요가 있었던 거냐? 엉? 내가 널 어떻게 키웠는데 나까지 속여야 할 필요가 있었던 거냐고!"

"그 이유에 대해서는 쥬엔에게 들으세요, 형님."

"야, 내가 왜 저 시카족 계집한테……!"

"형님!"

지금껏 언성을 높인 적 없는 루가 큰 소리로 말하자, 쿠반이 눈을 휘둥그레 떴다.

"어?"

"두 번 다시 쥬엔을 시카족 계집이라고 부르지 말아요."

"어? 어, 그래."

"이름을 불러요, 쥬엔이라고."

"어어."

"두 번 다시는 쥬엔의 앞에서 거친 말투 사용하지 마세요."

"아, 어."

"그리고 설명은 쥬엔에게 들어요."

"어."

"나가요."

"어? 아, 어. 그래. 야, 시카…… 아니, 쥬엔. 나와."

"명령조로 말하지 마세요."

"어? 어어. 저기, 쥬엔. 어, 음. 좀 나와 줄래? 정원에서 기다릴게. 하하하하하."

쿠반이 어색하게 웃으며 루의 방을 빠져나갔다. 루는 가만히 서 있는 쥬엔에게 다가가 말했다.

"가 보세요, 쥬엔."

"루. 방금 봤지? 너에게는 친절해."

"아니요. 쿠반은 그저 확실하게 말하는 사람에게 약할 뿐이에요."

"확실하게 말하는 사람?"

"형님들이 쿠반과 쥬엔을 보면서 그러더라고요. 쿠반이 여자에게 저렇게 약하게 구는 모습은 처음 본다고."

"나한테 하는 게 약하게 하는 거라고?"

"투덜거리면서도 쥬엔을 위해 뭐든 하잖아요."

"……."

"쥬엔이 원하는 게 있으면 확실하게 말해요. 그러면 쿠반은 투덜거리면서도 그걸 들어줄 거예요. 쿠반은 그런 사람이에요."

* * *

와칸에게 루의 방에 가 보라고 들은 히센과 휴이가 루의 방에서 그녀의 이야기를 듣는 동안, 쥬엔과 쿠반은 정원 벤치에 나란히 앉아 있었다. 쥬엔은 쿠반이 안절부절못하고 있는 것을, 보지 않아도 느낄 수 있었다. 그리고 그것은 쥬엔은 조금 유쾌하게 만들었다.

"루를 좋아해요?"

혹시나 싶어 물었다.

"좋아하지. 귀엽잖아."

대답은 곧바로 돌아왔다.

루를 미워하지는 않지만, 쿠반이 그녀를 좋아한다는 말에 가슴이 아팠다. 쥬엔이 보기에도, 루는 사랑받을 만한 여자였다. 아름답고 강하다.

'나보다 더.'

세상에서 내가 제일 잘났다고 생각하며 살아온 쥬엔이지만, 루가 여자라는 걸 알게 된 후 자신감이 사라졌다. 루가 쥬엔보다 아름다운 것도, 강한 것도 사실이었다.

"하지만 충격이야. 루가 여자였다니. 전혀 몰랐어."

"그래요?"

"원래 얼굴을 되찾았을 때 혹시나 싶긴 했지만…… 여자가 남자인 척을 할 이유가 없잖아. 안 그래?"

투덜거리는 쿠반에게, 루의 과거 이야기를 해 주었다. 쿠반은 단순한 사내인지라, 쥬엔의 설명을 듣자마자 곧바로 태세를 전환했다.

"그래, 그렇다면 남자인 척을 해야지. 게다가 저 얼굴로 치마를 입고 돌아다니면 몹쓸 꼴을 많이 당했을 거야."

"그래요."

"우리 단원들도, 대장도 루가 걱정이 돼서 잠도 잘 수 없었을걸. 루는 밤에도 제멋대로 돌아다니니까."

"……."

"뭐, 나야 매일 제대로 못 자지만."

"불면증이라도 있어요?"

톡 쏘듯 질문했다. 쿠반이 천천히 고개를 돌려 쥬엔을 응시했다. 그의 잿빛 눈동자를 마주하자, 심장이 또다시 아파 왔다. 이 미묘한 통증이, 쥬엔은 싫었다. 다른 여자와 비교하고 질투하며 느끼는, 처참한 아픔은 느끼고 싶지 않다.

"파필리아가 몇 시부터 몇 시까지 운영했었지?"

쿠반이 이상한 질문을 던졌다. 쥬엔은 인상을 찌푸렸다.

"네?"

"파필리아가 몇 시부터 몇 시까지 운영하냐고."

"그거야…… 오후 8시부터 다음 날 오전 6시까지."

"응, 그래서."

"뭐가요?"

"그래서 못 잤다고."

"……네?"

"에이씨. 이 빌어먹을 시카…… 아니, 쥬엔. 모르겠냐? 내 계집이, 사내들 드나드는 곳에서 밤새 일을 하는데 잠이 오겠냐? 내 계집이, 사내들 군침을 흘리게 할 만큼 섹시한데, 잠이 오겠느냐고!"

쿠반이 버럭 소리를 질렀지만, 쥬엔은 화가 나지 않았다. 방금 뭔가 굉장히 달콤한 말을 들은 것 같았기 때문이다.

눈을 크게 뜨고 쿠반을 응시했다.

"제기랄! 파필리아를 그만두고 우리를 따라와서, 이제 좀 자겠나 싶었는데. 갑자기 날 무시하지를 않나, 짜증을 내지를 않나. 내가 잠이 오겠느냐고! 젠장."

쿠반이 벌떡 일어났다.

"하여간 얘기 들었으니까 됐다. 난 간다. 너도 가서 쳐 자든가."

"내게 언성 높이지 말아요."

쥬엔은 저벅저벅 걸어가는 쿠반의 등에 대고 말했다.

"내게 계집이라 부르지도 말고, 거친 말을 사용하지도 말아요. 가끔은 거리를 걸을 때 내 손을 잡고 걸어 줘요. 때로는 내게 사랑한다고 말해 줘요. 그리고 매일매일 내게……"

뒷말을 이을 수가 없었다. 휙 돌아서서 다가온 쿠반이 쥬엔의 허리를 감싸 안고 입을 맞췄기 때문이다. 전과 같은 거친 키스가 아니었다. 그의 뜨거운 입술은 낙인을 찍듯 쥬엔의 입술 위에 내려앉았다가 떨어졌다.

그는 쥬엔이 사랑해 마지않는 짙은 회색 눈동자로 그녀를 응시하며 속삭였다.

"사랑해, 쥬엔."

* * *

이제 곧 저녁을 먹을 시간인데, 루의 방에는 모두가 모여 있었다. 루는 어색하게 웃으며 모두를 돌아봤다.

"이제 그만 저녁 먹으러 가는 게 어떨까요?"

"지금 저녁이 문제야?"

쥬엔이 말했다. 그녀의 표정이 아까보다 훨씬 밝아져서, 루는 안심했다. 쿠반과는 잘 풀었나 보다. 그러고 보니 쿠반도 묘하게 즐거워 보이는 표정이다.

"우리는 지금 일생일대의 장면을 앞에 두고 있어. 그 시점에서 우리가 좀 더 즐겁기 위해선, 굉장한 장면을 연출해야 할 필요가 있는 거야. 그렇지, 나즐?"

알리가 말했다. 나즐이 진지한 표정으로 고개를 끄덕였다.

"물론이지, 알리."

"대장의 입이 떡 벌어지는 꼴을 봐야겠다. 그렇지, 와칸?"

쿠반의 말에 와칸이 곧바로 답했다.

"그래, 쿠반."

"그 장면을 위해 우리가 해야 할 일은 뭘까?"

히센이 중얼거리자 텐치가 외쳤다.

"한방에 밀어 넣고 루가 옷을 벗고 달려들면……."

빠악—

"넌 아직도 그 소리냐, 텐치?"

"아파요, 와칸 형님. 조금만 살살 때려 주시면 안 돼요?"

"맞을 짓을 하지 마."

루는 토스카 단원들의 분위기가, 스투루티오 섬을 토벌하러 갈 때보다 심각한 이유를 알 수 없었다. 여자라는 걸 밝히는 게 이렇게까지 신중하게 고민해야 할 일인 걸까?

'대장도 불쌍해.'

다들 케이의 놀란 모습을 보고 싶어서 안달이 난 것 같다. 하여간 대장을 놀리는 일이라면 득달같이 달려드니, 케이가 안쓰러울 수밖에 없다.

해가 질 때까지, 토스카 단원들은 그 어느 때보다도 진지하고 열띤 토론을 나눈 뒤 흩어졌다. 그리고 루는, 방에 남은 쥬엔을 보며 어깨를 으쓱했다.

"쥬엔, 나 진짜로 그렇게까지 하고 싶진 않은데요."

*　　*　　*

케이는 수정구 수련을 하는 중이었다. 수정구와 공명하는 건 상당한 집중력을 요하는 일이라, 최근 상태로는 수련하기가 영 힘들었다. 머릿속이 루로 가득 차 있기 때문이다.

루와의 관계는 구온 시에 있을 때와 변하지 않았다. 다행히도 루는 특별히 케이를 피하거나 하지는 않았지만, 가끔 어색하게 행동할 때가 있었다. 무슨 말을 하고 싶어 하는 것 같은데, 그다지 듣고 싶지 않았다. 만약 '내 앞에서 사라져.' 따위의 말이라면 어쩐단 말인가.

똑똑-

수정구를 노려보고 있는데 노크 소리가 들렸다.

"들어와."

대답하자마자 방문이 열렸다.

"아니, 대장. 불도 안 켜고 뭐하슈?"

쿠반의 말을 듣고 나서야 주위가 어둡다는 것을 깨달았다.

"아아, 그렇군."

"수정구는 어때요? 할 만하쇼?"

"그냥."

"뭐, 대장. 천천히 갑시다. 우리에겐 근사한 성이 생겼잖수. 여기서 요양도 하고 힘도 키운 후에 놈들을 치는 편이 낫지 않겠수."

"최대한 빠르게 일을 끝낼 예정이다."

"왜요? 루 때문에?"

"……."

"오르딘 공작이 루의 원수니까?"

"……어떻게 알았지?"

"나랑 루랑 친하잖수. 루에게 들었지, 뭐."

단원들에게는 티그리스를 되찾겠노라고 말해 뒀을 뿐이다. 언제 루와 친해져서 이런 사실들을 주고받는 사이가 된 걸까? 케이는 단원들에게 묘한 질투심을 느꼈고, 그런 자신이 부끄러웠다.

이런 걸로 질투를 하다니. 단원들 간에 사이가 좋으면 좋은 일인데.

"뭐, 우린 상관없어요. 대장이 어떤 의도로 티그리스를 되찾으려고 하든, 우린 티그리스의 검은 호랑이인 대장을 볼 수 있으면 그만이니까. 오히려 루에게 고마울 지경이우. 대장 마음을 잡게 해 줬으니."

"그래, 고맙다."

쿠반이 씩 웃었다.

"그렇게 루가 좋수? 남자인데도?"

"그래."

"대장은 사내놈이랑 그런 짓을 하는 놈들, 싫어하잖수."

"그래서 난 루에게 그런 짓을 시도하지 않지."

"에이, 사랑하면 안고 싶고, 안으면 키스하고 싶고, 키스하면 그보다 더한 걸 하고 싶은 게 남자 마음 아니우."

"내가 네놈처럼 머릿속이 그런 걸로 꽉 차 있는 줄 아냐?"

"하하하. 모를 일이지. 밤마다 루를 안고 뒹굴 생각을 하는지, 알 게 뭐유."

쿠반의 말에, 케이는 뜨끔했다. 사실 밤마다가 아니라 매 순간 그런 생각을 하기 때문이다. 사내의 몸뚱이는 참으로 가혹해서, 사랑을 하고 나니 육체를 탐하고 싶다는 욕심이 드는 걸 억누르기 힘들었다.

하지만 생각만 할 뿐, 시도하지 않았으니 되는 것 아닌가. 생각하는 건 자유니까.

"하여간 대장. 저녁이나 먹으러 나오슈. 아무리 일이 급해도 밥은 먹고 살아야지."

"그래."

케이는 순순히 일어나 쿠반의 뒤를 따랐다.

아직 자리가 잡히지 않은 상황이라, 저녁은 식당에서 대충 먹어 왔다. 그런데 이번에 쿠반이 향하는 곳은 연회실이었다. 성의 연회실은 한 번도 사용한 적이 없었다.

"왜 연회실로 가는 거지?"

"아아, 오늘 그냥 좀 일이 있어서요."

"일? 축하할 일이라도 있나?"

"네, 뭐. 축하할 일이라면 축하할 일이겠지만. 아, 근데 대장. 나 하나 묻고 싶은데. 대장은 원래 남자를 좋아하는 체질이셨수?"

"그럴 리가 없잖아."

"그럼 왜 루를 사랑하는 거유? 계집들이 가슴을 드러내면서 안겨도 귀찮아 하기만 하셨던 분이."

"그러게."

루를 만나기 전의 자신을 떠올렸다.

태어날 때부터 곁에 있던 이들에게 배신을 당한 후, 아무 것도 없는 모래사막 위를 홀로 걷는 듯한 기분을 느꼈던 나날. 그 무엇도 느끼지 못하고, 그저 도망치며 살아왔던, 부하들의 기대조차 무겁기만 했던, 그 황량한 나날.

루의 푸른 눈동자는 사막에 내리는 비, 그 어딘가에 존재하는 오아시스였다. 그리하여 가슴에 이는 모래바람에 촉촉한 단비가 섞였다.

사랑할 수밖에 없었다.

루의 성별이 무엇이든.

그 푸른 눈동자에 빠져드는 수밖에 없었던 것이다. 마치 마법에 걸린 것처럼.

"설령 인간이 아니라도."

연회실의 문고리를 잡는 쿠반의 귀에, 케이의 중얼거림이 들려왔다.

"사랑할 수밖에 없었겠지."

쿠반은 씩 웃으며, 천천히 연회실의 문을 열었다.

*　　*　　*

"이게 다 뭐지?"

연회실의 정경을 보자마자 케이가 인상을 찌푸렸다.

천장에서 빛나는 화려한 샹들리에, 긴 식탁에 차려진 호화로운 요리들은 그렇다 치더라도 양쪽 벽면을 장식한 꽃들은 뭔지 모르겠다. 토스카는 지금까지 이런 식으로 만찬을 즐긴 적이 없었다.

묘하게 즐거운 표정으로 앉아 있는 쥬엔을 발견했다. 혹시나 싶은 마음에 쿠반에게 물었다.

"쿠반. 너, 드디어 쥬엔과 결혼하나?"

"에이, 그럴 리가 있수."

"그런데 이게 뭐하는 짓이지? 지금 이런 짓을 할 만한 재정 상태가 아닐 텐데."

"일단 앉으슈, 대장. 어쨌든 성도 얻었고 영지도 생겼으니, 이쯤에서 축하 파티 한 번쯤은 해야 하지 않겠수."

쿠반이 케이를 끌고 들어가 상석에 앉혔다. 긴 식탁의 끝, 짧은 면에 있는 자리였는데 이상하게도 의자가 두 개 놓여 있었다. 원래 상석에는 의자가 하나만 있어야 하는지라, 케이는 이런 자리 배치가 이상하다고 느꼈다.

"와칸, 너도 이 계획에 동참했나?"

옆쪽에 앉은 와칸에게 물었다.

"계획이랄 것까지 있습니까. 다들 고생했으니 한 번쯤은 즐길 자리가 있어야 할 것 같다고 생각했습니다."

와칸까지 그렇게 나오니, 케이도 마음을 풀기로 했다. 부하들의 말대로 여기에 오기까지 다들 고생이 많았다. 그러면서도 군소리 한번 안 하는 그들에게 고마움을 가지고 있었는데, 마침 잘 됐다.

"그런데…… 유진과 루는?"

사실 유진은 아무래도 좋지만, 루가 이 자리에 없다는 게 마음에 걸렸다. 심지어 주아까지도 옆에서 꼬리를 흔들고 있는데.

"뭐, 곧 오겠죠. 일단 드십쇼, 대장."

휴이가 말했다.

누구보다도 루를 챙기는 휴이가, 루 없는 자리에서 만찬을 시작하려고 하는 게 의아했다. 혹시 루와 단원들이 다투기라도 한 걸까?

케이가 미심쩍은 기분으로 포크를 들었을 때, 루는 아랫입술을 잘근 깨물고 창밖을 응시하고 있었다. 방 밖에서 유진이 기다리고 있는 걸 알지만, 그 전에 해야 할 일이 있었다.

"라크."

"근사하군, 루."

목소리는 허공에서 들려왔다.

"모습을 보여 줘, 라크."

그러자 라크가 모습을 드러냈다. 그는 침대에 누운 자세로 공중에 떠서 싱글벙글 웃고 있었다.

“언제부터 여기 있었어?”

“며칠 전부터.”

“몰랐어. 왜 몰랐을까?”

“네 머릿속이 딴생각으로 가득 차 있으니까. 그나저나 정말로 근사한데?”

루는 드레스를 입고 있었다.

쥬엔이 빌려준 연분홍색 드레스는, 루가 입기에는 조금 짧았다. 그래서 아예 종아리를 드러내는 길이로 치맛단을 잘랐다. 긴 목덜미와 반듯한 쇄골, 그 아래로 자리 잡은 우아한 두 개의 둔덕이 루를 시리도록 아름답게 만들었다.

머리에는 가발을 쓰지 않았다. 쥬엔은 머리 스타일 정도는 외모로 커버할 수 있다며, 화장을 곱게 해 주었다. 그리고 아껴 두었다는 진주 목걸이까지 루의 목에 걸어 주었다.

지금의 루는, 누가 봐도 어느 귀족가의 아가씨처럼 기품이 있다.

“너와 나의 계약은 아직 유효한 거지?”

루의 질문에 라크가 씩 웃었다.

“당연하지. 깰 생각은 아니겠지.”

“그럴 생각이야.”

“안 될 텐데.”

“라크. 나는 어릴 적에 부모님을 잃은 후, 사람들과 교류를 하지 않아서 남의 마음 같은 거, 잘 몰라."

"흐응."

"네 마음도 몰랐어. 대지의 축복을 받은 아이를 아낀다고 하면서도, 네가 한 행동들은 전부 날 괴롭게 만드는 행동이었거든. 내가 느끼기에는."

"맞아. 나는 괴롭히는 걸 좋아해."

"아니, 라크."

루는 손을 뻗어 라크의 볼 위에 얹었다.

"이제는 알겠어. 네가 왜 그랬는지."

"그래?"

"내 등을 밀어 준 거였지? 내 스스로 선택하는 삶을 살게 하기 위해서."

"글쎄? 너무 네 멋대로 생각하는 거 아냐?"

"복수에 얽매여 내 곁에 있는 행복을 보지 못하는 나를 답답하게 생각한 거지? 그래서 날, 그리고 대장을 괴롭힌 거야. 네가 나와 대장을 떼어 놓으려고 하면 할수록, 이 마음이 점점 더 간절해지니까."

"아니라면?"

"더는 거짓말하지 마, 라크. 드래곤은 완벽한 생물이기에, 거짓말을 하면 그 완벽함에 금이 가서 죽어 가게 된다고 들었어. 그러니까 라크, 거짓말하지 마."

라크의 미소가 변했다. 그는 조금 쓸쓸하게 웃고 있었다.

"미안해. 그리고 고마워."

"사랑스러운 대지의 아이야. 고마워할 것은 없어. 나는 죽어 가고 있지만, 그래도 인간인 너희들보다는 오래 살겠지. 나는 그저 내가 죽기 전에는 못 볼 줄 알았던 대지의 아이를 만나게 되어 기쁠 뿐이야."

"응, 나도. 드래곤을 만나다니. 이런 기회를 잡는 인간이 흔하겠어?"

애정이 듬뿍 담긴 라크의 미소에, 루는 조금 울고 싶어졌다.

이 위대하고도 정 많은 드래곤의 마음을 깨닫게 된 것은, 케이에게 사랑을 고백하겠노라고 결심했을 때였다. 드래곤과의 계약 따위 아무래도 좋다고, 이 목숨이 끊기더라도 마음을 알리고 죽을 거라고 생각했을 때에, 라크의 마음을 알게 되었다.

라크는 루를 죽일 리 없다. 그리고 드래곤은 이유 없이 인간을 죽이지 못한다. 그렇다는 것은, 루가 케이에게 사랑을 고백한다 해도 그 어떤 불이익도 당하지 않으리라는 뜻이었다.

최악의 상황이라고 해 봐야, 케이가 다시 마법을 사용하지 못하게 되는 것인데, 영지도 있고 성도 있는 상황에서 그것이 무슨 문제가 되겠는가. 라크가 루에게 건 조건은 언제든 깰 수 있는 계약이었다.

위대한 드래곤이 이렇게 쉽게 깰 수 있는 계약을 건 데는 이유가 있을 거라고 생각했고, 깨닫게 되었다. 드래곤의 다정한 배려를. 그 깊은 애정을.

"소원을 들어줘서 고마워, 라크. 드래곤은 계약을 할 때에 대가를 받아야 하잖아. 하지만 내 사랑의 언어를 앗아 가는 건, 대가가 아니었어. 나는 언제든 내 사랑의 언어를 사용할 수 있어."

"그래, 귀여운 루. 넌 언제든 사랑을 이야기하고 사랑을 받을 수 있지."

"그렇다면 진짜 대가는 뭐야? 내 소원으로 대장의 마법을 사용하게 해 준 데 대한, 진짜 대가."

라크가 몸을 바로 하더니 창가에 발을 디뎠다. 그리고 검지로 루의 얼굴을 가리켰다.

"웃어, 루."

"응?"

"이 세상 마지막 대지의 아이. 내가 원하는 건 네 웃는 얼굴이야. 웃어, 그리고 그 웃음을 잃지 마. 네가 죽는 날까지, 최선을 다해서 행복하게 살아. 그게, 내가 바라는 거야."

따스한 마음은, 다정한 말은 사람에게 용기를 준다.

루는 라크의 음성을 등에 업고 방에서 나갔다. 유진이 기다리고 있었다.

"유진. 이제 가요."

유진의 눈이 가늘어졌다. 그는 유쾌한 듯 웃으며 루에게 한 손을 내밀었다.

"가시지요, 아름다운 아가씨."

# 16장

라일은 어둡게 침잠한 표정으로 보고서를 노려봤다. 오르딘 공작과 관련이 없는 사람들을 사서 뒷조사를 시켰다. 그리고 오늘에서야 그 보고서가 도착했다.

보고서 안에는, 오르딘 공작의 아들인 라일의 귀에만 들어오지 않았던 여러 가지 추악한 진실이 가득 담겨 있었다. 첫 문장부터 마지막 문장까지, 라일의 심장을 쥐어짜 내는 고통스러운 진실.

라일의 눈가가 붉어졌다.

'아버지. 대체…….'

많은 일들이 있었다.

오르딘 공작이 결혼을 하기 전부터, 그를 둘러싼 많은 소문들, 그리고 진실들. 죽어 나간 사람들과 농락당한 여인들에 대한 이야기들. 그리고 루. 그녀의 부모인 로샤와 헤르단에 대한 이야기까지.

'대체 무슨 짓을…….'

전혀 몰랐다.

아무도 말해 주지 않았으니까, 라는 말은 변명이 되지 못한다. 가장 가까운 사람의 행각을 의심하지 않은 것도 죄다.

'대체 왜 이런 짓을…….'

할아버지도 공작이었고, 할아버지의 아버지도 공작이었다. 바만 제국의 역사와 함께할 정도로 긴 시간, 공작이라는 작위를 지켜 온 가문이었다. 아버지에게는 부족한 것이 아무 것도 없었다. 그럼에도 아버지는 더 적은 자들의 것을 빼앗고 짓밟았다.

죽어 나간 사람들의 비명 소리가 들리는 듯했다.

라일은 두 손으로 머리를 감싸 쥐었다.

그의 손등을 타고 뜨거운 눈물이 흘러내렸다.

* * *

똑똑—

연회실의 문을, 누군가 노크했다. 신나게 떠들며 먹고 마시던 단원들이 일순 입을 다물었다. 숨 쉬는 소리조차 크게 느껴질 정도의 고요가, 연회실에 내려앉았다.

케이는 이 분위기를 도통 이해할 수가 없었다.

노크 소리 한 번에 이렇게 조용해지다니. 정말 다들 왜 이러는 걸까? 혹시 타우아문의 땅에 걸린 마법이, 아직 다 사라지지 않은 걸까?

"들어갈게요."

유진의 음성이 침묵을 깨뜨렸다.

"어, 그래. 들어와, 들어와."

"얼른 들어와, 유진."

단원들이 어색하게 대답했다. 그렇게 생각해서인지, 연회실 문이 열리는 것조차도 어색해 보였다. 유진은 연회실 문을 벌컥 열지 않고, 아주 천천히 열었다.

열린 문으로 가장 먼저 보인 것은 유진이었다. 그리고 그의 뒤로 치맛자락이 보였다. 유진의 뒤에 여자가 서 있는 것 같은데, 누군지는 알 수 없었다.

연분홍색 드레스 자락은 무릎 정도의 길이로 짧았고, 언뜻 보인 종아리는 가늘고 길었다. 자그마한 발을 감싼 구두는 진주로 장식한 붉은 힐.

"뭐냐, 유진? 결혼할 여자라도 데리고 왔나?"

어색한 분위기가 버거워, 케이가 먼저 입을 열었다. 유진이 씩 웃었다. 그의 미소에 어쩐지 불안해졌다. 유진이 저런 식으로 웃을 때면, 뭔가 곤란한 일이 생긴다.

어쩌면 저 뒤에 있는 여자가, 케이의 신붓감이랍시고 데리고 온 여자일지도 모른다. 설마 비비안은 아니겠지.

"대장. 선대 검은 호랑이가 돌아가신 후로, 대장은 늘 대장이었죠."

"무슨 소리를 하는 거야?"

"간만에 옛날로 돌아갑시다."

"뭐?"

"간만에, 그리고 마지막으로, 친구일 때로 돌아가자고요. 앞으로는 할 일 많을 테니까."

"그건 상관없지만……."

불안하다. 이놈들이 왜 이럴까?

"아스. 내가 널 얼마나 좋아하는지 알지?"

"선대 검은 호랑이가 돌아가실 때, 널 위해 아무것도 할 수 없었던 게 천추의 한이야."

"미안하다, 아스. 우리가 좀 더 힘이 있었더라면, 무슨 방법이든 생각해 냈을 텐데."

"아스, 우리는 여전히 기억해. 선대 검은 호랑이가 살아 계실 적에, 네가 얼마나 밝게 빛났는지."

"우리가 널 좋아했던 건 네가 다음 검은 호랑이의 자리를 잇기 때문이 아니라, 네 자체가 밝게 빛나기 때문이었어."

부하들이, 아니, 친구들이 너도 나도 말하는 통에, 케이는 정신을 차릴 수가 없었다. 다른 녀석들은 그렇다 해도, 와칸까지 그럴 줄은 몰랐다. 와칸은 아주 어릴 적부터 케이에게 존댓말을 사용해 왔기 때문이다.

하지만 기분이 나쁘지는 않았다. 애초에 그들의 대장이 되고 싶은 생각도 없었다.

다만 불안할 뿐이다.

이놈들이 단체로 미쳤나?

“아스. 고생 많았어. 이제 그때처럼 웃어라.”

와칸이 케이의 어깨에 손을 얹고 유진에게 눈짓했다. 유진이 환하게 웃으며 옆으로 비켜섰다.

“선물이야.”

무슨 말을 해야 할까?

눈앞에 펼쳐진 꿈과 같은 광경을 두고, 무슨 말을 해야 하는 걸까?

케이는 멍하니 정면을 응시했다.

연분홍색 드레스를 입은 여인은 시리도록 아름다웠다. 어찌나 아름다운지, 보는 순간 시간이, 아니, 심장이 멎은 것 같았다. 짧은 머리카락 아래로 보이는 작고 흰 얼굴과 오밀조밀 조화로운 이목구비, 긴 목과 예쁜 쇄골, 풍만한 가슴, 그리고 잘록한 허리와 긴 팔다리.

케이의 시간을 멈춘 여인은 느릿하게 걸음을 옮겼다. 그녀가 조금씩 가까워질수록, 케이는 숨도 쉴 수 없게 되었다.

‘내가 아직 드래곤의 마법에서 벗어나지 못한 모양이군.’

가슴을 가진 루는, 환각일 게 분명했다. 드래곤의 몹쓸 마법이 보고 싶은 것을 보여 주는 것이리라. 이 마법에서 영원히 깨어나지 못하도록.

"어릴 적에요."

이윽고 케이의 옆에 멈춘 루가 입을 열었다.

"대장을 본 적이 있어요."

그녀의 음성은 남자일 때와 비슷하면서도 달랐다. 조금 더 부드럽고 한 톤 높은 목소리. 그래서 듣고 있노라면 녹아내릴 듯 달콤한 음성.

"티그리스의 마법사들 사이에서 걸어가는 걸 봤어요. 다들 마법사들을 구경하고 있는데, 제 눈엔 대장만 보이더라고요. 은발에 새빨간 눈동자. 딱 그것만 보이더라고요."

"……."

"보석이라고 생각했어요, 붉은 보석. 그래서 갖고 싶었어요. 그 붉은 보석을."

"저기…… 루……."

간신히 입술을 달싹거렸다. 목소리가 제 것처럼 들리지 않았다. 잔뜩 쉰 음성이었다.

"시간을 돌고 돌아, 그 나무 아래에서 다시 만나게 되었을 때에 첫눈에 알았어요. 그때 보았던 그 보석이라는 걸."

"이건 환각이겠지?"

"아니요."

루가 케이를 향해 손을 뻗었다. 케이는 얼떨결에 그 손을 잡고 일어났다. 루의 뒤로 라크가 보였다. 라크는 케이를 보며 씩 웃더니 입 모양으로 말했다.

'환각 아니야, 반푼이.'

그의 말이 아니더라도 알 수 있었다. 손에 전해지는 루의 체온이 현실이라는 것을.

"대장의 이야기를 듣고 도망친 이유는, 경멸하기 때문도, 싫기 때문도 아니었어요. 그저 너무 놀라서, 그럴 때는 어떻게 해야 하는지 알지 못해서, 그리고 미숙해서."

루가 케이의 두 손을 잡고 그를 올려다봤다. 어린 시절, 무척이나 갖고 싶어 했던 푸른 눈동자가 그곳에 존재했다. 십수 년이 지난 후에도 잊지 못한 새파란 보석이, 케이의 앞에 있었다.

"그날의 대답이에요."

루가 잠시 고개를 숙였다. 검은 머리카락이 사르륵 흘러내렸다. 그 머리카락에 입 맞추고 싶다고 생각하는데, 루가 다시 고개를 들고 케이를 똑바로 응시하며 말했다.

"나도요. 나도 사랑해요, 대장."

"케이아스."

"네?"

"내 이름을 불러 줘."

루의 입가에 옅은 미소가 번졌다.

"사랑해요, 케이아스."

* * *

사랑이 이루어지는 순간은, 그 어떤 형용사로도 표현할 수가 없다.

케이는 가만히 루를 응시했다. 그녀의 입에서, 늘 꿈꾸던 말이 흘러나오는 순간 진짜로 시간이 멈췄다. 주위의 모든 것들이 사라지고, 찬란한 빛이 그 공간을 채웠다. 그 아름다운 빛 속에, 루와 케이, 단둘만이 남았다.

떨리는 손을 올려 그녀의 검은 머리칼을 매만졌다. 즐거운 듯 가늘어지는 그녀의 눈을 보는 것이, 가슴이 저릴 만큼 좋았다. 그녀는 고개를 옆으로 살짝 움직여 케이의 손바닥에 얼굴을 문질렀다. 따스하고 부드러운 볼이 녹을 것만 같아, 케이는 불안했다.

"꿈이라면 깰까 봐 두렵군."

"깨어나도 마찬가지일 거예요. 나는 여자고, 대장을 사랑해요."

"케이."

"그래요, 케이. 당신을 사랑해요."

"루……."

"루엘라인."

"루엘라인?"

"내 진짜 이름이에요. 내 부모님이 내게 주신 이름."

"아아, 잘 어울리는 이름이군."

"속여서 미안해요. 나는……."

루는 말을 끝낼 수 없었다. 케이의 입술이 루의 입술 위에 겹쳐졌기 때문이다. 그의 입술은 따뜻하고 부드러웠다. 조심스럽게 닿았던 입술이 잠깐 떨어졌다가 다시 닿았다. 입술이 닿아도 괜찮다는 걸 확인한 건지, 두 번째로 닿았을 때에는 더 강렬했다.

그는 진한 키스를 하면서도 갈증이 난다는 듯 더욱 강하게 밀어붙였다. 입 안으로 들어온 그의 혀와 루의 혀가 얽히고 달콤한 타액이 전해졌다. 윗입술을, 아랫입술을, 그리고 혀를, 케이는 몇 번이고 탐하고 또 탐했다. 그에게서 전해지는 아카시아 향기에 아찔해졌다.

숨이 막힐 정도로 진한 키스를 끝낸 그가 속삭였다.

"이유 따위는 아무래도 좋아. 네 성별도 상관없어. 나는 그저…… 하아, 루. 나는……."

그가 루를 끌어안았다. 두 번 다시 놔주지 않겠다는 듯이.

"네 마음, 그거 하나면 돼. 그거 딱 하나면 돼."

주변에 사람들이 있다는 것을 잊은 것 같은 둘의 모습에, 이 자리를 마련해 준 단원들은 조금 민망한 상황에 처했다. 케이가 루의 정체를 알게 되면 좋아할 거라는 생각은 들었지만, 저렇게까지 노골적으로 기쁨을 드러낼 줄은 몰랐기 때문이다.

"우리 대장이 저렇게 로맨틱한 사람이었나?"

휴이가 머리를 긁적거리며 말했다.

"으으, 꿈에 나올까 봐 무섭다."

쿠반이 몸을 부르르 떨었다.

"다들 나가죠."

쥬엔이 쿠반의 팔을 잡아끌며 말했다.

곧 넓은 연회실에는 케이와 루, 두 사람만이 남게 되었다. 상쾌한 공기로 채워진 그 연회실에서, 케이는 다시 한 번 루에게 입을 맞췄다.

늘 생각했다.

이 입술에 마음껏 입 맞출 수 있다면. 사랑한다는 말을, 하고 싶을 때에 할 수 있다면. 이 체온을 매일 공유할 수 있다면.

간절히 원하던 순간이 왔다는 사실이 여전히 믿기지 않았다. 하지만 입술에 닿은 온기는, 가까운 곳에서 풍겨 오는 그녀의 향기는 현실이었다.

케이는 루의 부드러운 입술을 탐하고 핥았다. 언제까지라도 그녀의 입술을 놓아주지 않겠다는 듯 신중하고도 진지하게 탐미했다. 그의 손이 자연스럽게 루의 허리를 만지고 올라와 그녀의 볼을 감쌌다.

그의 감미로운 키스에, 루는 녹아내릴 것만 같았다. 그러나 두렵지 않았다. 그와 함께할 수 있다면 이대로 녹아 사라져도 괜찮을 것 같았다.

그의 손이 천천히 내려가, 드레스 밖으로 드러난 그녀의 목덜미와 어깨를 쓰다듬었다. 뜨거운 손길이 선명하게 느껴져, 루는 몸을 움찔 떨었다. 그는 루의 둥근 어깨를 더듬어 내려와 등에서 손을 멈췄다. 뒤에서 조인 드레스의 끈을 풀자, 사라락 드레스가 흘러내렸다.

남들 앞에서 가슴을 드러내는 건 부끄럽지 않았는데, 이상하게도 케이에게 가슴을 보인다고 생각하자 말도 못 하게 창피했다. 이 가슴의 모양이 예쁘지 않으면 어쩌지, 내 몸매가 좋지 않아 실망하면 어쩌지. 여러 생각이 머릿속을 채워 혼란스러운 틈에, 케이의 입술이 루의 볼을, 그리고 목덜미를 애무했다.

"저, 저기. 대장……."

"케이라고 불러, 루엘."

그는 루의 몸에서 입술을 떼지 않고 말했다. 슬쩍슬쩍 움직이는 입술과 입김 때문에 다리에서 힘이 빠졌다. 심장이 금방이라도 멎을 것만 같아서, 루는 조금 무서워졌다.

생전 처음 느끼는 묘한 쾌감이 두려웠다. 두 손으로 그를 밀어내고 싶은데, 그럴 수가 없었다. 몰입한 듯한 그의 표정이 말도 못 하게 사랑스러웠기 때문이다. 그의 얼굴이 실망으로 일그러지는 것을 보고 싶지 않았다.

쇄골에 입을 맞추던 케이는, 루가 아무 말이 없자 고개를 들었다.

"루엘, 할 말이 있는 거 아니었어?"

"아뇨, 그냥…… 그냥요. 계속하세요."

루의 말에 그는 고개를 살짝 옆으로 기울였다가 피식 웃더니, 상체를 바로 세웠다. 그리고 흘러내린 드레스를 올려 도로 입혀 주었다. 불안한 듯 쳐다보는 루의 볼을 쓰다듬으며, 그가 말했다.

"괜찮아, 루엘. 널 무섭게 할 생각은 없어."

그의 말에, 루는 얼른 고개를 휙휙 저었다.

"아니에요, 대장. 아니, 케이. 안 무섭습니다."

"괜찮아, 루."

그가 웃으며 루를 보듬어 안았다. 그의 심장 소리가 두근, 두근, 두근, 들려왔다. 루의 청각이 특별히 예민하지 않았더라도 들을 수 있을 정도로, 그의 심장은 빠르게 움직이고 있었다.

그가 자신과 같다는 생각에, 루는 안심했다. 케이의 심장도 루와 같은 속도, 같은 크기로 뛰고 있었다.

"지금까지 참았으니, 몇 번 더 참는 건 일도 아니지."

"지금까지 참으셨습니까?"

"그래."

"언제부터요?"

"널 처음 봤을 때부터."

"에엑? 처음 봤을 때부터요? 그때 전 괴물이었는데."

그가 싱긋 웃었다.

"그럴 리가. 내 눈에 보인 거라고는 네 이 눈동자."

그가 엄지로 루의 눈가를 가볍게 쓸었다.

"이 아름다운 눈동자뿐이었는데."

"……정말 못났었는데."

"내가 그걸로 널 무시한 적이 있었나?"

도리도리.

루는 고개를 저었다.

그러고 보면, 케이는 이상할 정도로 루에게 잘해 주었다. 얼굴이 아름다워진 후에는 모두가 루에게 상냥하지만, 파필리아의 괴물로 살던 시절에 루에게 잘해 주었던 사람들은 토스카의 단원들이 유일했다. 그리고 그중에서도 케이가 제일이었다.

그의 무뚝뚝함에 숨겨져 있는 상냥함을, 루는 기억하고 있었다. 루의 과거를 들은 그가, 티그리스를 되찾고 오르딘 공작을 죽여 주겠다는 결심을 한 것은, 루가 마법에서 풀리기 전의 일이었다.

루의 외모는, 그에게 아무런 문제가 되지 않았다. 이 얼굴이 어떤 모양이 되더라도, 그의 마음이 변치 않으리라는 것을, 루는 알게 되었다.

"그럼."

케이가 연회실을 둘러봤다.

식탁 위에 차려진 만찬은 먹다 만 상태 그대로였다. 거의 다 식었겠지만, 아마도 맛있으리라. 휴이의 요리는 세계 최고니까.

"이제부터 제대로 연회를 즐겨 볼까?"

* * *

오늘 밤은 즐길 수 없을 거라고 생각한 토스카 단원들은 각자 자기 방에 돌아가 있다가 호출을 받았다.

의외로 빨리 끝난 케이와 루의 사랑 결실에, 그들은 조금 의아한 표정이었다. 케이가 그동안 욕망을 억누른 만큼, 오늘 밤새도록, 혹은 내일까지도 루와의 시간에 몰입할 줄 알았던 것이다.

연회실에 들어갔더니, 케이와 루는 조금도 흐트러지지 않은 모습으로 각자의 자리에 앉아 단원들을 기다리고 있었다. 쿠반의 눈썹 끝이 아래로 축 늘어지며 비통한 신음을 내뱉었다.

"대장이 실패했나 봐."

"그러게요. 밤새도록 할 줄 알았더니."

쥬엔이 포크를 들며 작은 목소리로 대답했다.

"하긴. 너무 긴장하면 그게 또 마음대로 안 되거든."

"대장도 불쌍하다. 기다리고 기다리던 순간이었을 텐데."

"일부러 자리까지 비워 줬는데 실패를 하다니. 바보 같은 사람."

단원들이 케이를 향해 안쓰러운 시선을 던졌지만, 정작 케이는 입가에 미소를 띠고 포크를 움직였다. 간간이 루의 접시에 고기를 덜어 주는 모습이 보기 좋아, 유진은 씩 웃으며 말했다.

"그래도 좋잖아. 우리 대장, 저렇게 웃는 거 정말 오랜만이니까."

* * *

토스카 단원들이 두 번째로 불려가 만찬을 즐길 때, 니아는 그녀의 방에서 주아를 끌어안고 앉아 있었다. 주아의 포근한 털에 얼굴을 묻고 있던 니아가 중얼거렸다.

"주아, 나 앞이 보여. 보이기 시작했어."

루를 따라나선 이후, 한 번도 미래를 언급하지 않았다. 간혹 꿈에서 미래를 볼 때가 있기는 하지만, 일부러 미래를 보려고 하지 않고 언급하지도 않으니, 빼앗겼던 시력이 되돌아오고 있었다. 완전히 되찾을 거란 생각은 못 했는데, 오늘 만찬 때에 드레스를 입은 루의 모습을 선명하게 볼 수 있었다. 아마 루가 대지의 축복을 받은 아이이기에, 그녀의 곁에 있는 것만으로도 신의 제약에서 벗어날 수 있는 것이리라.

오늘 밤은 루와 케이의 시간인지라, 그들을 방해하고 싶지 않아 방으로 돌아왔다. 다행히 주아가 따라와서 기쁨을 나눌 수 있었다.

"굉장해, 주아."

어릴 적 잃은 시력. 그 후로 한 번도 보지 못했던 빛과 색채.

"정말 굉장해, 주아."

앞이 보인다는 것은 숨이 막히도록 찬란한 행복이었다.

* * *

연회가 끝난 후, 루는 방으로 돌아왔다. 씻고 침대에 누웠지만 마음이 들떠 잠이 오지 않았다. 늘 하고 있던 압박 조끼를 벗었더니 허전한 기분이 들었다. 한참을 뒤척거리다가 결국 창문을 열고 테라스로 나갔다.

"안 자나?"

옆에서 소리가 들려와 깜짝 놀랐다.

케이도 테라스에 나와 있었다.

"네, 대장도 안 주무십니까?"

"잠이 오지 않는군."

"저도요."

서로를 마주 보고 비슷한 표정으로 웃었다.

"어릴 적에 나를 보았다고 했지?"

"네."

"나도 어릴 적에 널 봤다, 루."

"저를요?"

"그래. 네가 날 보았을 때에, 나도 널 보았지."

오래 전의 일이 바로 어제의 일처럼 떠올랐다. 티그리스, 검은 후드를 입은 마법사들 사이에서 오롯이 빛나던 존재. 은빛 머리카락 아래에 자리 잡은 두 개의 붉은 보석.

눈이 마주쳤다고 생각한 것은 착각이 아니었던 모양이다.

"구온 시 앞에서 널 다시 만났을 때, 그 눈동자와 똑같다는 생각을 했다. 나는 네가 그 소녀의 남동생인 줄로만 알았어."

생각지도 못한 말에, 루는 작게 웃었다.

"그렇게 생각할 수도 있군요."

"네가 여자일 거라고는 상상도 못 했으니까. 아니, 네가 여자이기를 기대하는 것 자체가, 네게 못할 짓이라고 생각했으니까."

그의 깊은 마음이 전해졌다. 루는 침을 삼키며 그를 돌아봤다.

달빛을 받은 은색 머리카락이 시리도록 아름다운 빛을 내뿜고 있었다. 그 아래로 보이는 선명하고 반듯한 굴곡이 아름다워, 눈을 뗄 수가 없었다.

갖지 못할 줄 알았던 저 머리칼이, 눈동자가, 얼굴이, 자신의 것이 되었다는 걸 믿을 수가 없었다.

"대장은 내 거예요."

그래서 소리 내어 말했다. 그가 웃었다.

"그래. 나는 네 것이다. 그리고 너 역시 내 것이고."

"변치 않을 거죠?"

"안 변해. 알잖아. 변한 적 없다는 거."

그가 단호하게 말했다.

"잠깐만 기다려, 루."

그가 안으로 들어갔다. 루는 청명한 밤하늘을 응시하며 케이가 돌아오기를 기다렸다. 케이는 곧 이불을 들고 나왔다.

"그게 뭐예요?"

"이리로 와."

그가 테라스 바닥에 이불을 펼치며 말했다. 루는 어렵지 않게 그의 방 테라스로 건너갔다.

이불에 앉자고 할 줄 알았는데, 그는 루를 세워 둔 채로 이불에 대고 무언가 중얼거렸다. 그 말은 알아들을 수 없었는데, 마법어인 것 같았다. 한참 그렇게 주문을 외자, 이불에서 옅은 푸른색

빛이 번져 나왔다.

"됐다."

그가 루의 손목을 잡아 끌어당겼다.

"으앗."

작은 비명을 지르며 그의 품에 안기듯 넘어졌다. 그는 웃으며 루를 끌어안았다.

"가자."

"어디를……?"

의문은 금방 풀렸다. 마법에 걸린 이불이 날아오른 것이다.

은은한 푸른빛을 뿜으며 이불은 진청빛 밤하늘을 향해 느릿하게 움직였다. 위로 올라갈수록 서늘해지는 공기가 피부에 느껴졌다.

"우와."

하늘을 나는 건 처음이다.

"우와."

조금 무서웠다.

"무서워요, 대장."

"걱정 마. 안 놓칠 거니까."

자기 말을 증명이라도 하듯, 그는 한 팔로 루의 잘록한 허리를 꽉 안고 있었다. 머리카락에 스치는 바람이 유쾌했다. 등에 닿는 그의 체온도, 옅게 느껴지는 그의 향기도, 모두 좋았다.

마법 같은 순간이었다.

아니, 케이의 마법으로 이루어진 일이니, 마법이 맞지. 그래, 이것은 마법이다.

밤하늘을 수놓은 별들이 음악을 연주하는 것만 같았다.

"저길 봐, 루."

그의 말에 루는 조심스레 시선을 아래로 내렸다.

높은 곳에서 내려다보는 어두운 정글 사이로, 타우아문의 땅이 보였다. 타우아문의 땅만이 사람들이 밝힌 빛으로 반짝거리고 있었다.

"약속하지. 이 지역을 전부 저렇게 빛나게 해 줄게. 그리고 그 반짝이는 땅을 네게 주겠어. 너를, 이 땅의 여왕으로 만들어 줄게."

그의 다정한 속삭임에, 콧등이 시큰해졌다. 울 일이 아닌데 왜 눈물이 나는 건지 모르겠다.

*—루, 우리 공주님. 내 예쁜 딸. 넌 세상을 갖게 될 거야.*

아버지와 어머니의 음성이 떠올랐기 때문일지도 모르겠다. 악의가 전혀 없이, 그저 사랑에서 비롯된 약속을 오랜만에 듣기에 가슴이 이리도 저릿한 것이리라.

"믿어요, 대장. 그리고 나도 약속할게요."

루는 그의 가슴에 머리를 기대며 말했다.

"그 어떤 칼도, 대장에게 닿지 못하게 지킬게요. 대장이 검은 호랑이, 그 드높은 이름을 얻을 때까지 이 검을 놓지 않을게요."

*　*　*

오르딘 공작의 영지는 무척이나 넓었다.

라일은 침잠한 표정으로 영지를 둘러봤다. 이 영지의 얼마나 되는 사람들이 오르딘 공작에게 괴롭힘을 당했을까. 이 영지에 사는 여인들 중 몇 명이나 오르딘 공작의 손에 놀아났을까.

오르딘 공작은 다정하진 않아도 좋은 아버지였다.

그가 여인들을 농락하다가 버렸다는 사실을 여전히 믿기 어려웠다.

하지만 라일이 받은 보고서는 그 믿기 힘든 일들이 '진실'이라고 알려 주었다. 수많은 정보를 받았는데 무시할 수는 없었다.

공작의 저택까지는 아직 더 가야 하지만, 라일은 파믈문 시에서 내렸다. 기차가 시끄러운 소리를 내며 출발할 때까지, 라일은 그곳에 멍하니 서 있었다.

무엇을 위해 이곳까지 온 건지 자신도 알 수 없었다. 오르딘 공작에게 대놓고 물어봐야, 그는 아무 답도 주지 않으리라.

우울한 기분으로 거리를 걸었다.

"라일 님."

뒤에서 들려오는 바흘의 음성에, 그가 함께라는 것을 깨달았다.

오르딘 공작의 진실을 알게 된 후부터, 바흘과 제대로 대화를 해 본 적이 없다. 그에게는 미안하게 생각하고 있었다. 주인인 오르딘 공작에 대해 나쁘게 이야기할 수 없는 바흘의 입장을 모르는 건 아니었다.

다만 이제는 바흘을 믿을 수가 없다. 바흘은, 오르딘 공작의 사람이다.

"죄송합니다."

바흘의 사과를 흘려들었다. 예의상의 대꾸도 하지 않고 그저 걸었다.

걷다가 멈춘 곳은, 오래 전 루가 살았던 곳이었다.

루엘라인이라는 어여쁜 이름을 가지고 있을 때 살았던 곳. 멀찌감치 산이 보이는 부지였다.

그 당시 있었을 저택은 불에 타 없어지고, 지금은 다른 건물들이 들어서 있다. 오르딘 공작의 검은 행적을 덮으려는 듯, 깨끗한 건물이 세워진 그 장소를 라일은 가만히 응시했다.

루는 어떤 기분이었을까.

내가 라일라체 오르딘이라는 것을 알게 되었을 때. 자신을 사랑한다고 주장하는 이가, 모든 것을 빼앗은 남자의 아들이라는 것을 알았을 때.

'혐오스러웠겠지.'

쓴웃음이 흘러나왔다.

'내 아버지가 루의 어머니에게 했던 짓을, 나도 하고 있는 것처럼 보였겠지.'

지끈—

심장이 칼에 베인 듯 아팠다.

그렇게 멍하니 서 있다 보니 어느덧 해가 지고 있었다. 이런 곳에서 시간을 보낼 때가 아니다. 뭐든 결론을 지어야 했다. 무슨 결론을 내리고 싶은 건지는, 라일 자신도 알지 못했지만.

파믈문 시에 숙소를 잡고 옷을 갈아입었다. 평민들이 입는 남루한 옷이었다. 이 옷을 마지막으로 입었을 때가, 구온 시에 있을 때였다.

바다 향기 나는 도시의 일이 아득히 먼 옛날의 일처럼 느껴졌다.

루를 처음 만나는 순간, 그녀와 함께했던 시간, 무뚝뚝한 그녀가 간혹 보여 주었던 옅은 미소. 그 모든 것이 찬란했다.

쓰디쓴 상념에서 벗어나 방문을 열려고 하다가 멈췄다. 맞은편 방에 바흘이 머물고 있다. 그는 라일의 움직임을 주시하고 있을 것이다.

그와 동행하고 싶지 않았다.

라일은 방문으로 나가는 대신 창문을 열었다. 2층에서 뛰어내리는 건 어려운 일이 아니었다.

탁—

가볍게 뛰어내린 라일은 잠시 멈춰서 주위의 기척을 살폈다. 바흘 이외의 다른 누군가가 자신을 감시하지 않을까 싶어서였다.

아무도 없다는 확신을 가진 후에야 라일은 걸음을 옮겼다.

민가들이 밀집한 곳에 있는 술집은, 가게로 보이지 않을 만큼 작고 허름했다. 돈을 버는 것이 주목적이라기보다는 지인들끼리 모여서 떠드는 곳인 것 같았다.

많은 곳을 돌아다닌 라일은, 이런 가게야말로 여러 이야기를 들을 수 있다는 것을 알고 있었다.

라일이 들어가자, 시끌벅적했던 가게가 조용해졌다. 낯선 얼굴이기 때문이리라.

라일은 모두가 반할 수밖에 없는 환한 미소를 지으며 말했다.

"여행객인데 길을 잃은 것 같아요. 여기가 어딘지 알 수 있을까요?"

라일의 선량한 외모와 빛나는 미소는, 여행을 할 때 여러모로 유용했다. 아무리 경계심이 강한 사람이라도, 라일의 미소를 보면 마음을 열 수밖에 없는 것이다.

이곳에서도 그의 매력은 마찬가지인지라, 얼마간의 시간이 지나자 라일은 마을 사람처럼 그곳에 동화될 수 있었다.

구석에 있는 자리에 앉아 요리와 술을 마시는 동안, 마을 사람들은 삼삼오오 모여 여러 이야기를 나누었다. 라일은 관심이 없는 척 요리를 먹으면서도, 그들의 이야기에 귀를 기울였다.

그러다가 그냥 흘려보낼 수 없는 말을 들었다.

최근 근방에서 실종된 사람들이 많다는 이야기였다.

*　　*　　*

그들은 심각한 표정으로 앉아 있었다.

타우아문의 궁에 모인 지 1시간 째. 다들 서로의 눈치만 보고 있었다.

"나는."

진지한 침묵을 깬 것은 나즐이었다.

"아무래도 루가 드레스를 입는 게 좋다고 생각해."

"나도!"

그 말을 기다렸다는 듯이, 휴이가 외쳤다.

"이왕 여자가 된 거 예쁘고 나풀나풀한 옷을 입는 편이 좋잖아! 안 그래?"

휴이가 동의를 구하듯 모두를 둘러봤다.

"이왕이라니. 루는 원래 여자였거든. 드레스를 입는 것에 대해서는 나도 동의해. 하지만 루가 싫어하는데 어떡하냐. 억지로 입힐 수도 없고."

유진이 손등으로 안경을 올리며 말했다.

"억지로 입히면 안 될 이유라도 있냐? 그냥 붙잡고 입히면 되잖아. 정 안 되면 뒤통수를 한 방 때려서 기절시키고……."

퍽—

신나서 이야기하는 쿠반의 뒤통수를, 와칸이 때렸다.

"루는 여자다. 뒤통수를 때릴 생각이냐?"

"이 자식아! 너야 말로 때리지 마! 루 뒤통수만 뒤통수고, 내 뒤통수는 뒤통수도 아니냐?"

"시끄러."

"시끄럽다고? 날 시끄럽게 만든 건 네놈이야! 무릎 꿇고 사과하면, 루 뒤통수를 때리는 문제는 고민을 해 보도록 하지. 사과 안 하면 지금 당장이라도 루 뒤통수를 그냥, 확!"

"아니, 문제는 뒤통수가 아닌데."

유진이 끼어들었다.

"루는 여자잖아, 쿠반. 루를 기절시킨다고 해도, 옷을 막 벗길 수는 없어."

"아, 맞다."

"아쉽게 됐어. 모처럼 단원 중에 여자가 생겼는데, 본인이 그런 자각이 없으니."

"그러게 말이다. 이왕이면 살랑살랑 예쁘게 하고 다니면 얼마나 좋아."

루를 제외한 토스카 단원들은 진지한 고민에 빠져 있었다.

루가 여자라는 것을 모두에게 밝힌 지 한 달이 지났다. 사랑도 고백했겠다, 케이의 애인이 되었겠다, 다들 루가 여성스러워지기를 기대하고 있었다. 하지만 루는 여전히 짧은 머리에 편한 차림새를 고수했다.

지나가는 말처럼 예쁘게 입어 보라고 하기도 하고, 아예 옷을 사다 주기도 했지만 루는 싱긋 웃으며, "감사합니다."라고만 할 뿐, 그 옷을 입을 생각은 하지 않았다.

언젠가 참다못한 쿠반이, "옷 좀 예쁘게 입어 봐! 너 그러다가 대장한테 버림받는다!"라고 강하게 말했지만 루는 그때도 부드럽게 웃으며 말했다.

"쿠반 걱정이나 하세요. 쥬엔에게 버림받지 않게."

대장 대리를 한 이후부터 거침이 없어진 루는, 이제 유진보다 더한 독설가가 되었다. 생글생글 웃으며 독설을 내뱉는 루를, 쿠반은 '대장보다 무섭다.'고 평가했다.

"대장이 말하면 들을 것도 같은데."

알리의 말에 유진이 고개를 끄덕였다.

"물론 대장이 말하면 듣겠지. 하지만 대장은 루가 어떤 차림새를 하고 있어도 예뻐 죽겠다는 눈빛이라고. 옆에 있으면 징그러울 정도야."

"그건 그래. 대장은 루의 외모가 이상했을 때부터 루에게는 유독 친절했잖아."

"근데요."

지금껏 조용히 듣고 있던 텐치가 손을 들었다. 모두 텐치를 주목하자, 그는 쑥스러운 듯 얼굴을 붉히며 말했다.

"저는 루가 여자 차림을 하는 거 반대합니다."

"왜?"

"그게…… 루가 갑자기 여성스러운 차림으로 나풀나풀하고 다니면서 까르르거리면, 적응이 안 될 것 같은데. 게다가 루가 옷을 예쁘게 입는다고 해서 딱히 여성스럽게 행동할 것 같지도 않고. 쥬엔처럼 입고 걸걸하게 행동하면, 그건 그것대로 이상하지 않겠어요?"

"옷이 사람을 만드는 법이야. 여성스럽게 입고 다니면 루도 차차 여성스러워질걸."

"난 지금의 루도 좋은데."

'어떻게 루를 여성스럽게 만들 것인가.'를, 오르딘 공작에 대한 회의 때보다 더 진지하게 토론하는 토스카 단원들을, 한심하게 지켜보는 시선이 있었다. 니아와 주아였다.

니아는 그들이 곧 자신에게 도움을 요청할 것 같아서, 조용히 회의실을 빠져나왔다.

"루는 사랑 받고 있어, 주아."

성의 긴 복도를 걸어가며, 니아가 말했다.

"다행이야, 루가 행복해서. 이 행복이 오래 가면 좋을 텐데 말이야."

니아의 말에 주아가 끙끙거렸다.

영리한 흰 늑대는, 니아의 말을 알아들었다. 니아는 종종 주아에게 이러저러한 이야기를 하곤 했는데, 그중에는 그녀가 본 미래에 대한 이야기도 있었다. 끝없는 절망만이 펼쳐진 미래.

그래서 주아는 인간의 말만 할 수 있다면 말해 주고 싶었다. 자신이 루를 처음 만났을 때에 본 미래는 다르다고.

무척이나 아름다운 들판에서 환하게 웃고 있는 여인을 보았다고. 어둠은 조금도 없이, 그저 행복해 보이는 모습이 참으로 좋았다고.

미래를 보는 흰 늑대는, 인간의 말을 할 수 없음이 몹시도 아쉬웠다.

"니아, 다들 어디에 있니?"

니아는 맞은편에서 다가오는 쥬엔의 목소리에 정신을 차렸다. 얼마 전부터 쥬엔은 다시 드레스 차림으로 돌아갔다. 아마도 쿠반과 화해한 직후부터일 것이다.

쥬엔의 미래를 본 적이 있다.

갈가리 찢긴 쿠반의 시체 앞에서 울부짖던 쥬엔.

그 서러운 절규를, 니아는 똑똑히 기억했다.

"다들 회의실에서 회의를 하고 있어요. 전 재미없어서 나왔고요."

"그래? 무슨 회의?"

"루에게 드레스를 입히는 부분에 대한 회의요."

"아아. 안 그래도 어젯밤에 쿠반이 그 이야기를 하더라. 루가 여자라는 걸 밝힌 후에도 왜 차림새를 그렇게 하고 다니는지 모르겠다면서."

"그렇군요."

"니아."

쥬엔이 갑자기 얼굴을 불쑥 들이밀었다. 니아는 당황해서 몸을 뒤로 피하려 했지만, 쥬엔이 더 빨랐다. 그녀는 두 손으로 니아의 볼을 감싸 움직이지 못하게 고정시켰다.

"너, 좀 컸다?"

"네?"

"여성스러워졌어, 너."

"전 원래 여자였는데요. 여성스럽게 하고 다니고요."

"아니, 얼굴 말이야. 약간 성숙해진 것 같은데."

"아……."

"나쁜 의미는 아닌 거 알지?"

"네, 알아요."

"어른이 되어 가는 느낌이야. 성장이 멈췄다고 하지 않았어?"

"그건 그런데."

점점 성장하고 있다는 것을, 니아 역시 깨닫고 있었다.

루를 만난 후, 미래를 보는 일이 거의 없는데다가 타인에게 미래를 발설하지도 않았다. 그러다 보니 미래를 발설함으로써 빼앗겼던 것들이 되돌아오기 시작했다. 첫 번째가 시력, 두 번째가 성장.

하지만 이것이 좋은 일일지, 니아는 알 수 없었다.

원래 미래를 발설해서 빼앗기는 것들은, 두 번 다시 되돌아오지 않는다. 빌려준 것이 아니라, 대가로 지불한 것이기 때문이다.

하지만 신은, 무슨 생각인지 가져간 것들을 돌려주고 있다.

'이건 어쩌면 경고인지도 몰라. 아니, 경고일 거야.'

그런 확신이 들었다.

처음에는 앞이 보인다는 게 행복하기만 했지만, 점점 불안해지기 시작했다.

'내가 또다시 미래를 발설하면, 그때야말로 전부를 가져가겠다

는 경고.'

다른 사람들은 신이 용서했다고 생각할지 모르나, 니아에게는 이것이 경고처럼 느껴졌다. 그래서 최근에는 실수로라도 미래를 발설하게 될까 봐, 매일이 두렵다.

"잘됐다. 너는 미인이 될 거야."

쥬엔이 니아의 볼을 놔주며 말했다.

"그리고 루의 드레스는, 내가 어떻게든 해 볼게. 루는 나에게 약하니까."

"그러게요. 루는 케이보다 쥬엔에게 더 약한 것 같아요."

"원래 여자는 같은 여자에게 더 약한 법이거든. 나도 루에게는 약해져."

"루는 당신을 만난 게 행운이었어요."

'아니, 절망일지도 모르지.'라고 생각하며, 니아가 중얼거렸다.

"날 만난 게? 난 루에게 해 준 게 없어."

"파필리아에 머물게 해 주었잖아요. 만약 당신이 아니었다면, 루는 케이를 만나지 못했을 거예요."

니아가 본 미래 중에는 서로 엇갈리기만 하는 운명도 있었다. 어쩌면 그 운명이 더 나았을지도 모른다.

루에게 걸린 선대 검은 호랑이의 마법은, 시간이 지나 루가 25살쯤 되면 자연히 풀릴 마법이었다. 마법이 풀린 루는 예쁜 얼굴이 드러나지 않게 하기 위해 두건을 쓰고 다니고, 그런 그녀를 신기하게 여긴 남자를 만나 연애를 하고 결혼을 하게 된다. 그리고 루가 30살이 되었을 무렵, 오르딘 공작이 죽는다.

그렇게 자연스레 흘러가는 미래도 있었다.

케이를 만나지 못한 루는, 열정적이진 않아도 편안한 사랑을 하게 되고 평범하게 살다가 죽는다.

'그게 더 나았을 거야.'

선택되지 못한 미래를 두고 고민하는 건 바보 같은 짓이라는 걸 알고 있다. 그러면서도 기대를 버리지 못하는 자신이 바보 같았다.

루가 행복해졌으면 좋겠다.

루는 모르겠지만, 니아는 루를 제 몸보다 더 아꼈다. 때문에 그녀가 불행해지는 것을 원치 않았다.

'이미 많은 게 변했어.'

지금 살아가는 삶은, 니아가 한 번도 보지 못한 미래 중 하나였다. 앞으로 어떻게 될지, 니아는 짐작할 수도 없었다.

미래를 알지 못한다는 건, 두렵고 긴장되면서도 아주 조금은 즐거웠다. '기대'라는 것을 할 수 있기에.

'루가 계속 웃으려면 오르딘 공작이 죽는 게 우선이야. 그가 죽고 나면, 누구도 루의 미소를 앗아 가지 못할 거야.'

*　　*　　*

루의 방에 방문한 케이의 만면에 미소가 번졌다. 그는 느릿하게 다가와 루를 보듬어 안았다.

"무슨 바람이 들어서 이런 차림이지?"

루는 드레스를 입고 있었다. 와인색 드레스는 루의 흰 피부를 더욱 돋보이게 만들어, 묘한 색기를 자아냈다.

"쥬엔이 입으라고 강요해서요."

"쥬엔 말을 잘 듣는군."

"쥬엔은 쓸데없는 소리를 안 하니까요."

"난 쓸데없는 소리를 한다는 건가?"

"대장은 별로 안 하는 편인데, 다른 형님들은 이상한 소리를 자꾸 해요."

"다른 녀석들이 들으면 서운해 하겠군."

"그런 걸로 서운해 할 형님들이 아니잖아요."

"딴 녀석들에 대해 너무 잘 아는 것도 기분 나쁜데?"

"별 걸로 다 질투를 하시네요."

루가 투덜거리자 그가 미소를 지으며 루의 목덜미를 깨물었다.

"내 개는 버릇이 없군."

"그래서 싫습니까?"

"아니, 그런데도 좋아서 가끔 화가 나."

"별 걸로 다 화를 내시네요."

케이가 낮게 웃었다. 그의 낮은 웃음소리가, 루는 무척이나 좋았다. 그가 좀 더 웃었으면 좋겠다.

케이가 루를 끌어안은 채로 침대에 누웠다. 그에게서 나는 아카시아 향기가 루의 후각을 자극했다. 이렇게 계속 안겨 있다 보면, 그의 향기가 옮아올까? 그가 이 몸에 전염될까?

그랬으면 좋겠다.

그에게 오롯이 물들고 싶다.

"수정구는 어때요?"

최근 케이는 수정구 마법에 몰입하느라, 방 밖으로 잘 나오지 않았다. 며칠씩 밥도 안 먹고 틀어박혀 있기 일쑤였다.

"아직 제대로 안 들려. 카에와 긴밀한 대화를 하는 것 같은 모습을 본 적은 있는데 배경도 희미하고."

"카에?"

그의 입에서 쥬엔과 비비안이 아닌, 다른 여자의 이름이 나온 건 처음이었다.

"아, 넌 모르지. 카에는 쿠반의 사촌이다."

"쿠반의 사촌이요?"

"그래."

"지금 오르딘 공작에게 인질로 잡혀 있는 건가요?"

루의 질문에, 케이의 미간에 주름이 잡혔다. 그는 즐겁지 않은 기억을 떠올리는 듯 인상을 찌푸리고 있다가 말했다.

"카에에 대해서는 쿠반에게 듣는 게 좋을 것 같군."

낮아진 그의 음성이 그의 기분을 대변해 주었다. 카에라는 여자에 대해 긴 이야기를 하고 싶지 않다는 듯 가라앉은 음성이었다.

찬물을 끼얹은 듯 공기가 식었다. 그가 천천히 몸을 일으켰다.
"다시 가 봐야겠군."
"벌써요?"
"아쉽나?"
"네."
"그런 눈으로 보지 마, 루엘. 덮치고 싶어지니까."
그가 커다란 손으로 루의 눈가를 덮으며 말했다. 이제쯤이면 덮쳐도 좋다고 생각했지만, 루는 그 말을 구태여 입 밖으로 꺼내지 않았다.
수정술에 대해 들어 본 적이 있다.
상당한 집중을 요하는 마법이라고 들었다. 연인간의 성관계조차도 수정술을 사용하는 데에 큰 영향을 미치는 모양이다.
지금 가장 중요한 것은, 케이가 얼른 수정술을 완성시켜, 오르딘 공작의 계획을 알아내는 일이었다. 그때까지는 아쉬워도 참아야 한다.
"됐으니까 가서 수정구나 들여다보세요."
루가 그의 손을 치워 내며 말했다.
"매정하네. 서운한걸."
"거짓말쟁이. 하나도 안 서운하면서."
"정말이야, 서운해."
그가 웃으며 루의 머리카락에 입을 맞추고 방에서 나갔다. 루는 잠시 그대로 누워서 천장을 응시하다가 침대에서 내려왔다.

카에에 대해 쿠반에게 물어봐야겠다. 그녀의 어떤 부분이 케이의 인상을 찌푸리게 만드는 건지 알고 싶었다.

쿠반은 성 뒤의 검술 훈련장에 있었다. 쿠반과 텐치가 대련 중이었고, 와칸은 팔짱을 끼고 서서 그걸 지켜보고 있었다. 나중에 쿠반과 텐치의 문제점을 지적하기 위해서이리라.

"잘 어울리네."

옆에 와서 선 루를 보고 와칸이 말했다.

"감사합니다."

"앞으로도 그렇게 입어."

"이건 불편해서요. 여차할 때 검을 뽑고 움직이기 힘들어요."

"여차할 때 검을 뽑는 건 나야, 루. 넌 그냥 보호나 받아라."

"싫어요. 나도 대장에게 도움이 되고 싶어요."

"대장은 도움 받을 생각 없을걸."

"대장 생각은 중요하지 않아요."

"이거 참. 대장도 제멋대로인 아가씨에게 푹 빠졌군. 검술 연습하러 왔나?"

"아뇨. 쿠반에게 물어볼 게 있어서요."

"그래? 곧 끝날 테니 기다려."

와칸은 뭘 물어보러 왔느냐고 묻지 않았다. 말을 아끼는 것이 그의 장점이라면 장점이었다.

문득 와칸도 카에에 대해 알고 있을지 궁금했다. 아니, 아마도 알고 있으리라.

"카에에 대해 아세요?"

아무렇지도 않게 던진 질문에, 와칸의 표정이 변했다. 그 역시 케이와 같은 표정을 지었다. 미간을 찌푸린, 불쾌하다는 표정. 아니, 단순히 불쾌한 정도가 아니라 여러 감정이 섞인 표정이었다.

원망, 분노, 그리고 슬픔과 그리움.

대체 무슨 짓을 했기에, 두 남자에게 그러한 표정을 짓게 만든 걸까.

아니, 단지 두 남자가 아니었다. 루는 유진이나 휴이, 텐치 등도 그 이름을 들으면 같은 표정을 지으리라고 확신했다.

"그 이름을 어디서 들었지?"

"대장에게요. 수정구에서 카에와 오르딘 공작이 긴밀한 대화를 하는 것 같은 영상을 봤대요."

"그렇군."

와칸은 그렇게 말하고 입을 다물었다. 카에에 대해 설명해 줄 생각은 없는 것 같았다.

말을 아끼는 것이 그의 장점일 수도 있겠지만, 때로는 단점이기도 했다. 쿠반에게 물을 것 없이, 와칸이 말해 주면 좋았을 텐데.

곧 쿠반과 텐치의 대련이 끝났다.

당연하게도 쿠반의 승리였다.

"멍청한 놈. 그걸 못 받냐?"

"형님이 너무 비열했어요. 그런 식으로 접근할 줄 누가 알았겠어요?"

"비열한 게 아니라 네놈이 약한 거야! 싸움에선 결국 이기는 쪽이 승자라고. 오, 루. 예쁜데."

"루, 진짜 잘 어울린다. 진작 드레스를 입지 그랬어."

루를 발견한 텐치와 쿠반이 손을 흔들며 걸어왔다.

"루가 너에게 하고 싶은 말이 있다는군. 우린 가자, 텐치."

와칸이 그답지 않게 서두르며 텐치의 팔뚝을 잡아끌었다.

"왜요, 형님. 저도 루랑 얘기하고 싶어요."

"시끄러."

"만날 시끄럽대. 형님이 너무 조용한 거거든요."

"시끄럽다고 했다."

"나는 뭐, 말할 자유도 없어요? 우리 토스카가 이렇게 억압된 단체였어요?"

와칸과 텐치가 툭탁거리며 자리를 떠났다. 쿠반은 땀을 닦으며 루를 쳐다봤다.

"하고 싶은 얘기가 뭔데? 남자 꼬시는 기술에 대한 거라면 쥬엔에게 물어봐."

"대체 내가 왜 남자 꼬실 기술을 배우고 싶을 거라고 생각하신 거죠?"

"너랑 대장이랑 아직이잖아."

"……그건 여러 사정이 있어서."

"사정은 개뿔. 남자랑 여자가 서로 사랑을 확인하고 나면 할 게 뭐가 있냐? 그것밖에 없다고, 그거!"

"모두가 형님처럼 사랑을 하는 건 아니거든요."

"아니긴. 사내놈들 머리통을 열어 봐라. 다 그 생각밖에 없을걸."

"대장은 달라요."

"다르긴 뭘 달라. 똑같은 남자야. 대장이라고 해서 신성한 게 아니란 거지."

이러다가는 카에에 대해 묻기는커녕, 음담패설만 잔뜩 듣고 끝나게 생겼다. 그래서 루는 쿠반의 말을 끊었다.

"카에에 대해 알고 싶어요."

쿠반이 입을 다물고 루를 돌아봤다.

순간, 루는 등줄기가 서늘해졌다.

쿠반을 알게 된 후, 이러한 표정을 보는 건 처음이었다. 쿠반은 당장이라도 사람을 죽일 듯 서늘한 눈으로 루를 노려봤다. 그의 잿빛 눈동자가 이토록 차갑게 식을 수도 있으리라는 것을, 처음 알았다.

"그 이름, 어디서 들었어?"

쿠반이 쉰 음성으로 물었다. 평소에는 그렇게 흥분을 잘하면서, 카에라는 이름에 도리어 냉정해진 그의 모습이 낯설었다.

"대장이."

"대장이?"

"수정구에서 카에와 오르딘 공작이 대화하는 걸 봤다고."

"개 같은 년."

"네?"

"아, 너한테 한 소리 아니야."

"……."

"그 빌어먹을 계집은 아직도 오르딘 공작을 빨아 주고 있나 보군. 죽어 버릴 것이지."

"사촌……이라고 들었는데."

"티그리스 고용인의 핏줄로 태어나, 빌어먹을 마법사들의 노예처럼 살아온 삶에 대해 원망한 적은 단 한 번도 없어. 그런데 카에, 그 계집 때문에 처음으로 이 핏줄을 원망했지. 그 계집과 같은 피가 흐르고 있다는 걸."

"……쿠반."

"카에 그 계집이."

쿠반이 잠시 입을 다물고 눈을 감았다. 그가 다시 눈을 떴을 때, 그는 원래의 눈빛으로 돌아가 있었다. 끓어오르는 분노를 간신히 잠재운 듯이. 그러나 미미한 증오가 묻어 나오는 목소리로 덧붙였다.

"그 계집이 선대 검은 호랑이를 배신했어."

"친했지."라고, 쿠반은 말문을 열었다.

넓은 검술 훈련장에, 루와 쿠반은 나란히 앉아 있었다.

"정말 친했어, 우리는. 너한테도 말한 적 있지? 마법사가 아닌 고용인은 거의 노예 취급을 받았지만, 선대는 차별 없이 우리를 대했다고. 카에가 태어난 것도, 그런 분이 검은 호랑이였기 때문이야.”

카에는 마법사와 고용인 사이에서 태어난 아이였다. 원래 마법사와 고용인 사이에서 태어난 아이들은 그냥 고용인의 아이보다 더한 대우를 받았다. 마법사 쪽에서도, 고용인 쪽에서도 달가워하지 않았기 때문이다.

하지만 선대 검은 호랑이는, 고용인과 마법사 사이의 사랑을 응원해 주었고, 그 결과 태어난 카에도 아꼈다. 검은 호랑이가 아끼는 카에를 함부로 대할 수 있는 사람은 없었다. 덕분에 카에는 차별 받지 않고 자랄 수 있었다.

하지만 아무리 차별을 받지 않아도, 자신을 보는 사람들의 눈빛을 모르진 않았을 것이다. 그래서인지 카에는 또래보다 성숙하고 영악하게 자랐다.

“카에는 우리보다 나이가 많아. 7살쯤 더 많았나. 아마 그럴 거야.”

카에는 현재 토스카 단원들을 키우다시피 했다.

때로는 누나나 엄마처럼, 때로는 친구처럼. 카에는 토스카 단원들에게 그러한 존재였다.

“마법사의 피를 물려받아서인지, 대단하진 않아도 마법을 사용할 수 있기는 했어. 그 사실을 아는 사람은 많지 않았지. 선대와 대장, 그리고 나 정도. 다른 녀석들은 몰랐을 거야. 카에가 절대 말하지 말라고 신신당부를 했으니까.”

마법사와 고용인의 혼혈 주제에 마법을 사용할 줄 안다는 걸 알게 되면, 더욱 미움을 받으리라는 것을 카에는 알고 있었나 보다. 카에만 미움을 받고 끝날 문제가 아니라, 고용인이었던 카에의 엄마도 함께 괴롭힘을 당할지도 몰랐다.

그래서 카에는 마법에 대해 전혀 모르는 것처럼 행동했다.

그날이 되기 전까지는.

"선대에게 가장 먼저 마법을 날린 건, 카에였어. 카에는 딴 건 몰라도 무력화 마법을 가장 잘 사용했지. 선대에게 무력화 마법을 건 후에, 카에의 배신에 당황한 선대를 다른 마법사들이 공격한 거야."

"그렇군요."

"치욕스럽다, 루."

쿠반이 두 손으로 얼굴을 덮었다.

"그 계집과 내가 같은 핏줄이라는 게, 정말 치욕스러워."

"쿠반이 치욕스러울 건 없잖아요. 쿠반이 한 짓도 아닌데."

"하지만 그 계집의 어머니가 내 어머니의 누이였어. 나는 대장을 볼 때마다 그 계집이 한 짓이 떠올라서 대장에게 미안해져."

"그렇게 보이진 않던데. 허구한 날 대장한테 반항하잖아요. 말투도 제일 건방지고."

"야, 넌 사람이 괴로워하는데!"

"별로 괴로워할 일은 아닌 것 같아서요. 사촌이라는 것만으로 그 사람이 한 짓에 대한 벌을 같이 받아야 한다면, 이 세상에 죄가 없는 사람이 없을걸요."

"그건 그렇지만."

"게다가 대장은 쿠반을 좋아하잖아요."

"그런 문제가 아냐. 물론 대장은 보기보다 마음이 넓어서, 그런 일로 날 원망하진 않겠지. 하지만 내 마음이 그렇지가 않아. 나는, 나는 매 순간 상상해. 내 손으로 그 계집을 찢어 죽이는 걸."

* * *

루가 검술 훈련장을 떠난 후에도, 쿠반은 오랫동안 그곳에 앉아 있었다. 오랜만에 입 밖으로 꺼낸 '카에'라는 이름이 그의 마음을 술렁이게 만들었다.

그녀와 함께했던 모든 시간을 생생하게 기억하고 있다.

*—잊지 않을 거야.*

어느 날엔가, 선대가 먼 길을 다녀오며 카에의 선물을 사 왔다. 파란 보석이 박힌, 약간은 투박해 보이는 비녀였다.

*—검은 호랑이께서 베풀어 주신 은혜를, 나는 평생 갚을 거야.*

파란 보석은 카에의 붉은 머리카락과 무척 잘 어울렸다. 서투른 손길로 비녀를 꼽으며 중얼거리던 카에의 표정을, 쿠반은 방금 봤던 것처럼 기억하고 있었다.

'앞장서서 배신한 것이, 은혜를 갚는 방법이었냐? 망할 계집.'

할 수만 있다면 당장이라도 그녀에게 달려가고 싶었다. 달려가서 마주 보면 이유도 묻지 않고 베어 버려야지. 쿠반과 닮은 머리카락, 눈동자를 가지고 선대를 배반한 그녀의 목덜미를 싹둑 잘라 버려야지.

카에에 대한 증오를 불태우고 나니 배가 고팠다. 훈련장 밖으로 나오니 정오의 햇살이 눈부시게 빛나고 있었다.

항상 무더운 정글이라 그런지 날짜 개념이 잡히질 않는다. 사계절이 뚜렷한 곳에서만 지내다가 일 년 내내 같은 계절인 곳으로 왔더니 조금 지치는 것 같기도 하다.

'내가 이 정도면 다른 녀석들은 더 힘들겠지.'

토스카 단원들은 그렇다 쳐도, 다른 병사들이 걱정이었다.

타우아문의 땅에 정착한 후, 쿠반과 와칸은 본격적으로 병사들을 모집했다. 원래 정글에 살던 무리도 있고, 멀리서 데려온 이들도 있었다.

정글 주민들이야 이 습기 머금은 더위가 아무렇지도 않겠지만, 다른 곳에서 온 병사들은 기후에 적응 못해 병에 걸릴지도 모른다.

'나즐이랑 알리가 데리고 온 신관들이 도움이 될지도 모르겠지만, 전쟁 전부터 힘을 쓰면 안 될 텐데.'

카에의 이름을 상기하고 나니 마음이 급해졌다. 케이가 오르딘 공작의 계획을 알아내자마자 공격에 들어가기로 했는데, 아직도 수정구만 보고 있으니 마음이 답답했다.

'내가 마법을 사용할 줄 알았더라면 좋았을 텐데.'

최근 들어 자신의 힘이 얼마나 부족한지를 깨닫게 된다. 그건 아마도 루 때문일 것이다.

루를 만나기 전까지만 해도, 와칸만 아니면 누구든 이길 수 있다고 자신하며 살아왔다. 마법사들은 처음 한 방만 조심하면, 그 다음부터는 상대하기 쉽다. 처음 사용하는 마법을 피한 후 곧바로 공격할 수 있도록, 민첩성을 키우는 데 주력했다.

하지만 루의 검술을 본 후, 자신의 훈련이 얼마나 헛되었는지 깨달았다.

루는 눈으로 따라잡기 힘들 만큼 빠르고 정확하게 움직였다. 힘은 부족하지만 속도가 부족한 부분을 채웠다. 아니, 채우고도 남았다.

루라면 마법사가 공격을 하기도 전에 베어 없앨 수 있으리라. 실제로 루는 코흐만을 혼자서 해치운 전력이 있다.

"루, 어디 가냐?"

호랑이도 제 말하면 나타난다고, 루가 드레스를 나풀거리며 어딘가로 걸어가는 모습을 발견했다.

"정글 좀 구경하려고요. 같이 갈래요?"

"아니, 됐다. 잠이나 잘래."

"쥬엔은 시카족 사람들 훈련시키는 거 보러 갔는데."

"내가 쥬엔이 있어야 잘 수 있는 줄 아냐?"

"그런 줄 알았죠."

루가 씩 웃으며 말했다.

"기어오르지 마, 인마."

쿠반이 루의 머리를 헝클어뜨렸다.

"이제 기분 좀 괜찮아졌어요?"

"응, 아주 말짱해. 그런 계집 때문에 계속 짜증 낼 이유가 없지."

"쿠반이 짜증 내는 건 습관 아니었어요?"

"맞을래?"

"아하하. 때리지도 않을 거면서. 그럼 쿠반, 난 가 볼게요."

루는 쿠반에게 가볍게 손을 흔들고 성에서 나왔다. 쿠반의 표정이 가벼워 보여서 다행이다. 카에 이야기를 할 때, 그 서늘한 눈빛이 무섭기보다는 걱정스러웠는데.

'누구나 증오할 만한 사람을 가슴에 품고 있구나.'

루는 궁금했다. 케이가 가장 증오하는 사람이 카에일지, 오르딘 공작일지.

선대를 직접 죽인 오르딘 공작, 그리고 선대에게 아낌을 받았음에도 배신을 한 카에.

루가 케이의 입장이었다면 카에가 더 미울지도 모르겠다. 믿었던 상대에게 배신을 당하는 것이 더 아프니까.

요 며칠 추적추적 비가 내렸었는데, 간만에 날씨가 갰다. 햇빛이 맑은데도 나무가 무성한 정글의 공기는 그리 상쾌하지 않았다.

성안은 라크가 걸어 둔 마법 덕에 시원하지만, 밖으로 나오면 확실히 덥다. 이러다가 전쟁을 벌이기도 전에 다들 지쳐 나가떨어지지 않을지 걱정이다.

이러저러한 생각을 하며 걷던 루는 인기척을 느끼고 걸음을 멈췄다.

가까운 곳에서 들려오는 소리가 아니었다. 상당히 먼 곳에서 들리는 발걸음 소리. 정글에 사는 것이 루만이 아니니, 다른 사람들의 기척이 이상할 이유가 없었다. 그런데도 걸음을 멈춘 이유는, 그 발자국 소리가 귀에 익었기 때문이다.

'설마.'

심장이 콱 옥죄었다.

몸을 돌던 피가 서늘하게 식는 느낌이었다.

'설마…….'

루는 아랫입술을 잘근 깨물고, 기척이 있는 곳을 노려봤다. 그곳까지의 거리는 200미터쯤 될까.

'어떡하지?'

이대로 돌아서서 케이에게 달려가야 할지, 아니면 상대가 있는 쪽으로 달려가야 할지 알 수 없었다. 갈등을 하는 동안에도 상대는 계속해서 가까워지고 있었다.

'안 돼.'

상대가 타우아문의 땅에 발을 디디게 할 수는 없었다.

'무기는 없지만 내가 지진 않겠지.'

루는 황급히 주위를 둘러본 후, 무기 대신으로 쓸 만한 나무토막을 집어 들었다. 그리고 상대를 향해 달려가기 시작했다.

빠르게 달려가 상대를 발견한 루는, 멈춰서 그를 노려봤다. 땅만 보며 걷던 상대는 뒤늦게 루를 알아채고 천천히 고개를 들었다.

마주친 그의 푸른 눈동자가 흔들렸다.

"라일."

라일이었다.

"당신이 여긴 어쩐 일이지?"

루의 차가운 목소리에 라일의 눈동자가 더 크게 흔들렸다. 그에게는 분명하게 말해 뒀다. 다음에 만났을 때는 적이라고.

언제든 라일을 죽일 각오가 되어 있었다. 아니, 되어 있다고 생각했다.

하지만 마음이 각오를 배신했다.

라일이 오르딘 공작의 아들이라는 것을 아는데도, 그를 증오해야만 한다고 끊임없이 되뇌는데도, 도무지 그를 미워할 수가 없었다. 선량한 푸른 눈동자를 증오하기란, 오르딘 공작을 향한 증오를 억누르는 것보다 힘든 일이었다.

남을 미워하는 것이 힘든 일이라는 걸, 라일 때문에 알게 되었다.

"루, 당신과 싸우려고 온 게 아닙니다."

그의 입에서 피로한 음색이 흘러나왔다.

지끈—

가슴이 아팠다.

라일은 태양 같은 남자였다. 해사한 미소를 가진, 세상의 고통을 모르고 살아온 듯한 남자.

그런 그가 요 몇 달 새에, 알아보기 힘들 정도로 변해 있었다.

태양과도 같았던 밝음은 온데간데없이 사라지고, 어둠만 남았다. 지쳐서 거뭇해진 눈가와 미소라고는 찾아볼 수 없는 표정, 지친 듯 어두운 안색.

다른 사람을 보는 느낌이었다.

"당신과 싸우려고 온 게 아니에요, 루."

그가 다시 한 번 반복해서 말했다.

어째서일까.

그는 울고 있지 않았지만, 루의 눈에는 그가 오열하는 것처럼 보였다. 눈물을 보이지 않는 슬픔은, 보는 사람도 슬퍼지게 만드나 보다.

"당신은 오르딘 공작의 아들이야. 나는 그를 증오해. 그의 핏줄인 당신도 증오하고."

"알아요."

"오르딘 공작이 내 부모를 죽일 때, 당신은 아무것도 모르고 행복하게 지내고 있었겠지. 내 아버지가 그 저택과 함께 불에 탈 때, 당신은 당신을 사랑하는 이들에게 둘러싸여서 웃고 있었을 거야."

"맞아요, 루. 나는 그랬을 겁니다."

"당신이 미워."

"그래요."

"당신과 같은 공기를 마시는 것조차 증오스러워. 당신이 끔찍하게 싫다고."

"알고 있어요, 루. 그런 건 일부러 말하지 않아도."

그가 잠시 말을 멈추고 고개를 옆으로 돌렸다. 한동안 그 상태로 가만히 있는 이유는, 감정을 추스르기 위해서일 것이다. 이윽고 다시 루를 마주 본 그가 말했다.

"일부러 말하지 않아도 알고 있어요, 루."

"내 이름 부르지 마."

"……."

"내 얼굴도 똑바로 쳐다보지 말고."

이런 상황에서도 똑바로 마주하려는 그가 불편했다.

"그 남자에게 물려받은 그 눈이 싫어."

오르딘 공작과 똑같은 눈동자인데도, 미워할 수 없는 자신이 싫었다.

"그러니까 내가 널 죽이기 전에, 얼른 이 땅에서 떠나."

"미안해요, 루. 하지만 난 떠날 수 없어요."

"왜!"

"케이를 만나러 왔어요."

"당신 아버지가 무슨 짓을 했는지 몰라? 당신 아버지는 내 부모님뿐만 아니라, 케이의 아버지도 죽였어. 그런데 무슨 뻔뻔한 낯짝으로……!"

"내가 왜 이곳에 왔다고 생각해요?"

그가 달려들려는 루의 손목을 붙들며 물었다.

"내가 왜 바흘도 없이 혼자서 이곳에 왔다고 생각하는 거예요?"

"글쎄? 그런 건 알고 싶지도 않은데?"

"그러지 마요, 루. 일부러 그렇게 싫은 소리를 하지 않아도, 당신이 날 미워한다는 거 알아요. 당신 마음을 얻을 수 없다는 것도 알고요. 그냥 한 가지 부탁이 있다면……."

그는 또 다시 말을 멈췄다.

이번에는 감정을 추스르기 위해서가 아니었다. 무슨 말을 해야 할지 고민하는 것 같았다.

"케이를 만나게 해 줘요. 그에게 해야만 하는 이야기가 있어요. 이건 당신만이 아니라, 토스카 전원을 위한 말이에요."

"따라와."라고 말한 루는, 곧바로 몸을 돌려 걷기 시작했다.

그녀가 자신을 받아들여 준 것이 아니라는 걸, 라일은 알고 있었다. '토스카 전원을 위한 말'이라는 소리에, 어쩔 수 없이 데려가는 것이리라.

그녀의 미움을 받으리라는 것을 알고 있었지만, 실제로 마주하니 아픔이 더했다. 아버지가 그녀의 부모에게 한 짓을 알면서도,

이 마음을 접지 못하는 자신이 한심해서 견딜 수가 없었다.

이 마음은 그녀를 부담스럽고 소름 끼치게 만들 뿐이리라.

'그냥 한 가지 부탁이 있다면 날 믿어 줘요.'

사실은 그 말이 하고 싶었다.

사랑해 주지 않아도 된다. 미워해도 된다. 그러니 신뢰만은 해 달라. 그렇게 말하고 싶었다.

하지만 그녀의 신뢰를 바라는 것이 얼마나 큰 욕심인지, 라일은 알고 있었다.

이곳에 오기까지 얼마나 많은 생각이 있었는지, 그녀는 모를 것이다. 하지만 라일은 그 많은 고민과 고통을 그녀에게 털어놓지 않겠다고 결심했다.

앞으로 그녀를 향한 이 마음을 드러내지 않는 것. 그것만이 그녀를 위해, 라일이 해 줄 수 있는 유일한 배려였다.

* * *

라일의 방문은 토스카 단원들을 술렁이게 만들었다.

라일이 오르딘 공작의 하나뿐인 아들이라는 것을 아는 단원들은, 그를 향해 곱지 않은 시선을 보냈다.

"오랜만이군요, 라일."

그나마 라일과 친하게 지냈던 유진이 라일에게 인사를 건넸다.

"네, 오랜만입니다. 유진."

"응접실에서 기다리시지요."

유진의 안내를 받아, 라일은 응접실로 향했다. 라일과 함께 있기 불편한 루의 심정을 헤아려서 라일을 데리고 간 것이리라.

루는 두 남자가 응접실 안에 들어가는 것을 확인한 후, 케이의 방을 향해 달렸다. 생각지도 못한 순간 라일을 만난 후 일렁이는 마음을, 어떻게든 떨쳐 내고 싶었다.

드레스가 익숙지 않았다. 황급히 달려가다가 드레스 자락을 밟고 말았다.

"어이쿠."

넘어질 뻔한 루의 허리를 감싸 안은 두 팔이 누구의 것인지, 보지 않아도 알 수 있었다.

은은하게 번지는 아카시아 향기.

"뭐가 그리 급해?"

케이였다.

"케이."

자세를 바로 할 생각도 못 하고 그를 올려다봤다. 그가 옅은 미소를 지으며 루의 허리를 바짝 끌어당겼다.

"그렇게 내가 그리웠나?"

장난스러운 그의 눈빛에 일렁이던 마음이 가라앉았다. 놀라운 일이다. 그저 그의 붉은 눈동자를 마주 보았을 뿐인데, 이렇게 진정이 되다니.

그러고 보면 라일이 이곳에 찾아온 것은 이렇게까지 당황할 일이 아니다.

라일이 이곳을 어떻게 알아냈는지는 모르겠다. 라일이 안다는 건, 오르딘 공작 역시 이 장소를 알고 있다는 뜻이리라.

하지만 오르딘 공작이 이 장소를 안다고 해서 곧바로 공격을 해 오기에는 무리가 있다. 여긴 많은 병사들이 한꺼번에 공격하기 힘든 정글 깊은 곳이니까.

"왜 그래, 루엘?"

"라일이 왔어요, 대장."

"라일이?"

그의 눈이 커졌다.

"네. 정글에 나갔다가 이곳으로 오는 걸 발견했어요."

"혼자?"

"아마도요."

"그렇군. 가서 만나 보지."

그의 옷자락을 잡았다. 그가 의아한 듯 돌아봤다. 루의 불안한 표정을 읽은 그가 싱긋 웃었다.

"걱정 마, 루엘라인. 내가 질 거라고 생각해?"

"라일에게 질 것 같지는 않습니다. 하지만 불안해요."

"불안해?"

"네, 뭔가……."

가슴이 선득선득, 이리도 불쾌하게 뛰는 이유를 알 수 없었다.

케이의 얼굴을 본 후 이성을 되찾기는 했지만, 미묘한 불안감까지 지울 수는 없었다.

그가 루의 머리를 쓰다듬었다.

"머리를 길러 보는 것도 좋겠군."

"유진이에요, 나즐이에요?"

그가 웃었다.

"유진."

"그럴 줄 알았습니다."

케이는 루의 외모를 가지고 이래라저래라 한 적이 없다. 루를 여자답게 만들고 싶어 하는 토스카 단원들 중 한 명이, 케이에게 부탁했을 것이다. 대장 명령이라면 따를 테니, 루에게 말해 보라고.

"하지만 정말이야. 머리를 기르면 예쁠 것 같아."

"지금은 안 예쁩니까?"

"지금도 눈부셔, 루엘."

그가 허리를 굽혀 루의 뺨에 입을 맞췄다.

"이제 괜찮지?"

그의 질문을 듣고서야 좀 전까지 굉장히 불안해하고 있다는 것을 떠올렸다. 언제 그랬냐는 듯 불안감이 사라졌기에, 루는 그를 향해 부드럽게 미소를 지었다.

"네, 괜찮아요."

*　　*　　*

비비안은 주위를 둘러봤다.

따라오는 사람은 없었다.

부모님이 돌아가셨다. 아리크가 가터 백작의 이름을 물려받았다. 어린 아리크가 가터 백작의 뒤를 잇는다는 건 쉬운 일이 아닐 텐데도, 그는 해냈다. 소심한 줄로만 알았던 아리크는 순식간에 저택의 참변을 정리하고, 황궁과의 소통을 통해 자신의 자리를 견고하게 만들었다.

잘됐다는 생각은 들지 않았다.

아리크가 가장 먼저 한 일이 비비안을 잡아다가 가둔 일이기 때문이다.

*—누님은 아프십니다.*

별장에 방문한 아리크가 침통한 표정으로 말했다. 앳되었던 얼굴은 깊은 슬픔을 경험한 후, 한결 성숙해져 있었다.

*—쉬셔야 합니다, 누님. 이제 가족은 저와 누님뿐입니다. 누님이 나아지셔야 해요.*

아픈 곳은 없다.

아리크가 억지를 부리는 것이다. 아마도 아버지의 예쁨을 받았던 그녀를 질투해 왔었기 때문이라고, 비비안은 생각했다.

말이 좋아 요양이지, 유폐나 다름없는 생활이었다. 별장 밖으로 나갈 수 없을 뿐 아니라, 무엇을 해도 감시를 받았다. 편지 한 통, 밖으로 보낼 수가 없었다.

비비안은 도망칠 기회를 노렸다. 언제까지고 별장에서 죽은 듯이 살 수는 없다.

복수를 해야 한다.

내 가족들을 죽인 놈에게. 날 이렇게 만든 그들에게.

분노와 증오가 비비안의 마음을 검게 물들였다. 검게 물든 마음은 기억조차 퇴색시켰다. 비비안의 안에서 케이는 그녀의 순정을 짓밟은 남자로, 루는 남색을 즐기며 케이의 마음을 앗아 간 음탕한 남자로 뒤바뀌었다.

'오르딘 대공을 만나야 돼.'

토스카, 그 들개 같은 무리들의 계획을 알고 있다.

'대공에게 놈들의 계획을 알리고 보호를 받아야 돼. 그리고 그 놈들이 내 눈앞에서 찢겨 죽는 걸 구경할 거야. 가장 높은 자리에 앉아서.'

오르딘 공작의 마음을 얻을 자신은 있었다. 비비안은 자신의 미모가 사내들에게 어떻게 작용하는지 잘 알았다.

별장에 갇혀 있는 동안, 오르딘 공작령으로 갈 방법을 찾고, 그를 만날 계획을 세웠다. 그리고 별장의 감시가 느슨해진 틈을 이용해서 그대로 도망친 것이다.

'멍청한 아리크. 그놈들은 너도 죽일 거야. 그놈들이 널 무슨 말로 구워삶았는지는 모르겠지만, 넌 잘못 알고 있어. 나는 잘못한 게 없고. 걱정 마, 아리크. 이 누나가 오르딘 공작을 만나서 그놈들을 없애 줄게.'

비비안은 주먹을 꽉 쥐었다.

'나는 아프지도 않고, 틀리지도 않았어.'

* * *

구부정하게 앉아 있던 라일은 응접실의 문이 열리는 소리에 고개를 들었다. 케이가 들어오고 있었다.

눈부신 은발과 대조적인 붉은 눈동자는, 감히 눈을 맞추기 힘들 정도로 차갑게 빛나고 있었다. 라일보다 딱히 키가 크거나 덩치가 있는 것도 아닌데, 그가 들어오자 넓은 응접실이 꽉 차는 듯한 느낌이 들었다.

숨이 턱 막힐 정도의 위압감에 당황했다.

이렇게나 거대한 남자였던가.

예전에 보았을 때도 범상치 않다는 생각은 했지만 이 정도는 아니었다. 몇 개월 사이에, 그는 더욱 거대한 기운을 품게 되었다.

'하지만 나는…….'

초라했다.

몇 개월 사이에 거대한 지역을 손에 넣은 케이와 달리, 라일은 아버지의 잘못이나 캐고 있다. 아무것도 모르는 채로 주변 사람들의 돌봄을 받으며 살아온 지난 삶을 되짚고 있을 뿐이다.

루가 이 남자에게 빠진 이유를 알 것 같다. 그런 한편, 그녀의 사랑을 바랐던 자신이 한심해서 웃음이 나올 것만 같았다.

케이는 라일의 맞은편에 앉아 긴 다리를 꼬았다.

“먼 길을 왔군.”

케이가 먼저 말문을 열었다.

“그래요. 참으로 멀더군요.”

“이곳은 어떻게 알고 온 거지?”

“소문을 들었습니다. 정글의 금지된 땅에 누군가 살기 시작했다는 소문.”

“벌써 소문이 퍼졌나?”

“알 만한 사람들은 알더군요.”

“흐음. 그렇군.”

케이는 그다지 놀란 기색이 아니었다.

사실 알 만한 사람들이 아는 게 아니었다. 오르딘 공작의 계획을 알게 된 후, 라일은 아버지를 막기 위해 무언가 해야만 한다고 생각했다.

하지만 자신이 할 수 있는 건 아무것도 없다는 것을 깨달았다. 라일의 지위나 재력, 전부 오르딘 공작으로부터 비롯된 것이었다.

그래서 사람들을 써서 조사를 시켰다.

'케이가 어디에 있는지.'가 아니라, '기이한 소문이 돌고 있는지.'에 대해서.

그중 하나가 이 타우아문의 땅에 대한 소문이었다. 오래전부터 저주를 받아 사람들이 발을 디딜 수 없는 곳. 그 땅에 드나드는 사람이 생겼다는 이야기였다.

'저주'라는 것이 마법의 일종이라는 것을 아는 라일은, 어쩌면 타우아문의 땅에 케이가 정착했을지도 모른다고 생각했고, 그 생각이 맞아떨어진 것이다.

'하지만 이 여유는 어디서 오는 거지?'

라일이 이 장소를 안다면 오르딘 공작도 알지도 모른다고 생각할 법도 하다. 그런데도 케이는 여유로웠다.

문득 루의 모습이 떠올랐다.

아까는 경황이 없어서 미처 생각하지 못했는데, 루는 드레스를 입고 있었다. 그녀가 여자라는 것을, 케이도 알게 된 것이다.

'아아, 그런가.'

입 안이 썼다.

'루의 마음을 알게 된 거군.'

사랑은 사람을 강하게 만든다. 이 남자 또한 강해진 것이겠지.

"날 찾아온 이유는?"

케이가 물었다.

"당신은 티그리스였죠?"

"그래."

"티그리스, 검은 호랑이의 아들."

"그래."

"케이아스."

"그래."

그는 속일 생각이 없는 듯 순순히 대답했다.

라일은 크게 한숨을 내쉬었다.

"내 아버지가 당신의 아버지를 죽였더군요."

"그래."

가만히 그의 표정을 살폈다. 그의 얼굴에는 그 어떤 감정도 드러나지 않았다. 케이는 담담히 라일을 응시하고 있었다.

"내가 사과를 해도 용서를 하지 않겠죠."

라일의 말에 그가 피식 웃었다.

"사과를 해서 끝날 일이라고 생각하나?"

"물론 그렇지는 않습니다. 다만, 내 아버지의 죄를 나에게 묻지는 않았으면 좋겠다는 생각을 할 뿐입니다."

"그건 내가 아니라 루에게 하고 싶은 말 아닌가?"

"……."

"애초에 나는 널 미워하지도, 좋아하지도 않아. 아무 감정이 없지. 너 역시 마찬가지일 거야. 내 기분 따위는 아무래도 좋은 거 아닌가?"

"……."

"쓸데없는 소리는 관두고 날 찾아온 이유나 말하지 그래?"

케이의 말투는 가벼웠다. 순간 그와 친한 친구라도 된다는 착각이 들 정도였다.

"아버지가 인체 실험을 하고 있습니다."

라일의 말에 케이가 인상을 찌푸렸다.

"인체 실험?"

"그래요, 케이. 아버지는 사람들을 납치해서 인체 실험을 하고 있어요. 티그리스의 마법사들과 함께."

오르딘 공작령에 찾아간 라일은, 사람들 사이에 돌고 있는 '실종설'을 듣고 조사에 들어갔다.

실종의 이유는 다양했다.

사냥을 하러 나갔다가, 일을 하러 갔다가, 여행을 갔다가, 등등.

실종은 심심치 않게 벌어지는 일이었고, 그 실종을 오르딘 공작과 엮어서 의심할 이유는 없었다. 그러나 모든 것이 의심스럽기만 한 라일은 오르딘 공작을 배후로 삼아, 그 실종에 대해 조사를 했다.

그 결과 한 가지 답이 나왔다.

"공작령 끄트머리에 사람들이 살지 않는 지역이 있습니다. 척박한데다가 산세가 험하고 포악한 짐승이 많아서, 다들 가기를 꺼리는 곳이죠. 그곳에 건물이 하나 있었습니다."

"그 건물을 수상히 여기는 사람이 없었나?"

"찾기 힘든 곳에 있습니다. 내가 알아낼 수 있었던 건, 아버지의 뒤를 밟았기 때문입니다."

"……."

"그래요, 나는 아버지의 모든 점이 의심스러웠습니다. 아버지를 존경했기 때문에, 내 안에 있는 의심을 풀기 위해 무슨 짓이든 할 생각이었습니다. 나는 의외로 실력이 괜찮은 편이고, 그 괜찮은 실력으로 결국은 알아냈죠. 아버지가 하는 짓을."

"그 건물 안에 티그리스의 마법사들이 있었단 거지?"

"그래요. 건물 안까지 들어갔다가 왔어요. 넓고 깊더군요. 그리고 지하에서부터 올라오는 울부짖음이 가슴을 서늘하게 만드는 곳이었습니다."

"납치당한 사람들의 울부짖음인가?"

"아마도요. 그곳의 대장은 어떤 여자인 것 같더군요. 이름이 카에였던가."

"카에……."

"아는 사람입니까?"

케이는 대답하지 않았다. 라일도 굳이 답을 들을 생각은 없었다. 케이가 그 여자를 아는 것이 당연하다. 케이 역시 티그리스였으니까.

"오르딘 공작이 무슨 실험을 하고 있는 거지?"

"자세하게는 모르겠습니다만, 아마도 사람들을 병기로 만들려고 하는 것 같더군요. 고통을 느끼지 못하고, 일반적인 사람보다 몇 배 더 큰 힘을 낼 수 있는 병기. 그리고 더불어 죽여도 죽지 않는, 살아 있는 시체."

오르딘 공작과 마법사들의 대화로부터 짐작한 내용이었다. 라일은 오르딘 공작이 하려는 일을 알았을 때, 하늘이 무너질 정도로 놀랐다. 하지만 케이는 그다지 놀란 낯빛이 아니었다. 마치 알고 있었다는 듯이.

"아버지가 무슨 짓을 하려고 하는지, 당신은 짐작하고 있었습니까?"

"아아. 마법사들을 데리고 실험을 하는지까지는 몰랐어."

"그럼……?"

"고대부터 전해져 온 마법이 하나 있지. 마법이라기보다는 마법 무기라고 해야겠군. 그게 바로 살아 있는 시체를 만드는 마법이 담긴 무기다. 오르딘 공작이 그걸 사용하려고 한다는 건 알고 있었지."

"그런 무기가 있다고요?"

"오르딘 공작이 찾아냈겠지. 그리고 내 아버지, 선대에게 그 마법 무기의 봉인을 풀 지혜를 얻으려고 했을 거야. 하지만 선대는 반대했을 거고, 그래서 티그리스 마법사 몇 명과 손을 잡고 선대를 죽인 거겠지."

케이는 담담하게 설명을 계속했다.

"위험한 무기다. 봉인이 풀리면, 대륙의 모든 사람들을 마음대로 부릴 수가 있게 돼. 인간들은 죽고 싶어도 죽지 못하는 삶을 살아가게 되겠지. 평생 그 무기 소유자의 명령에 따르면서."

입 안이 바싹 말랐다.

라일은 주먹을 꽉 쥐었다.

상상도 못 했다. 오르딘 공작이 그런 위험한 무기를 손에 넣고 휘두를 생각을 하고 있다는 걸.

존경하는 아버지였다. 대공이라 불리며 큰 권력을 가지고 있어도, 황제에게 충성스러운, 욕심 없는 공작. 그게 지금까지 라일이 알고 있던 오르딘 공작의 모습이었다.

하지만 라일은 완전히 잘못 알고 있었다는 것을 깨달았다.

"대체 왜……."

쉰 음성이 흘러나왔다.

"아버지는 대체 왜 그런 짓을 하려는 걸까요?"

"……."

"공작령은 풍족한 땅입니다. 아버지는 황제만큼의 권력을 가지고 있죠. 더 욕심을 내지 않아도 충분히 누릴 수 있는 삶을 살고 있을 텐데, 대체 왜 그런 위험한 짓을 하려는 걸까요?"

"나야 모르지."

케이의 음성은 가벼웠다. 라일의 묵직한 고민 따위, 아무래도 좋다는 듯.

"내가…… 앞으로 어떻게 해야 할까요?"

"글쎄. 그것도 나는 모르겠는데."

"내 자신이 한심합니다. 아버지가 무슨 짓을 하고 있는지도 모르고, 안일하게 살고 있었죠. 아버지 때문에 고통 받는 사람들에 대해 생각해 본 적도 없어요."

"네 아버지의 죄를 너에게는 묻지 말라고 하지 않았나?"

"그렇다고 내 자신도 아버지의 죄에 대해 모르는 척 할 수는 없는 거겠지요."

"그럼 실컷 고민하든가."

케이가 자리에서 일어났다.

"난 할 일이 있어서 나가 봐야겠군. 실컷 고민해."

"내가……."

"이곳에 머물러도 상관없어. 다른 녀석들의 적의를 감당할 수 있다면."

라일이 묻기도 전에, 케이는 차갑게 말하고는 몸을 돌렸다.

그가 나간 후, 라일은 두 손으로 얼굴을 감쌌다.

케이에게 모든 것을 털어놓으면 기분이 좀 나아질 줄 알았다. 하지만 아니다. 점점 비참해질 뿐이다.

차라리 케이가 자신을 향해 적의를 드러내고 증오를 퍼붓는다면 기분이 나았을지도 모르겠다. 하지만 그는 아무 감정도 내보이지 않았다. 그것이 도리어 라일을 처참하게 만들었다.

'대체 왜.'

아무리 고민해도 아버지를 이해할 수가 없었다.

'무엇이 부족한 겁니까, 아버지.'

*　　*　　*

"루."

궁의 정원에 쭈그리고 앉아 흙을 뒤적거리던 루는, 유진의 부름에 고개를 들었다.

"괜찮아?"

"네, 괜찮아요."

"표정이 말이 아니야."

유진이 루의 옆에 와서 쭈그리고 앉았다.

"라일은요?"

"응접실에. 대장이 들어가는 걸 보고 나오는 길이야."

"왜 왔을까요?"

"들을 수 있잖아."

유진이 루의 귀를 톡톡 건드리며 말했다.

"듣지 않으려고 노력 중이에요."

"듣지 그래?"

"싫어요. 대장한테 들을래요."

"어이구. 우리 루가 다 컸네. 싫다는 말도 할 줄 알고."

"전 원래 싫다는 말 잘해요."

"처음 왔을 땐 안 그랬어."

"그런가요?"

"그래. 너 처음 왔을 때는 잔뜩 주눅 들어 있었어. 우리들 눈치도 많이 보고. 사람들 발길에 치이고 괴롭힘을 당하던 강아지처럼 보였지."

"되게 먼 옛날의 일처럼 느껴지네요."

"그러게."

"라일이 미워요."

"미워하려고 노력할 거 없어."

"노력하는 게 아니에요. 정말로 미워요."

유진이 고집스럽게 말하는 루의 머리를 쓰다듬었다.

"나는 오르딘 공작을 증오해. 하지만 라일, 그 남자는 참…… 미워할 수가 없는 녀석이야. 눈빛이 말이야. 반짝반짝하거든."

"……."

"잘 자랐어. 아마 오르딘 공작에 대해 몰랐기 때문에, 더 티 없이 자랄 수 있었던 거겠지. 오르딘 공작은 라일을 잘못 키운 거야."

"……잘못 키웠다고요?"

"차라리 어릴 적부터 오르딘 공작의 행태에 대해 알고 컸다면, 라일에게는 어둠이 존재했을 거야. 혹은 그 자신이 오르딘 공작의 성정을 물려받아서 잔혹해졌겠지. 하지만 아무것도 모르며 아버지의 좋은 면만 보고 듣고 자랐기 때문에, 어둠이란 게 없는 사내가 되어 버렸어."

어둠이 없는 사내.

그 표현이 딱 맞았다.

라일은 정말이지, 태양 같은 사내였다.

"마음에 어둠이 없는 사람은, 스스로 어둠 속에 걸어 들어가는 짓을 하지 않지. 아니, 스스로 걸어 들어가고 싶어도, 그 자신이 내뿜는 빛 때문에 어둠을 걷어 내게 되어 버려."

"……."

"남의 아버지에게 가족을 죽임당한 사람도 불쌍하지만, 남의 가족을 죽이는 아버지를 갖고 있는 사람도 불쌍한 법이야. 아버지를, 자신이 선택할 수는 없는 노릇이니까."

"그럼 유진은 라일이 불쌍해요?"

"응, 불쌍해."

"……."

"그러니까 네가 느끼는 감정은 틀린 게 아냐. 너도 라일이 불쌍하지?"

"내게 잘해 줬어요."

"응."

"정말로 잘해 줬어요."

"그래, 알고 있어."

"미워할 수가 없어요. 증오해야 하는데, 증오할 수도 없어요. 그 사람이 안타깝고 안쓰러워서, 이 마음을 어찌해야 할지 모르겠어요."

"마음이라는 건 네가 생각하는 대로 움직여 주지 않아. 그 녀석이 안쓰러우면 안쓰러워해 주면 되는 거야. 그러다가 그 녀석이 정말로 네가 증오할 만한 짓을 하면, 그때부터 증오하면 되는 거고."

"라일은 아마…… 내가 증오할 만한 짓을 하지는 않을 거예요."

"루, 지금 네가 하는 그 생각을 뭐라고 하는 줄 알아?"

"……."

유진이 웃으며 루의 머리를 가볍게 쓰다듬었다.

"라일이 네게 나쁜 짓을 할 리 없다고 믿는 마음. 넌 라일을 신뢰하고 있는 거야."

* * *

케이는 방 안을 둘러봤다.

책상 위에는 수정구가 놓여 있었다. 사실 라일을 만나기 직전, 수정구 안에 비친 카에의 음성을 들은 터였다. 그 이야기를 하려고 나왔다가 루와 마주치는 바람에, 부하들에게 말할 새도 없이 라일과 대화를 나눈 것이다.

'카에.'

카에는 친누나 같은 사람이었다.

어린 시절 함께 보낸 시간이 많은 만큼, 그녀의 배신을 쉬이 받아들이기 힘들었다.

무엇이 문제였을까? 선대가 잘해 주었던 것이, 그녀에게는 그저 동정으로만 받아들여졌던 걸까? 그래서 자라난 열등감이, 그녀로 하여금 배신을 하도록 만들었던 걸까?

수정구에 비친 카에는 쓸쓸한 표정을 짓고 있었다. 그래서 케이는 그녀가 어쩌면 과거의 배신을 후회하고 있을지도 모른다고 생각했다.

하지만 아니었다. 그녀의 도톰한 입술이 움직이며 만들어 낸 말을, 케이는 똑똑히 읽어 냈다.

**—마법진은 완성됐어.**

아마도 고대 마법 무기를 깰 마법진을 말하는 것이리라.

순간 실망이 엄습해 왔다. 시간이 지났어도 카에는 배신을 후회하지 않는다.

"뭐가 문제였던 거지, 카에?"

케이는 다시 수정구에 손을 올렸다. 이번에는 전보다 쉽게 카에의 영상을 불러낼 수 있었다.

그녀는 환하게 웃고 있었고, 그녀의 앞에는 오르딘 공작이 서 있었다.

두 사람이 달갑지 않은 행위에 들어갈 것 같기에, 케이는 서둘러 영상을 지웠다. 가슴에 까끌까끌한 모래가 굴러다니는 느낌이다. 수정구 마법을 다룰 때는 조심하라고 들었다. 보고 싶지 않은 장면, 보지 않아도 될 장면들이 마음을 상하게 할 수 있으니까.

바로 지금처럼.

모습을 감추고 케이의 방에 누워 있던 라크는 조용히 방을 빠져나왔다.

'카에라. 반푼이에게 루 말고 다른 여자가 있었나?'

수정구에 비치는 모습을 보아하니, 마법사인 것 같다. 흥미가 동했다.

'할 일도 없는데, 카에라는 아이에게나 다녀와 볼까?'

*　　*　　*

"나는 그놈이 여기에 머무르는 건 반대요, 대장."

식당에 모여 저녁을 먹는 도중에, 쿠반이 투덜거렸다.

"오르딘 공작 놈의 아들을 여기 머물게 하는 게 말이 된다고 생각하는 거유? 나중에 어떻게 배신할지 모르는 놈이요."

"나도 쿠반 말에 동의해."

히센이 손을 올리며 말했다.

"이러니저러니 해도 자기 부모를 아주 모르는 척 할 수는 없는 거거든. 괴로운 척 하면서 이쪽의 정보를 빼돌리려는 걸지도 몰라."

"맞아, 맞아. 말 잘했다, 히센."

히센과 부쩍 친해진 휴이가 히센의 등을 세게 두드리며 말했다. 휴이의 힘에 히센이 콜록거렸다.

"대장, 아무리 생각해도 놈을 이곳에 머물게 하는 건 아닌 것 같습니다. 그냥 죽여서 입을 막는 게 좋을 것 같은데요."

루는 아무 말도 하지 않았다.

라일이 배신을 하는 일 따위는 없으리라고 생각한다. 하지만 그런 한편, '혹시나'라는 생각이 있었다. 사람 마음이라는 건, 그 자신조차도 어찌할 수가 없는 거니까.

'카에'라는 인물에 대한 이야기를 들은 후라, 더 확신할 수가 없었다. 카에라는 여자는, 선대에게 큰 은혜를 받았으면서도 결국은 배신했다고 들었다.

"유진, 넌 라일과 잘 아는 사이지. 네 생각도 다른 녀석들과 같은가?"

케이가 유진에게 물었다. 유진은 어깨를 으쓱했다.

"글쎄요. 저야 뭐, 대장 뜻에 따를 뿐입니다."

"지랄하네. 네가 언제부터 대장 말을 그렇게 잘 들었다고."

"닥쳐, 쿠반. 내 몸의 99프로는 대장에 대한 존경심과 충성심으로 채워져 있다고."

"미쳤구만. 아주 제대로 미쳤어. 내가 살면서 절대로 못 볼 거라고 생각하는 게 뭔지 아냐? 바로 네놈이 누군가를 존경하는 거랑 충성하는 거라고!"

"루, 넌 어떻게 생각해?"

유진은 쿠반을 무시하고 루에게 물었다.

"저는……."

"루."

쿠반이 루를 불렀다.

그는 잿빛 눈동자를 무시무시하게 빛내며 루를 노려봤다.

"그놈이 널 좋아했다고 들었다. 거기에 낚이지 마. 그리고 카에의 일을 기억해라."

'카에'라는 이름이 나오자, 분위기가 싸늘하게 가라앉았다. 모두의 얼굴에 분노와 슬픔이 뒤섞인 표정이 떠올랐다. 카에라는 여자는 이 사람들에게 중요한 사람이었나 보다.

그런데도 배신을 했다니.

서늘한 침묵이 감도는 가운데, 카에를 모르는 히센만이 열심히 포크를 움직였다.

"왜, 왜들 그래? 카에가 누군데? 쿠반이 건드린 여자야?"

"시끄러, 인마."

"무슨 말만 하면 시끄럽대. 시끄럽기로 따지면 네 목소리가 더 시끄럽거든."

하여간 이 사람들은 기회만 생기면 싸울 궁리만 하는 것 같다. 그래도 덕분에 라일에 대한 자신의 의견을 이야기하지 않고 끝낼 수 있어서 다행이었다.

루가 내심 안도하고 있을 때, 케이가 말했다.

"걱정들 하지 마. 라일이 이곳에 머무는 기간은 길지 않을 테니까."

"죽일 거라면 내가 독을 준비할까요, 대장?"

휴이가 무서운 소리를 아무렇지도 않게 했다.

"아니, 타우아문의 성에서 시체가 나갈 일은 없다."

"그럼 제가 데리고 나가서 조용히 해결하겠습니다."

와칸이 말했다.

"……죽일 생각들 마."

"뭐요, 대장. 대장은 우리보다 라일이 더 귀한 거유? 대장도 얼굴을 따지우?"

"쿠반, 아주 잠깐이라도 헛소리를 멈출 순 없는 거냐?"

"헛소리라니. 서운해서 그렇소. 누가 봐도 수상쩍은 놈을, 이 중요한 시기에 곁에 두려는 이유가 뭐유?"

"생각이 있어."

"생각은 무슨."

존경심과 충성심을 찾아볼 수 없는 건 쿠반도 마찬가지였다. 루는 아주 조금 케이가 불쌍해졌다.

하지만 케이는 늘 있어 왔던 일이기에, 쿠반의 버릇없는 행동에도 별다른 반응을 보이지 않았다.

"알리. 신관들은 얼마나 준비됐지?"

"쓸 만한 건 50명 정도, 나머지는 간단한 상처를 치료할 수 있을 정도입니다. 한 부대당 5명만 투입해도, 상당히 도움이 될 거예요."

"와칸, 병사들은?"

"현재 정예부대는 1000명, 일반 부대는 5000명 정도 됩니다."

"라일의 말에 따르면 오르딘 공작의 병사는 5만가량 된다고 하더군.”

“그자의 말을 믿을 수 있겠습니까?”

“글쎄.”

케이는 어깨를 으쓱할 뿐, 그 이상의 대답은 해 주지 않았다.

루는 케이가 무슨 생각을 하는지 짐작조차 할 수 없었다. 그래서인지 불안했다. 케이는 뭔가를 감추고 있다.

금방이라도 그가 사라질 것만 같아, 식탁 아래로 손을 뻗어 그의 허벅지 위에 올렸다. 그가 루를 돌아보며 걱정 말라는 듯이 미소를 지었다.

그는 알까.

저 붉은 눈동자가, 입가에 번지는 옅은 미소가, 루에게 어떤 의미인지. 저것이 사라지면 루의 삶이 어떻게 변할지, 그는 알고 있을까.

불안한 건 루만이 아니었다. 모두가 미심쩍은 표정으로 저녁 식사를 마쳤다.

“케이.”

식사를 끝내자마자 방으로 돌아가는 그의 뒤를 따라갔다.

“응?”

그는 평소처럼 부드럽게 대답했다. 이 다정함이 루만을 향한 것이라는 걸 알고 있기에, 더욱더 잃고 싶지 않았다.

“무슨 생각입니까?”

“뭐가?”

"뭔가 꾸미고 있죠?"

"꾸미다니. 어감이 별로야, 루엘."

"말 돌리지 마세요, 케이. 뭘 꾸미는 겁니까?"

"아무것도."

"거짓말."

"정말이야. 아무것도 안 꾸며."

"나는 매일 대장만 봐요. 그래서 대장의 눈빛만 봐도 무엇이 다른지 알 수 있어요."

"그건 굉장히 유혹적인 말이군. 키스해도 돼?"

대답도 기다리지 않고, 케이가 루의 잘록한 허리를 감쌌다. 하지만 루는 두 손으로 그의 가슴을 밀어냈다.

"말 돌리지 말라니까요, 케이."

"걱정 마, 루. 곧 끝날 거야."

"그러니까 곧 끝나기 위해, 대장은 뭔가를 꾸미고 있잖아요."

"안 그래."

"난 대장의 개예요."

"걱정 마. 내 개를 버리고 죽을 일은 없으니까. 난 책임감이 있거든."

"나는 다른 주인을 섬길 생각 없어요."

"알아."

"대장이 죽으면 나도 죽어요."

"그래, 알았어."

"절대로 날 두고 어디에도 가지 마세요."

"내 개는 무서운 면이 있군."

"장난치는 거 아닙니다, 대장."

"이름을 불러 줘, 루엘라인."

"……케이아스. 절대로 날 두고 어디에도 가지 마요. 당신을 지키는 건 나니까."

"알겠어, 루엘. 이제 키스해도 돼?"

힘껏 버티고 있던 팔에서 힘을 뺐다. 그러자마자 케이의 입술이 덮쳐 왔다.

따뜻하고 부드러운 입술이 루의 입술을 조심스럽게 빨아들였다. 그의 혀가 스치는 부분마다 저릿한 감동이 스며들었다. 매일 키스를 해도 갈증이 느껴질 만큼, 그의 입맞춤이 좋았다.

"적당히들 좀 하시지. 다들 돌아다니는 복도인데."

히센의 목소리에 화들짝 놀랐지만, 케이는 루를 놔주지 않았다. 입술을 꽉 다물어 그의 키스를 멈추게 하려고 해도, 그의 혀는 끈질기게 루의 입술을 더듬었다.

"그냥 둬, 저러다 죽겠지."

유진이 쯧쯧 혀를 차며 두 사람을 스쳐 지나갔다.

"과하십니다, 대장."

와칸도 한마디 했다.

"우리 대장이 아주 건장하시구만. 좋아, 좋아."

쿠반에게 좋다는 소리를 듣다니. 망했다.

"방이라는 좋은 공간을 두고 여기서 하는 이유가 뭐지?"

알리가 중얼거렸고,

"허세지. 허세야."

나즐이 그 말에 대답했다.

루는 아주 민망하고 부끄러워졌지만, 케이는 그렇지도 않은 모양이다. 그의 키스는 계속 이어졌고, 루도 이제는 될 대로 되라는 심정이 되었다.

긴 입맞춤이 끝났을 땐, 복도엔 두 사람밖에 없었다.

* * *

오르딘 공작이 돌아간 후, 카에는 옷매무새를 정돈하고 거울 앞에 섰다. 헝클어진 머리를 빗고 있는데, 카에의 뒤에 누군가가 나타났다.

낯선 얼굴이라는 것을 깨닫자마자 공격 마법을 준비하고 돌아섰다. 하지만 상대는 곧바로 모습을 감췄다. 기척을 조금도 느낄 수가 없었다. 환각을 봤나 싶을 정도였다.

"대화를 하러 왔을 뿐이야."

어디선가 목소리가 들려왔다.

카에는 눈을 크게 뜨고 방 안을 둘러봤다.

"반푼이가 수정구로 널 보고 있더군."

목소리는 낮고 묵직해서, 가슴에 울리는 듯했다. 카에는 아랫입술을 잘근 깨물었다.

"당신 혹시…… 드래곤인가요?"

*　　*　　*

깊은 밤.

라일은 여전히 응접실에 혼자 앉아 머리를 거머쥐고 있었다.

조용히 문이 열리고 케이가 안으로 들어왔다. 라일은 두 손을 내리고 그를 올려다봤다.

"라일라체 오르딘 백작. 나는 준비가 끝났어."

"준비요?"

"그래, 떠날 준비."

라일은 생각지도 못한 말에 인상을 찌푸렸다.

"떠나다니. 어디로?"

"자네가 알아 온 곳으로."

"그 건물 말입니까?"

"그래."

"거길 당신과 나, 단둘이 가겠다고요?"

"왜? 무서운가?"

"무섭고 말고의 문제가 아닙니다. 그 건물에는 마법사들이 모여 있어요. 당신이 아무리 강하더라도, 열 명이 넘는 마법사를 한꺼번에 상대하기는 힘들 겁니다."

"투정은 관둬. 일단 나가서 얘기하지."

"투정이라니."

"어서."

케이가 그답지 않게 서두르는 바람에, 라일은 저도 모르게 일어나 그를 따라가는 수밖에 없었다. 늦은 밤이라 성안은 조용했다. 다들 자고 있을 것이다.

"루엘의 청각이 좋거든. 잘못하면 걸릴지도 몰라."

복도를 걸어가며 그가 작게 속삭였다.

그의 여유로운 태도를 보면, 일생일대의 전투가 아니라 장난을 치러 가는 짓궂은 소년 같았다.

"루엘?"

"그래. 루의 진짜 이름이야. 루엘라인."

"아, 그렇군요."

루와 잘 어울리는 이름이다.

"네 아버지 때문에 사용하지 못한 이름이지."

"진작 알았더라면 막았을 텐데."

"네가 네 아버지를? 막지 못했을 거다. 나도 막지 못했으니까."

"……."

"과거에 하지 못한 일에 대한 미련은 버리는 게 좋겠군. 계속 품고 있으면 가슴이 썩어 문드러지거든."

"당신은 좀 변한 것 같습니다."

"내가?"

"전에 봤을 땐 좀 더 날카로운 느낌이었는데."

"아아, 그런가. 그렇다면 루엘 덕분이겠지."

그렇게 딱 잘라 루엘의 덕분이라고 말할 수 있는 그가 부러웠다. 그러는 한편, 이런 상황에서도 그를 부러워하는 자신이 부끄러웠다.

성을 빠져나가자마자 두 필의 말이 준비되어 있었다. 둘 다 튼튼한 다리를 가진 갈색마였다. 그리고 그 옆에는 양탄자 같은 것이 둘둘 말아져 놓여 있었다.

"높은 곳 무서워하나?"

케이가 양탄자를 펴며 말했다.

"네?"

"높은 곳, 무서워하느냐고."

"아니요."

"잘됐군."

케이가 펼친 양탄자 위에 손바닥을 대고 무어라 중얼거렸다. 라일은 알아들을 수 없는 언어였다. 이윽고 양탄자에 은은한 푸른빛이 서리다가 사라졌다.

"일단은 날아가지."

"날아간다고요?"

"얼른 타."

케이는 마법으로 두 마리의 말을 재운 후 양탄자에 눕히고, 그 자신도 양탄자 가장자리에 앉았다. 라일이 미심쩍은 표정으로 케이의 옆에 앉자마자, 양탄자가 공중으로 떠올랐다.

"앗!"

말만 들었지, 마법을 실제로 보는 건 처음이었다.

마법의 양탄자는 순식간에 높은 곳까지 올라갔다. 하늘을 날고 있다는 생각에, 라일은 자신이 처한 상황도 잊었다. 멀어지는 땅을, 정신없이 내려다보는 라일을, 케이가 가만히 응시하고 있었다.

한참 후에야 정신을 차린 라일이 어색하게 웃었다.

"하늘을 나는 건 처음이라서."

"사람들은 언젠가 마법이 없이도 날 수 있게 된다고 하더군."

"에이, 설마요."

"니아가 미래에서 보고 왔다고 하던데. 마법이 없어도 날 수 있고, 마법이 없어도 불을 일으킬 수 있는, 그런 세계. 그렇게 된다면, 없어도 되니 마법은 점차 사라져 가겠지."

"그러고 보니 예전에는 마법사가 더 많았다고 들었습니다."

"그래. 보통 마법사들 사이에 태어난 아이는 마법을 타고나. 그런데 언젠가부터 마법사들 사이에 태어난 아이가 마법을 사용하지 못하는 일이 벌어지기 시작했지. 마법사는 점점 줄어들었고, 훈련을 통해 간신히 이끌어 낸다 한들 한계가 있어. 지금의 마법사들은, 마법사라는 이름을 붙이기조차 아까운 사람들이야."

"그래도 그들이 모이면 꽤나 강할 겁니다."

"그렇겠지."

"아무리 생각해도 둘이 가는 건 좋은 생각이 아닙니다."

아까 하다가 말았던 주제를 다시 꺼냈다. 케이의 생각을 도통 짐작할 수가 없었다. 혹시 병사들을 준비시켰나 싶어, 아래를 내려다봤지만 병사들이 이동 중인 것처럼 보이지는 않았다.

"타우아문의 땅에 정착한 후, 많은 사람들이 모이기 시작했지. 원래는 군사를 길러 오르딘 공작을 칠 생각이었어. 하지만 모여드는 사람들을 보니 생각이 바뀌더군."

"어떻게요?"

"저들을 죽게 놔두고 싶지 않다고."

"……."

"내가 정복자의 꿈을 꾸는 왕이라면, 병사들의 죽음은 정복을 위해 따라오는 희생일 뿐이라 생각하고 넘어갈 수 있었을 거야. 하지만 지금 내가 하려는 건 단지 나와 내 사랑하는 여자의 복수야. 개인적인 복수 때문에 다른 사람들을 끌어들이고 싶진 않더라."

케이는 어떻게든 사람들을 끌어들이지 않는 방향으로, 오르딘 공작을 공격하고 싶었다. 그래서 매일 수정구를 보며 오르딘 공작의 거처를 알아내려고 노력할 때, 라일이 찾아온 것이다.

"이제 티그리스에는 마법사들이 많이 남아 있지 않아. 아마 네가 보고 온 그 건물에 모여 있는 마법사들이 전부일 거다. 하지만 그들은 약하지 않으니까, 만약 병사들을 일으켜 싸우러 가면, 병사들보다 진격 소식이 먼저 오르딘 공작의 귀에 들어갈 거야."

그러면 오르딘 공작은 마법사들을 전면에 내세워 케이의 병사를 공격할 것이다. 마법사가 케이뿐인 이쪽 편은 쏟아지는 마법 공격에 속수무책으로 당할 수밖에 없다.

"오르딘 공작과 마법사들. 이들만 죽이면 전쟁도, 죽음도 없어."

*　　*　　*

어찌하여 불길한 예감이라는 건 틀리지 않는 걸까.

어깨를 흔드는 손길에 잠에서 깼다.

"루엘, 루엘라인."

다급한 음성이 안쓰러울 정도로 떨리고 있었다. 루는 벌떡 일어나 니아를 응시했다.

니아의 얼굴은 눈물로 얼룩져 있었다. 그녀의 얼굴을 보는 순간 심장이 서늘하게 식었다.

"루엘, 나 꿈을 꿨어."

"그만."

루는 손을 뻗어 니아의 입을 막았다.

"말하지 마, 니아."

니아가 본 미래를 알고 싶었다. 무엇이 그녀를 이 밤중에 울게 만들었는지 듣고 싶었다.

하지만 그럴 수 없었다. 니아가 미래를 발설하는 순간, 간신히 되찾은 그녀의 시력이, 그녀의 시간이 도로 사라질 것이 틀림없기 때문이었다.

니아가 몸부림을 쳤다.

아무래도 좋다는 듯. 앞으로 일어날 일을 막기 위해, 자신의 시력도, 나이도, 목숨도 상관없다는 듯. 미래를 말해 주기 위해 몸부림을 쳤지만, 루의 힘을 이길 수는 없었다.

"말하지 마, 니아. 괜찮아. 말한다고 달라지지 않잖아. 말하지 않을 거지?"

니아가 고개를 저었다.

"제발, 니아. 말하지 마. 다시 시력을 잃게 되잖아. 안 돼, 그런 건 안 돼. 조금만 진정하고 생각해 봐. 네가 그 미래를 말해 준다고 해서 많은 게 변해?"

루의 질문에 대해 생각하는 듯, 니아는 잠시 몸부림을 멈췄다.

"어쩌면."

이윽고 루에게 입이 막힌 채로 니아가 작게 중얼거렸다. 웅얼거리는 소리였지만 루는 똑똑히 알아들었다.

"어쩌면에 네 인생을 걸지 마."

"하지만……."

"내가 대장과 얘기해 볼게."

"루엘."

"니아, 절대로 말하지 마. 누구에게도 말하지 마. 우리가 어떤 상황에 처하더라도, 미래를 말하는 짓 따위 하지 마."

"그걸 알고 싶어서 날 데리고 온 거 아니었어?"

"아냐. 나는 그저 보여 주고 싶었어. 네가 생각하는 것과는 다른 미래도 있다는 걸. 그러니까 넌 날 위해서라도 시력을 잃으면 안 돼. 그 눈으로 똑똑히 봐. 미래에 절망만 있는 건 아니라는 걸."

코를 훌쩍거리는 니아를 자신의 침대에 눕혔다. 루는 이불을 니아의 턱 아래까지 끌어올려 잘 덮어 주었다.

"니아, 자."

"루엘, 네가 필요하다면 말할 거야. 그러니까 혹시라도 알고 싶으면……."

"그럴 일 없어. 그러니까 한숨 자. 난 대장한테 다녀올게."

"응."

불안한 눈으로 니아를 지켜보다가 방에서 나왔다.

니아의 앞에서는 아무렇지도 않은 척 했지만, 심장이 불쾌한 속도로 뛰고 있었다. 불안하다. 오늘 라일이 찾아왔을 때부터, 이 불안한 울림이 사라지질 않는다.

그저 라일의 방문 때문이라고 생각했는데, 이 시점에 니아가 미래를 본 걸 보니 꼭 그런 것만도 아닌가 보다.

무언가 일어날 것 같다.

루가 상상도 하고 싶지 않은 무언가가.

케이의 방으로 향하는 걸음이 다급해졌다. 그의 방문 앞에 선 루는 크게 심호흡을 하고 문을 노크했다.

똑똑—

대답은 들려오지 않았다.

"케이, 들어갈게요."

작게 말한 후, 방문을 열었다.

방은 텅 비어 있었다.

케이가 없다는 걸 확인하자마자 심장이 뚝 떨어지는 것 같았다. 하지만 루는 침착하기 위해 노력했다.

괜찮다. 별일 아니다. 밤이 무료해 잠시 산책이라도 하러 나간 것이리라.

'아니, 그런 게 아냐.'

그렇지 않다는 걸, 사실은 알고 있었다. 그저 산책을 하러 나간 것 치고는 방이 아주 깨끗이 정리되어 있었다. 먼 길을 떠나는 것처럼, 혹은 두 번 다시 돌아오지 않을 것처럼.

그의 책상 위, 수정구 옆에 놓인 편지 봉투가 눈에 들어왔다. 꽤 여러 장의 종이가 들어 있는 듯, 봉투는 두툼했다. 루는 망설임 없이 밀봉된 봉투를 뜯었다.

케이의 단정한 글씨로 적힌 편지를, 루는 꼼꼼히 읽었다. 읽으면 읽을수록 루의 표정이 굳어 갔다. 마지막 장까지 다 읽은 루는 편지를 꽉 움켜쥐며 중얼거렸다.

"웃기지 마."

* * *

와칸과 쿠반은 침통한 표정이었고, 니아는 눈물을 글썽거리며

서 있었다.

루의 침대에 누워 있는데도 잠이 오지 않아 뒤척거리던 니아는, 시간이 한참 지났는데도 루가 돌아오지 않는다는 걸 깨달았다. 벌떡 일어나 케이의 방으로 달려갔지만 그의 방엔 아무도 없었다.

그걸 확인한 후에 와칸과 쿠반을 깨운 것이다.

와칸과 쿠반은 책상 위에 놓여 있는 편지 두 통을 발견했다. 하나는 케이가 쓴 것, 다른 하나는 루가 쓴 것이었다.

케이의 편지는 길었다.

왜 먼저 출발을 하게 되었는지와 앞으로 와칸과 쿠반이 맡아서 준비해 줄 것들이 쓰여 있었다. 그리고 마지막에는, '루를 잘 부탁한다.'라는 글이 덧붙여져 있었다.

루의 편지는 짧았다.

*'대장을 따라갑니다. 혹시 길이 어긋나서 대장을 먼저 만나게 된다면 전해 주세요. 웃기지 말라고.'*

두 통의 편지를 읽은 와칸과 쿠반은 참담한 표정이었다. 그리고 니아는 모든 것이 꿈에서 본 미래처럼 흘러가고 있어서, 눈물을 멈출 수가 없었다.

니아가 본 미래는, 함정에 걸린 케이의 모습, 그리고 혼자서 오르던 공작을 마주한 루의 모습이었다.

"어젯밤에 미래를……."

"말하지 마."

와칸이 니아의 말을 끊었다.

"아무 말도 하지 마, 니아."

"……."

"미래 같은 건 들을 필요 없어. 대장은 선택했고, 우리에게 명령을 내렸다. 우린 그걸 따르면 되는 거야."

"하지만……."

"변하는 건 없어. 대장의 명령을 따라서 잘되면 좋은 거고, 안 되면 죽는 거겠지. 그뿐이야."

와칸이 굳은 표정으로 단호하게 말했다. 니아는 다시 입을 다물었다.

모두가 미래를 알지 못해 불안해하며 니아를 찾아왔다. 좋든 나쁘든 미래를 먼저 앎으로써 대비할 수 있기를 소망했다.

하지만 토스카는, 누구도 미래를 알고 싶어 하지 않았다. 그저 현실에서 할 수 있는 것만을 할 뿐이다.

그것이 좋은 것인지, 나쁜 것인지, 니아는 알 수 없었다.

"쿠반. 넌 쥬엔과 함께 루를 따라가라. 멀리 가진 못했을 거야. 어떻게든 찾아내."

"찾아서 끌고 올까?"

"아니. 루가 하고 싶은 대로 하게 놔둬. 어차피 넌 루의 고집을 꺾을 수 없을 거다."

"알겠다."

쿠반이 곧바로 방에서 나갔다. 쿠반은 그 짐승 같은 감각으로, 머지않아 루를 찾아낼 것이다. 쿠반이 루보다 약하기는 해도, 없는 것보다는 나았다. 중요한 순간 루에게 도움이 될지도 모른다.

'대장은 죽을 각오를 하고 갔군.'

케이는 병사들을 모아 타우아문의 땅을 방어하라고 했다. 곳곳에 방어 마법진을 그려 뒀으니, 티그리스의 마법사들이 온다고 해도 한 번에 깨부술 수는 없을 거라고, 그들이 마법진을 깨는 동안 마법사들을 치면 될 거라고 쓰여 있었다.

마법사들이 타우아문의 땅에 도착한다는 것은, 케이가 그들을 막지 못했다는 뜻이다.

지금 케이는 혼자서 오르딘 공작과 마법사들을 상대하러 갔다.

'대장, 멍청한 생각입니다. 알리나 나즐이라도 데리고 가시지.'

마음 같아서는 당장이라도 케이에게 달려가고 싶었다. 하지만 와칸은, 자신들을 두고 혼자 떠난 케이의 마음도 이해할 수 있었다.

아마도 이 땅을 채운 사람들이 죽어 가는 것을 보고 싶지 않은 것이리라.

'선대가 돌아가실 때에 얼어붙었던 심장이, 루 덕분에 다시 녹았나 봅니다, 대장. 루를 만나기 전에는 누구를 죽여도 눈썹 하나 깜빡 안 하시더니.'

회한에 젖어 있을 틈이 없었다.

와칸은 편지를 주머니에 집어넣고 돌아섰다. 니아가 방을 나가려는 와칸의 손목을 붙잡았다. 큼직한 눈동자가 불안에 물들어 있었다.

와칸은 니아가 안쓰러웠다.

미래를 본다는 것은, 그리고 그 미래가 종종 들어맞는다는 것은, 무척이나 무서운 일이리라. 미래를 모르는 것보다 아는 것이 더욱 불안하겠지.

"괜찮아, 니아. 미래로 가는 여러 갈래의 길이 있다면, 대장은 옳은 길을 선택할 거야."

"어떻게 그렇게 믿을 수가 있죠? 케이가 뭐가 그리 대단하다고."

"그래, 네 말대로 대장은 그리 대단하지 않을지도 모르지. 하지만 난 대장을 따른 걸 후회한 적이 한 번도 없고, 그렇기 때문에 앞으로도 후회하지 않으리라고 확신해. 너도 슬슬 정하는 게 좋을 거야. 네 꿈에 보이는 미래만을 믿을지, 네 자신의 선택을 믿을지."

* * *

기차역 밖으로 나온 비비안은 주위를 둘러봤다.

오르딘 공작령은 수도보다 훨씬 발전이 더뎠다. 말없이 달리는 자동 마차도, 높은 건물도 찾아볼 수가 없었다.

내심 굉장한 대도시를 상상했기에 조금 실망스러웠다. 구온 시보다도 못한 것 같다.

'아니, 도시는 아무래도 상관없잖아. 오르딘 공작에게는 티그리스가 있으니까.'

케이의 병사들이 총을 가지고 있어도, 마법사의 화염 마법 하나를 이기지 못할 것이다.

비비안은 마차 대여소에 가서 마차를 한 대 빌렸다. 얼마 안 남은 돈을 전부 투자해야 했지만, 어쩔 수 없었다. 마차 한 대도 없이 오르딘 공작을 만나러 갈 수는 없는 노릇이니까.

허름한 마차 안에 앉아, 비비안은 치맛자락을 두 손으로 꽉 움켜쥐었다.

# 17장

라크는 오르딘 공작령 공중에 누워 있었다.

'카에.'

카에에 대한 생각이 머릿속에서 떠나질 않았다.

'이걸 어쩐다.'

인간을 위해 아무런 대가도 없이 움직여 줄 수는 없다. 하지만 자꾸만 마음이 쓰였다.

*—왜 이제야!*

라크가 드래곤이라는 것을 안 카에는, 라크에게 매달려 절규했다.

*—왜 이제야 나타난 거죠? 대체 왜 이제야!*

며칠이나 지난 일이지만 그녀의 목소리가 귓가에서 떠나질 않았다. 태어난 후 처음으로, 라크는 '우울감'을 경험하고 있었다.

'제기랄. 이럴 줄 알았으면 조용히 스투루티오섬에서 잠이나 잘걸.'

케이는 며칠 후면 공작령에 도착할 것이다. 그리고 루는 그보다 한참 뒤를 달려오고 있었다. 그 바로 뒤를 쿠반과 쥬엔이 쫓는 중이었다.

'난리도 아니군.'

많은 것을 안다는 것이 즐거웠던 때도 있었다. 하지만 지금은 아니다. 이건 전혀 유쾌하지 않다.

'저건 가터가의 아이로군.'

오르딘 공작 저택으로 들어가는 비비안의 모습이 눈에 들어왔다. 그녀는 무언가를 결심한 듯, 아랫입술을 완고하게 깨물고 있었다.

그녀는 알까.

자신이 한 행동이 어떤 결과를 불러올지, 그리고 그 결과가 얼마나 허망할지.

그녀뿐이 아니다. 케이나 루, 심지어 미래를 보는 니아조차도 이 모든 일의 시작과 끝을 짐작하지도 못할 것이다. 아는 사람은 카에, 그리고 이제는 라크. 둘뿐이었다.

*—한 가지 소망이 있다면…….*

귓가에 들러붙는 카에의 간절한 음성을 털어 내려고 애쓰며, 라크는 눈을 감았다.

*　　*　　*

오르딘 공작은 어디를 봐도 귀족의 영애처럼 보이지 않는 비비안을 물끄러미 응시했다.

'가터 백작의 딸'이라고 밝힌 비비안은 형편없는 차림새였다. 차림새만이 문제가 아니다. 눈빛이 맑지 않았고, 전체적으로 지친 기색이 역력했다.

가터 백작의 딸의 미모에 대해서는 오르딘 공작도 들은 적이 있었다.

'실망스럽군. 고작 이 정도였다니.'

갑자기 찾아온 비비안을 만나 준 이유는, 소문의 '가터 백작의 딸'을 직접 보고 싶었기 때문이다. 하지만 이런 몰골이어서야, 마주 보고 앉아 있는 시간이 아깝다.

"케이라는 남자를 아시죠?"

차를 한 모금 마신 비비안이 입을 열었다.

"케이?"

"그래요, 케이. 티그리스 선대 검은 호랑이의 아들."

생각지도 못한 말에, 오르딘 공작은 인상을 찌푸렸다.

'이 여자, 대체 뭘 알고 온 거지?'

오르딘 공작이 티그리스와 손이 닿아 있다는 사실을 아는 사람은 많지 않았다. 하물며 대륙 구석 구온 시 귀족의 딸 따위가 알고 있다는 건 말이 되지 않았다.

"글쎄. 모르겠군."

"저한테까지 감추시지 않아도 돼요. 대공께서 티그리스를 손에 넣었다는 걸 알고 있으니까."

비비안이 대담하게 말했다.

"케이는 대공께 복수를 하기 위해, 토스카라는 무리를 이끌고 차근차근 성장하고 있어요. 그 과정에서 우리 아버지를 꾀여 자금을 사용하다가, 필요 없어지자 아버지를 죽였죠."

가터 백작이 도적 떼에게 죽임을 당했다는 소식은 들어서 알고 있었다. 하지만 그것이 케이의 소행일 줄은 상상도 못 했다.

어딘가에 숨어서 벌벌 떨며 지내고 있을 줄 알았는데, 의외로 복수를 계획하고 있었던 모양이다.

'그렇다는 건 꾸준히 마법을 사용해 왔다는 거로군. 차라리 잘됐어. 마법을 사용해 온 만큼, 예전보다는 강해졌을 테니까.'

마법을 사용하면서도 수정구의 추적에 걸리지 않은 게 의아하긴 했지만, 중요한 문제는 아니었다. 머리가 좋은 녀석이니, 피할 방법을 찾아낸 것이리라.

"저는 케이가 어디서 뭘 하고 있는지 알고 있어요."

"그래?"

"제가 정보를 드릴게요. 대신 저를 대공의 여자로 삼아 주세요."

비비안이 유혹하는 듯한 미소를 지으며 말했다.

오르딘 공작은 비비안을 안고 싶은 생각이 전혀 들지 않았다. 비비안은 어딘가 망가져 있었고, 그런 여자에게는 손을 대고 싶은 마음조차 들지 않았다.

하지만 일단은 케이의 위치를 알아내야만 했다.

케이의 힘을 끌어다 쓰기 위한 마법진은 완성되었다. 그것으로 고대 마법의 봉인을 풀면, 이 대륙은 오르딘 공작의 것이 된다.

케이가 도망자로 사는 동안 죽었을지도 모른다는 생각에, 마법사들을 시켜 또 다른 연구를 하게 했다. 하지만 그들이 아무리 노력해도, 고대 마법에 달하는 무기를 만들어 낼 수는 없었다.

실패, 실패, 또 실패.

그것이 반복된 끝에, 비비안이 반가운 소식을 가지고 온 것이다.

"좋아, 비비안 양."

오르딘 공작은 만면에 달콤한 미소를 지으며 말했다.

"케이가 어디에 있지?"

비비안은 자신에게 닥친 현실을 믿을 수가 없었다.

'어째서?'

캄캄한 지하 감옥.

꿉꿉하고 좁은 공간에 수십 명의 사람들이 갇혀 있었다. 감옥은 그들의 몸에서 나는 악취와 신음 소리로 가득했다.

'대체 왜?'

오르딘 공작이 원하는 대로, 케이가 있음직한 곳을 알려 주었다. 대륙 남쪽의 정글 지대.

그동안 케이에게 들은 것들을 전부 알려 주자, 오르딘 공작은 사람을 불러 비비안을 데리고 나가도록 시켰다. 비비안은 오르딘 공작이 좋은 방과 옷을 마련해 주리라고 믿었다.

하지만 공작의 부하는 비비안을 저택에서 데리고 나와 마차에 태웠다. 그래서 비비안은 오르딘 공작이 별장이라도 마련해 준 것이리라고 생각했다.

하지만 아니었다.

부하가 준 쿠키를 먹고 잠깐 잠이 들었다가 깨어났더니 지하 감옥이다.

어두워서 주위를 제대로 살펴볼 수 없지만, 수많은 사람들이 있다는 것을 알 수 있었다. 자꾸만 부딪치는 사람들을 피하고 싶었지만 물러날 공간이 없었다.

비비안은 쭈그리고 앉아 두 팔로 무릎을 끌어안았다.

자신에게 벌어진 일을 믿을 수가 없었다.

'이건 악몽일 거야.'

온몸이 부들부들 떨렸다.

'난 지금 지독한 꿈을 꾸고 있는 거야. 아니면 뭔가 착오가 있었거나.'

오르딘 공작은 미인을 좋아한다고 들었다. 그러니 내 미모가 오르딘 공작에게 통하지 않았을 리 없다. 미인이라면 평민이든, 노예든 상관없이 자기 여자로 만드는 사람이라고 들었으니까.

'곧 오르딘 공작이 사람을 보내올 거야. 나는 이런 곳에 갇혀 있을 만한 인물이 아니야!'

"아스가 있는 곳을 알아냈다."

노크도 없이 카에의 방에 들어온 오르딘 공작이 말했다. 침대에 누워 있던 카에는 눈을 감은 채로 물었다.

"어디에 있던가요?"

"남쪽 정글."

"그런 곳에 숨어 있었군요."

카에는 천천히 눈을 떴다.

오르딘 공작은 어느새 카에의 옆에 와서 서 있었다. 그녀를 내려다보는 그의 시선에는 온기가 없었다.

"듣자하니 그놈이 심심치 않게 마법을 써 댄 것 같은데, 어째서 수정구의 추적에 걸리지 않은 거지?"

"아스가 마법을 사용해 왔다고요? 설마요."

"정말이야. 믿을 만한 정보거든."

"하지만 수정구에는 걸리는 게 없었어요. 설마 제가 대공을 속였다고 생각하는 건가요?"

"아니, 그런 생각은 안 해. 하지만 카에, 만약……."

오르딘 공작이 커다란 손으로 카에의 목을 움켜쥐었다. 카에는 숨이 막혔지만 켁켁거리지 않고 가만히 그와 시선을 맞췄다.

"날 배신한다면 가장 끔찍한 방법으로 널 찢어 죽일 거다."

카에는 눈을 깜빡여 대답을 대신했다. 오르딘 공작은 그대로 카에의 목을 끌어와 거칠게 입을 맞췄다.

그의 입술을 받아들이며, 카에는 이불을 움켜쥐었다.

'당신이 날 찢어 죽이기 전에, 난 죽을 거야.'

카에는 자신이 죽을 날을 알고 있었다.

'당신에게 찢겨 죽는 일 따위는, 절대로 없어. 난 당신을 배신하지 않아. 애초에 당신의 편이었던 적도 없거든.'

그는 애무도 없이 카에를 안았다. 아프지만 고통을 내비치지 않았다. 좋아서 까무러칠 것 같다는 듯, 가짜 신음을 만들어 냈다.

벌써 몇 년째 해 온 일.

이런 건 아무것도 아니다.

그날의, 그 일에 비하면. 그날의 그 선택에 비하면.

그 어떤 아픔도, 슬픔도, 아무것도 아니다.

"실험체들에게 약을 먹여. 내일 밤, 정글로 출발할 거다."

거친 행위를 끝낸 후, 오르딘 공작이 말했다.

"약은 아직 완성되지 않았어요. 부작용이 있을 거예요."

"상관없어. 정글에 도착해 놈을 잡을 때까지만 기능하면 되니까.”

“……알겠어요. 하지만 약을 먹이면 차츰 끔찍한 외모로 바뀔 텐데. 사람들 눈에 띄어도 괜찮을까요?”

“괜찮아. 어차피 이 대륙은 곧 내 것이 될 테니까.”

오르딘 공작이 나간 후, 카에는 이불을 뒤집어썼다.

마법사들이 오르딘 공작의 명령으로 만든 마법약. 그 약은 인간의 몸을 변화시켜 강력한 무기로 만드는 약이었다. 하지만 아직 완벽하지 않아서, 변화 중에 육체가 썩기도 하고 뒤틀리기도 한다.

‘어쩔 수 없어.’

지하 감옥에 실험용으로 잡아 온 사람들을, 기회가 있을 때마다 풀어 주기는 했지만 아직도 많이 남아 있었다. 그들에게 약을 먹여야 한다.

‘어쩔 수 없어.’

*—희생은 있을 수밖에 없다, 카에. 네게 이런 일을 부탁해서 미안하구나.*

선대의 침통한 음성이 떠올랐다. 그의 고통스러운 눈빛도.

‘그래, 희생은 있을 수밖에 없어. 그래도 이것만 끝나면 대륙은 평화로워질 거야. 그러니까…… 미안해요, 다들.’

후회하지 않았다.

고통스럽고 절망스럽고, 때로는 죽어 버리고 싶을 때도 있었다. 하지만 선대의 부탁을 들어준 것을, 결코 후회하진 않아 왔다.

'그래도 만약 가능하다면…… 딱 하나 소망이 있다면……'

보고 싶다.

쿠반을.

내 사랑스러운 사촌을.

'적어도 쿠반에게는 내가 설명해 주고 싶어. 왜 그 선택을 해야만 했는지.'

* * *

루는 말을 멈춰 세웠다.

"루, 너 이 자식!"

쿠반과 쥬엔이 루의 앞을 가로막고 있었다.

'요 며칠, 너무 오래 쉬었어.'

쉬지 않고 말을 달렸더니 너무 힘이 들어서, 2, 3일 정도는 밤에 달리지 않고 잠을 잤다. 그랬더니 쿠반에게 따라잡히고 말았다.

"대장 명령을 안 듣고 도망쳐? 엉?"

쿠반이 무시무시한 기세로 다가왔다. 루는 모르는 척 도망칠까 하다가 관뒀다.

"케이는 내 대장이기 전에, 내 연인이에요. 그따위 명령, 들을 수 없는 게 당연하잖아요."

"하지만 넌 어차피 대장을 따라잡지 못해. 대장이 달려갔겠냐? 마법을 써서 날아갔을 거다, 아마도. 그럼 넌 위기가 닥쳤을 때, 대장을 따라잡지도 못하고 아무도 없는 데서 혼자 죽었을지도 몰라!"

"쿠반은 쥬엔이 혼자 떠난 길을, 위험하다고 뒤쫓지도 않을 겁니까?"

"……."

"내 사랑하는 사람이 혼자서 위험한 곳으로 가 버렸는데, 이성적으로 이것저것 따지고 살필 수 있겠습니까? 내가 지금 할 수 있는 건, 대장을 따라가는 일밖에 없어요. 죽더라도 대장 옆에서 죽을 겁니다."

"그거 정말 좋은 각오이긴 한데 말이야."

쿠반이 한풀 누그러진 목소리로 말했다.

"난 신경 쓰지 말고 돌아가요, 쿠반. 가서 대장이 시킨 일을 하세요."

"싫어. 너한테 무슨 일이 생길지 모르는 판에, 어떻게 돌아가냐? 안 그래, 쥬엔?"

"그래, 루. 널 놔두고 가진 않을 거야. 같이 가."

"알겠어요, 쥬엔."

루가 순순히 대답하자, 쿠반이 발끈했다.

"야, 인마! 너, 왜 쥬엔한테는 고분고분해?"

루는 대답하지 않고 다시 말을 몰았다. 쿠반이, "버르장머리 없는 놈. 너무 건방져졌어. 옛날의 루가 더 좋았어." 따위의 말을 중얼거리며 루의 뒤를 따라왔다.

하지만 멀리 가지 못하고, 루는 다시 말을 멈출 수밖에 없었다. 앞을 가로막은 사람이 있었기 때문이다.

"라크."

한동안 보이지 않았던 라크가 왜 이런 곳에 있는 건지 알 수 없었다.

게다가 표정은 왜 저리도 어두운 걸까?

"내가 인간을 싫어하는 이유가 뭔지 알아?"

라크가 엉뚱한 질문을 던졌다.

"라크, 난 갈 길이 바빠."

"인간은 때로 생각지도 못한 행동을 해. 평범한 줄 알았던 작은 인간의 행동 하나가, 거대한 시대의 흐름을 변화시키기도 하거든. 그래서 인간이 아주 거슬려."

"라크."

"인간 따위, 다 멸망해 버려도 상관없어. 대가 없이 누군가를 위해 움직이는 건 딱 질색이야. 고대 마법 무기? 인간이 만들어 낸 마법 무기 따위, 시동어도 없이 부술 수도 있어. 나는 뭐든 할 수 있어, 루."

"무슨 일 있어?"

이상한 소리를 해 대는 라크가 걱정스러웠다. 루는 말에서 내려 라크에게 다가갔다. 라크가 쓴웃음을 지었다.

"인간 따위가 위대한 드래곤을 걱정해 주다니. 나보다는 네 상황을 걱정해야 하는 거 아닌가? 아니면 혼자 적진에 달려간 반푼이를 걱정하든가."

"라크, 왜 그래?"

"소원을 말해 봐. 대가 없이, 딱 하나 들어주지."

"네게 무슨 문제가 생긴 건지 말해 줘."

루의 말에 라크가 인상을 찌푸렸다.

"이것 봐. 인간은 정말 엉뚱한 행동을 한다니까? 반푼이한테 데려다 달라든가, 오르딘 공작 놈을 죽여 달라든가, 고대 마법 무기를 부숴 달라든가, 소원으로 빌 만한 것들이 많잖아!"

"아, 맞다."

"멍청한 녀석. 이번 대지의 아이는 멍청해."

"뭐가 문제야, 라크. 자꾸 그러면 화낼 거야."

"어느 인간이 내게 자기 소원을 말했어. 하지만 그 인간은 내게 대가로 줄 만한 게 없어. 다른 걸 하느라 다 써 버렸거든. 그래서 이제 아무것도 남지 않았지. 미래조차도."

라크의 말에 심장이 철렁했다.

설마 케이를 두고 하는 말일까? 벌써 오르딘 공작에게 잡힌 걸까?

"대가 없이 일하는 건 정말 질색이지만."

라크의 시선이 쿠반에게로 향했다.

"어쩔 수 없지."

*—한 가지 소망이 있다면, 죽기 전에 쿠반을 만나고 싶어요. 그 애에게, 내가 직접 설명해 주고 싶어요. 그러지 않으면 그 애는 평생, 날 증오한 것에 대한 죄책감을 안고 살아가게 될 테니까.*

카에의 말이, 라크의 귓가를 떠나지 않았다.

카에가 쿠반을 만나고자 하는 이유는, 자신을 위해서가 아니었다. 쿠반을 위해서였다.

이 모든 일이 끝났을 때, 진실을 알게 된 쿠반이 겪게 될 죄책감과 자기 환멸. 그것을 느끼지 않게 하기 위해, 카에는 그토록 애절한 표정을 지었다. 그녀 자신에게는 미래조차 남지 않은 주제에.

그래서 라크는 인간이 참으로 성가시고, 참으로 사랑스러웠다.

라크가 루와 쿠반, 쥬엔을 데리고 카에가 있는 비밀 연구실로 순간 이동한 것은, 케이가 비밀 연구실이 있는 땅에 발을 디디기 직전이었다.

좋지 않은 공기가 건물 안을 채우고 있었다. 후각이 뛰어난 루에게는 그 냄새가 더욱 독하게 느껴졌다.

"여기가 어디야?"

건물의 복도는 깨끗했다. 그런데도 지독한 냄새가 가득 차 있었다.

"이 안에 오르딘 공작이 있어."

라크가 아무렇지도 않게 말했다. 루는 순간적으로 검에 손을 가지고 갔다.

"그리고 쿠반."

"어."

경계심 어린 눈으로 주위를 살피던 쿠반이 건성으로 대꾸했다. 라크는 그런 쿠반을 가만히 응시하다가 결심했다는 듯 말했다.

"이 방 안에, 카에가 있다."

지하 감옥에 갇힌 지 며칠이 지났을까.

오르딘 공작의 전령이 올 생각을 하지 않았다. 비비안은 이제 자신이 오르딘 공작에게 버림받았다는 것을 인지했다. 그는 비비안을 속이고 정보만 빼낸 후 버렸다.

'왜?'

이유를 알 수가 없었다.

비비안은 모두가 원하는 여자였다. 예전에는 비비안을 아내로 삼고 싶다며 찾아오는 귀족들이 손에 꼽을 수 없을 만큼 많았다.

'왜 케이도, 오르딘 공작도 날 버리는 거지? 내 동생까지도 날 버렸어. 대체 왜?'

햇빛을 보지 못해서인지 생각이 점점 둔해지고 있었다. 며칠 전부터 지하 감옥에 갇힌 사람들의 신음이 점점 줄어들고 있었다.

단맛이 나는 음료를 마신 후부터인 것 같다.

그러고 보니 그때부터는 배고픔도 느껴지지 않는다. 그저 멍하니 시간을 보내다가, 때때로 생각났다는 듯 현실에 절망할 뿐이다.

'여기서 나가고 싶어.'

비비안은 차가운 벽에 몸을 바짝 붙이고 앉아 고개를 숙였다.

'얼른 여기서 나가고 싶어.'

'아스, 왔구나!'

기다리던 마력이 마법진에 닿았다는 것을 느꼈을 때였다.

벌컥—

방문이 거칠게 열리고, 누군가 카에를 덮쳤다. 눈앞에 붉은 머리카락이 살랑거리고 있었다.

상대는 카에의 목을 움켜잡고 있었지만, 그래도 카에의 입가에는 미소가 떠올랐다.

"매일 널 찢어 죽일 생각만 하면서 살아왔어. 네 피를 보는 게……."

"쿠반."

처음 듣는 여자의 목소리가, 쿠반의 말을 끊었다.

"지금은 끼어들지 마, 쥬엔. 이 계집이 무슨 짓을 했는지 알잖아!"

"라크가 얘기를 들어 보라고 했잖아요."

"들을 것도 없어. 내가 아는 건 이 계집이 배신했다는 것뿐이야."

카에의 목을 쥔 손에 점점 힘이 더해졌다. 숨을 쉴 수 없어서 고통스러웠지만, 그래도 카에는 미소를 지우지 않았다.

그리웠다.

십 년이 넘는 시간, 그 고독한 시간 동안 이 얼굴이 참으로 그리웠다. 이 목소리를, 이 얼굴을 한 번만 더 마주할 수 있다면 죽어도 여한이 없다고, 그렇게 생각했다.

'라크, 내 소원을 들어줬군요. 난 아무것도 줄 게 없는데.'

그런 생각을 하다가 쥬엔과 눈이 마주쳤다. 몸에 딱 맞는 가죽옷을 입은, 화려한 생김새의 여자였다.

쥬엔은 숨을 쉬지 못하면서도 미소를 지우지 않는 카에를 이상하다는 듯 응시하다가, 곧 미간을 좁히더니 쿠반의 뒤통수를 사정없이 내리쳤다.

빠악—

카에가 듣기에도 아픈 소리가 울려 퍼지며, 쿠반의 손에서 힘이 빠졌다.

"야, 쥬엔!"

"콜록콜록……!"

갑자기 공기가 들어오는 바람에, 카에는 거친 기침을 토해 냈다.

"난 지금 이 계집이랑 장난을 치고 있는 게 아냐!"

"난 장난치는 것처럼 보여요? 라크가 얘기를 들어 보라고 한

데는 이유가 있을 거예요. 오늘의 라크는 정말로 이상했잖아요. 왜 이상했겠어요? 카에라는 여자가 관련되어서 이상했던 거 아니겠어요?"

"드래곤이 미치든 발광하든 내가 알 게 뭐야?"

"라크가 대가도 없이 우리를 여기까지 데려다줬어요. 그리고 카에는, 당신을 배신했다는 저 여자는."

쿠반이 고개를 돌려 카에와 눈이 마주쳤을 때, 쥬엔의 말이 이어졌다.

"눈물을 흘리고 있고요."

"죽게 생겼으니 무서워서 눈물이 나나 보지."

쿠반이 중얼거렸지만, 목소리는 아까보다 누그러져 있었다. 카에는 그런 쿠반에게서 눈을 떼지 않았다.

오랜 시간 보지 못한 사촌 동생은, 훌쩍 자라 있었다. 하지만 붉은 머리카락과 잿빛 눈동자, 뚱한 표정은 어릴 때와 똑같았다. 어디서 만난대도 그가 쿠반이라는 것을 알아볼 수 있었을 것이다.

"루가 혼자서 오르딘 공작에게로 갔어. 얘기를 들을 시간 없어."

"루에게는, 내가 가 볼게요. 당신은 제대로 얘기를 들어요."

쥬엔이 서둘러 카에의 방에서 나갔다. 문이 닫힌 후, 카에가 쿠반에게 물었다.

"저 여자가 네 애인이니?"

"아무 일도 없었다는 듯이 묻지 마. 나는 너랑 노닥거릴 시간 없어, 카에."

쿠반이 으르렁거리듯 말했다. 급한 성질머리는 어릴 때랑 똑같다.

"나도 너랑 노닥거릴 시간 없어, 쿠반."

"그래? 그럼 그냥 죽어!"

"오르딘 공작이 일을 꾸미고 있을 때, 선대께서 내게 부탁을 하셨어."

쿠반이 검을 빼든 채로 멈췄다.

"오르딘 공작이 가지고 있는 고대 마법 무기를 완전히 파괴시키기 위한 계획이 하나 있다고, 내게 도와 달라고 말씀하셨어."

"뭔 수작질이야? 그럼 네가 선대를 죽이고 그 자식의 애인이 된 게 다 선대의 계획 때문이라고? 선대가 죽어서 할 말이 없으니, 그런 식으로 선대한테 떠넘기려는 거야?"

"고대 마법 무기는, 이미 오르딘 공작의 손에 있었어. 그리고 티그리스의 마법사들은 예전처럼 강하지 않았지. 티그리스의 마법사들이 오르딘 공작의 병력을 전부 상대해 이길 가능성은 50대 50. 만약 티그리스의 마법사들이 지면, 오르딘 공작은 어떻게 해서든지 고대 마법 무기를 발동시킬 상황이었지."

오르딘 공작은 선대에게 손을 잡자고 했지만, 선대는 거절했다. 하지만 선대는 오르딘 공작이 언젠가는 그 마법 무기를 발동시키리라는 것을 알았다.

마법 무기는 절대로 깨어나서는 안 될, 위험한 무기였다. 하지만 선대 혼자서는 그 마법 무기를 깨뜨릴 수가 없었다. 무력화 마법진을 사방으로 펼치면 가능할지도 모르겠지만, 그러기에는 시간이 부족했다.

오르딘 공작은 발 빠르게 움직이고 있었다. 티그리스의 마법사들 중 몇 명은 이미 오르딘 공작의 편으로 돌아섰다는 것 역시, 선대는 알고 있었다.

"오르딘 공작의 신뢰를 얻으라고, 선대는 말씀하셨어."

어렵게 부탁하던 선대의 눈가가 금방이라도 눈물이 흐를 듯 붉었다는 걸, 카에는 똑똑히 기억하고 있었다.

"선대와 나는 시간이 날 때마다 남들의 눈을 피해 만나 계획을 세웠어. 어떻게 해야 오르딘 공작이 나를 신뢰할지, 그리고 또 어떻게 해야 고대 마법 무기를 산산조각 낼 수 있을지."

카에가 천천히 고개를 들었다.

쿠반은 붉어진 눈으로 카에를 노려보고 있었다. 꽉 쥔 주먹. 손톱이 손바닥을 파고들어 피가 날 것만 같았다. 쿠반의 잿빛 눈동자는 하염없이 흔들리고 있었다.

"그래, 맞아, 쿠반. 이 모든 건, 선대와 나의 계획에서 시작된 일이야."

"거짓말!"

쿠반이 절규했다.

"거짓말하지 마, 카에! 거짓말 말라고!"

그가 카에의 멱살을 잡아 일으켰다. 카에는 힘없이 웃으며 쿠반의 뺨을 쓰다듬었다.

"네가 보고 싶었어. 아스도, 와칸도, 유진도, 휴이도, 알리도, 나즐도…… 다들 너무 보고 싶었어."

"거짓말하지 마, 카에."

"정말이야."

"거짓말 마, 거짓말 말라고. 이 모든 게 계획이었다니, 오르딘 공작의 신뢰를 얻기 위해 한 짓이었다니…… 말도 안 돼."

"오르딘 공작과 다른 마법사들의 눈 때문에, 고대 마법의 봉인을 깨는 마법진을 그렸어. 그러면서 한편으로는 마법을 무력화시키는 진을 그렸지. 마법진은 완성됐어, 쿠반."

"거짓말……."

"정말로 긴…… 고독이었어."

"거짓말, 카에."

쿠반의 눈에서 눈물이 흐르고 있었다. 뜨거운 눈물은 흘러내려 카에의 손바닥을 적셨다. 카에는 쿠반의 뺨에 손을 댄 채로 미소 지었다.

"도망 다니느라 힘들었지?"

"웃기지 마!"

쿠반이 거칠게 카에의 손을 뿌리쳤다. 하지만 곧 아랫입술을 잘근 깨물고는, 고통스러운 표정으로 카에의 손을 붙잡았다.

"힘든 건…… 너였잖아……."

그는 흐느끼고 있었다.

"힘든 건 너였잖아, 카에. 우린 힘들지 않았어. 우리는 토스카라는 이름을 붙이고 제멋대로 살아왔어. 아스에게도, 내게도 사랑하는 여자가 생겼어. 그런데 넌, 너는……."

쿠반은 결국 말을 잇지 못했다.

그의 넓은 어깨가 주체할 수 없을 만큼 떨리고 있었다. 카에는 그런 쿠반을 안쓰러운 듯 응시하다가 보듬어 안았다.

"다행이다, 너희들이 잘 지내고 있어서. 앞으로도 그렇게 잘 지냈으면 좋겠어."

"카에……."

"원망하지 않아. 난 내 선택이 옳았다고 생각하고, 내게 이런 기회를 준 선대에게 감사하고 있어. 조금 고독했고, 조금 슬펐고, 조금 힘들었지만, 그런 건 아무것도 아니야. 별것 아니었던 내가, 이 대륙의 절망을 끊어 낼 수 있다는 게 기뻐."

카에의 음성은 듣기 좋은 노래처럼 울려 퍼졌다.

"이 말을 해 주고 싶었어. 내가 한 이것은 희생이 아니라 내 선택이니까, 내게 죄책감을 품지 말고 행복하게 살라는 말을 해 주고 싶었어. 그래서 라크에게 부탁한 거야. 널 만나게 해 달라고."

"무슨 소리야, 카에. 너도 앞으로 행복하게 지내면 되잖아. 이엿 같은 데서 나가면 되잖아. 마법진은 완성됐다면서?"

그때였다. 카에가 움찔 어깨를 떤 것은.

카에는 두 손으로 쿠반을 밀어냈다.

"카에?"

"왔어."

"응?"

"케이가 마법진을 밟았어. 곧 마법이 발동될 거야."

"그럼 어서……."

"나가, 쿠반."

"카에."

"나가. 고대 마법은 강해. 나는 내 마법진이 제대로 움직일 수 있도록 집중해야 돼. 어서 나가."

"하지만……."

"나가서 케이를 찾아와. 아마도 이 땅 어딘가에 있을 거야."

"그, 그래, 알겠어."

카에의 단호한 명령에, 쿠반은 떠밀리듯 카에의 방에서 나갔다. 그가 나간 후, 카에는 깊은 한숨을 내쉬었다.

이제 두 번 다시 쿠반을 보는 일은 없을 것이다. 마법진을 발동하기 위해서는 강한 마력이 필요했다. 생명을 깎아 낼 정도로 강한 마력.

누군가가 보기에는 좋을 것 없는 삶이었을지도 모르겠다. 어린 나이에 끔찍하게도 싫은 원수의 신뢰를 얻기 위해 그와 살을 맞대고, 그리운 이들의 얼굴도 보지 못하며 살아야만 했던 지난 시간.

*—멋져요, 검은 호랑이 님. 살아서 한 번쯤, 세상을 구해*

*보는 것도 굉장한 일이잖아요.*

힘겹게 부탁하던 선대에게, 카에는 환하게 웃으며 말했었다. 그래서 카에는, 지금도 환하게 웃으며 눈을 감았다.

"보세요, 검은 호랑이 님. 이제 곧 우리의 계획이 완성돼요."

무언가 발목을 붙잡았다는 걸 깨달을 새도 없이, 그것이 케이의 전신을 점령했다.

"케이, 왜 그러십니까?"

라일이 걸음을 멈추고 케이를 돌아봤다. 대답을 하려고 했지만 입이 움직이지 않았다. 무언가가 육체를 지배했다.

'빌어먹을.'

마법진에 걸렸다.

'이렇게 넓게 그렸을 줄은 몰랐는데.'

고대 마법 무기의 봉인을 풀기 위한 마법진이 생각보다 넓게 그려져 있었다. 목적지가 까마득히 멀리 보이는 위치였다.

"케이."

라일이 불안한 눈으로 케이에게 다가왔다.

마법진의 마법이 케이의 혈관을 타고 돌아다니고 있었다. 그것이 심장까지 흘러가 억지로 케이의 심장을 쥐어뜯었다. 심장 근처에 가득 찬 마력을 뿜어내게 만들기 위해, 안에서 수선거리고 있었다.

"도망……쳐……."

간신히 입술을 달싹거렸다.

라일은 제 아버지를 죽일 각오로 이곳까지 왔다. 그런 그가 싫지 않았다. 그가 눈앞에서 죽는 꼴을 보기는 싫었다.

"도망쳐, 라일……."

마력이 개방되면 순간적으로 물질감을 갖게 될 것이고, 준비 없이 근처에 있던 사람은 산산조각이 날 것이다.

"설마…… 마법진에 걸린 겁니까? 고대 마법 무기의 봉인을 풀기 위한 마법진?"

고개를 끄덕일 여유도 없었다. 안에서 들쑤시는 마법으로부터 마력의 공간을 지키기에 정신이 없었다.

"나는…… 안 갑니다."

라일이 검에 손을 대고 말했다.

"안 가요, 케이."

이봐, 라고 생각했다.

'이봐, 가라고! 네놈이 있어 봐야 할 수 있는 일이 없단 말이야!'

하지만 말을 할 수가 없었다.

라일은 검을 빼들고 케이와 마주 보고 섰다.

"당신은 위험할 정도로 강한 사람입니다. 그렇기 때문에 유일하게 이 마법진을 발동시킬 수 있었던 거겠죠. 그러니까…… 만약 당신이 고대 마법에 걸려 아버지의 수하로 변한다면, 내가 곧바로 죽여 주겠습니다. 하지만 만약 내가 먼저 변한다면, 당신이 날 죽이고 내 아버지도 죽여 주세요."

'엄청난 짐을 지우는군.'이라고, 케이는 생각했다.

'이 빌어먹을 마법이 끝나고 나면, 내가 죽을 거란 생각은 안 하는 거야?'라는 생각도 했다.

하지만 어찌되었든, 이 고통의 순간에 누군가 함께 있다는 건 위안이 되는 일이었다. 이 앞에 있는 놈에게만큼은 죽고 싶지 않다는 생각 때문인지, 오히려 더 힘이 났다.

'네놈한테는 안 죽어.'

케이의 생각을 읽은 듯, 라일이 중얼거렸다.

"만약 당신이 죽고 내가 살아남는다면…… 안심하세요. 내가 책임지고 루를 행복하게 해 주겠습니다."

'루를 행복하게 해 주는 건 나야!'

케이는 고통을 참으며, 온 힘을 다해 마법이 접근하는 것을 밀어냈다.

그때였다. 반짝, 하고 무언가 작은 빛을 발견한 것은.

어둡고 끈적끈적한 마법진의 마법 속에서 발견한, 이질적인 힘.

'이건 뭐지?'

미미하지만 반짝거리는 그것에, 케이는 정신을 집중했다.

마법 연구소는 미로처럼 길이 복잡했다.

루는 멈추지 않고 달렸다.

찾아야 돼. 오르딘 공작을 찾아야 돼.

"루!"

뒤에서 쥬엔의 목소리가 들려왔다. 하지만 루는 걸음을 멈추지 않았다.

복도 끝에 다다라 오른쪽으로 꺾자마자, 한 남자의 뒷모습이 보였다.

"오르딘!"

얼굴을 보지 않아도 놈이라는 걸 알 수 있었다.

루의 외침에 그가 걸음을 멈췄다.

돌아선 그를 향해, 루가 몸을 날리는 것과 동시에 복도 끝의 문이 열리며 지독한 악취가 풍겨 왔다.

으으으으.

전율케 하는 신음 소리가 들려왔다.

"실팬가?"

오르딘 공작이 중얼거렸다.

"대체 저게……."

루의 뒤를 따라온 쥬엔이 허리에 차고 있던 두 자루의 단검을 꺼내, 양손에 하나씩 단단히 잡으며 중얼거렸다. 루 역시 오르딘 공작의 뒤로 보이는 끔찍한 것들을 보느라 움직임을 멈춘 상태였다.

오르딘 공작은 뒤를 흘긋 확인하고는 왔던 길로 빠르게 걷기 시작했다. 그가 옆을 스쳐 지나갈 때까지 멍하니 있던 루는, 뒤늦게 정신을 차리고는 뒤를 돌아봤다. 오르딘 공작은 어느새 복도 끝을 달리고 있었다.

"걱정 마. 여긴 내게 맡겨."

쥬엔이 말했다.

루는 가볍게 고개를 끄덕이고는 오르딘 공작을 향해 달려갔다.

쥬엔은 참담한 기분으로 앞을 노려봤다.

저것들은 아마도 이 연구실에서 만들어 낸 생체 병기들일 것이다. 한때는 인간이었겠지만, 이제는 인간처럼 보이지 않는다. 일그러지고 변색되어 종기로 뒤덮인 피부, 기이한 안광과 뒤틀린 팔다리.

'저런 걸 만들어 내다니.'

그것들은 싸우기도 전부터 죽어 가고 있었다. 아마 이 건물을 나가기 전에 모두 생명이 다하리라.

하지만 머릿속에 입력된 '인간을 죽여라.'라는 명령은 건재한지, 쥬엔을 향해 달려들었다. 쥬엔은 민첩하게 그들의 공격을 피하며 목을 베어 냈다. 뒤늦게 카에의 방에서 나온 쿠반도, "으악! 이건 또 뭐야?"라고 비명을 지른 후, 쥬엔의 싸움에 합류했다.

한 명, 그리고 또 한 명. 그렇게 베어 가던 쥬엔의 팔이 잠깐 멈칫했다. 그 순간 쥬엔의 뒤를 노리고 있던 놈이 달려들었다. 쿠반이 놈의 목을 베어 내며, 다른 팔로 쥬엔의 허리를 잡아 끌어당겼다.

"왜 그래, 쥬엔?"

"비비안……."

"응?"

"저거, 비비안 맞지?"

쥬엔이 단검으로 어딘가를 가리켰다. 단검의 끝이 미미하게 떨리고 있었다.

"어, 그러네."

비비안은 원래의 모습이 많이 남은 상태였다. 하지만 그녀의 왼쪽 육체는 검붉은 종기로 뒤덮여 있었고, 눈에는 생기가 없었다.

"저 계집이 왜 여기에 있는 거지? 오르딘 공작에게 붙어먹으려다가 배신당했나?"

쿠반은 아무렇지도 않게 내뱉었지만, 쥬엔은 마음이 불편했다. 이런 곳에서 아는 얼굴을 보게 될 줄은 몰랐기 때문이다.

쿠반은 쥬엔을 품에 안은 채로 검을 움직이고 있었다. 실패했다고는 해도 움직임이 빠르고 강했다. 언제까지고 회한에 젖어 쿠반의 품에 안겨 있을 순 없었다.

그의 가슴을 밀어내고 비비안을 향해 달려갔다. 그녀는 쥬엔을 알아보지 못하고 팔을 휘둘렀다. 그 팔을 잘라 내며, 쥬엔은 속삭였다.

"미안해, 비비안. 빨리 편하게 해 줄게."

알아들은 건지 못 알아들은 건지는 모르겠지만, 비비안의 눈에서 눈물이 흘러내렸다. 아니, 비비안뿐만이 아니었다. 실패한 생체 병기들 전부가 고통의 눈물을 흘리고 있었다.

쥬엔의 검이 빠르게 비비안의 목을 치고 지나갔다.

오르딘 공작의 뒷모습을 발견하는 순간, 이번에는 망설이지 않고 그를 향해 달려들었다. 검 끝이 그의 등을 뚫고 지나갔다.

"헉!"

이런 공격을 예상치 못한 듯, 그가 짧게 신음을 토해 냈다. 그가 뻣뻣한 고개를 돌려 루를 쳐다봤다.

"넌 대체……."

"기억해? 파믈문 시의 한 상인을?"

"뭐?"

"기억이 안 난다면 짜내도록 해. 파믈문 시, 한 상인의 아름다운 부인을."

오르딘 공작의 눈동자가 흔들렸다.

"헤르단이란 이름의 남자와 로샤라는 이름의 여자가 살고 있었어. 그 두 사람에게는 딸이 하나 있었지. 루엘라인이란 이름의 딸."

"아아, 그 계집의 딸년인가? 살아 있었군."

오르딘 공작이 비릿하게 웃었다. 등을 찔렸으면서도 두려워하는 기색은 없었다.

"어미와 많이 닮았군. 예쁜 계집이었지. 진작 알았더라면 좋았을 텐데."

"당신을 죽일 생각만 하면서 살아왔어."

"오호. 그런데 이걸 어쩌나?"

파아아앗—

뜨거운 기운이 다가오는 게 느껴졌다.

루는 검을 버려두고 몸을 피했다. 불덩어리는 오르딘 공작에게 닿기 전에 방향을 틀었다. 흘긋 보았더니, 복도 구석에 몇 명의 사람들이 모여 있었다. 아마도 마법사들이리라.

그들은 루를 공격하기 위해 주문을 외고 있었다.

"멍청한 계집. 머리가 나쁜 건 제 아비를 닮았나?"

오르딘 공작이 몸을 일으켰다.

"혼자 찾아오다니."

"혼자가 아냐."

"검사 두어 명으로 날 상대할 수 있을 거라고 생각했나? 그럴 리가 없잖아."

오르딘 공작은 루를 비웃고 있었다. 루는 아랫입술을 깨물고 그에게 달려들려 했지만, 무언가가 루의 발목을 붙잡았다. 마법사가 만들어 낸 밧줄이었다.

"제길."

밧줄을 끊어 내자마자 날카로운 얼음 칼날들이 날아왔다.

챙— 채앵—

검을 휘둘러 그것들을 베어 냈다.

마법사가 한 명뿐이라면, 다음 마법을 준비하는 동안 죽일 수 있었을 것이다. 하지만 마법사가 너무 많았다. 공격은 계속해서 날아들었고, 루가 그것들을 상대하는 동안 오르딘 공작은 힘겹게 발을 움직여 마법사들이 모인 곳까지 걸어갔다.

그가 주머니에서 무언가를 꺼냈다. 투박한 모양의 반지였는데, 그것이 붉게 빛나고 있었다.

오르딘 공작의 입가에 미소가 떠올랐다.

"굳이 잡으러 갈 필요도 없었잖아. 놈이 제 발로 여기까지 찾아와 줄 줄이야."

심장이 뚝 떨어지는 기분이었다.

'저 반지가 그 마법 무기란 말이야?'

좀 더 거대하고 대단한 무언가를 상상했다. 하지만 생각해 보면 마법이 담겨 있는 거니, 그 모양은 상관이 없었다.

반지가 빛나고 있는 걸로 보아, 케이가 고대 마법의 봉인을 풀 마법진에 걸린 것 같았다.

오르딘 공작은 반지를 검지에 끼었다.

"자, 어디 보자. 우선 저 계집을 죽이는 걸로 시작해 볼까? 아니지, 일단 한번 맛봐야지."

오르딘 공작과 눈이 마주쳤다.

그가 씩 웃었다.

"검을 내려놓고 내 앞에 와서 옷을 벗어라, 루엘."

그의 목소리가 자신의 이름을 부르는 게 끔찍이도 싫었다. 루는 주먹을 꽉 쥐고 그를 노려봤다.

그에게 굴복하고 싶지 않다. 그것이 아무리 마법의 힘이라도,

제 발로 걸어가 복종하는 것은 싫다.

"이리로 오라니까?"

오르딘 공작이 다시 한 번 말했다.

하지만 루는 한 손에 검을 쥔 채로 그를 노려보고만 있었다.

반지의 마법이 통하질 않자, 오르딘 공작이 의아한 듯 인상을 찌푸렸다.

"아직 완벽하지 않은 건가? 어이, 너. 지금 당장 네 목을 찔러 죽어라."

오르딘 공작이 옆에 있던 젊은 마법사에게 말했다. 마법사의 눈동자가 붉은색으로 빛나더니, 품에서 단검을 꺼내 망설이지 않고 목에 찔러 넣었다. 피가 분수처럼 뿜어져 나오며 마법사가 털썩 쓰러졌다.

다른 마법사들은 동료가 죽는데도 눈 하나 깜빡하지 않았다. 마치 인형처럼 멍하니 그것을 바라보고 있었다.

"잘되는데. 루엘. 이리로 걸어와."

오르딘 공작이 또다시 명령을 내렸다. 하지만 루는 꿈쩍도 하지 않았다.

'아아. 그건가? 대지의 축복을 받아서?'

그 마법이 통하지 않는 이유를, 루는 알 것만 같았다. 라크는 말했다. 대지의 축복을 받은 아이는, 이 땅에 발을 딛고 있는 동안은 무적이라고. 바다로 나가거나 하늘에 떠 있는 게 아닌 이상, 대지의 보호를 받을 거라고.

'그래, 이런 뜻이었구나.'

이제 문제 될 건 없다.

이 검으로 케이를 지킬 수 있다.

검을 단단히 잡은 루의 입가에 서늘한 미소가 번졌다. 그 여유로운 미소를 본 오르딘 공작이, 다급히 마법사들에게 명령했다.

"저 계집을 산산조각 내!"

마법사들이 일제히 마법의 시동어를 읊었다. 그러나 루의 입가에 번진 미소는 지워지지 않았다.

'질 것 같지 않아.'

어둠 속에서 희미한 빛을 찾아냈다. 가만히 집중해, 그 빛의 본질을 알아내기 위해 애썼다.

그것은 강력한 무력화 마법의 파편이었다.

'이게 어디서 시작된 거지?'

케이의 심장을 파괴하려는 마법 속을 부유하는 무력화 마법. 케이는 무력화 마법의 시작점을 찾아내 거기에 자신의 남은 힘을 불어넣었다.

익숙한 느낌이 드는 마력이었다.

'이건 설마…….'

언젠가 한 번쯤, 이 마력과 마주하게 되리라는 생각은 하고 있었다. 하지만 이런 상황에서, 이런 식으로 마주칠 줄은 몰랐다.

'카에.'

어째서일까?

왜 파괴의 마법진을 무력화시키는 마법에서 카에의 힘이 느껴지는 걸까?

답은 곧 나왔다.

'제길. 그런 거였군.'

카에의 배신을 이해할 수가 없었다. 몇 년이 지나도 알 수 없었던 배신의 이유를, 이제야 알게 되었다.

배신이 아니었다.

이것은 계획이었다.

카에의, 어쩌면 선대의 계획.

그녀의 배신은 바로 이 순간을 위한 기나긴 계획의 일부였던 것이다.

오르딘 공작령의 끄트머리, 인적이 드문 그 장소에서 벌어진 일은 갑자기 시작되었다가 갑자기 끝이 났다.

어쩌면 세상을 멸망시킬지도 모를 그 일의 존재를 아는 사람은 많지 않았다.

세상을 지배하려는 붉은빛이 솟구쳐 오르는 순간, 녹색 빛이 붉은빛을 뒤덮었다. 두 빛은 한동안 엎치락뒤치락했으나, 어느 순간 붉은빛이 서서히 약해지나 싶더니 완전히 사라졌다.

털썩—

심장을 파괴하려는 힘을 피하기 위해 힘겨운 싸움을 하던 케이가 바닥에 쓰러졌을 때, 침대에 걸터앉아 있던 카에의 몸도 옆으로 스르륵 쓰러졌다.

그리고 루는, 오르딘 공작의 심장에 검을 꽂아 넣었다.

오르딘 공작은 믿을 수 없다는 듯 눈을 크게 떴다. 흐릿해지는 그의 시야에 마지막으로 비친 것은, 루가 미소 짓는 얼굴이었다.

"케이."

케이가 정신을 차렸을 때, 눈앞엔 라일이 있었다. 케이는 쓴웃음을 지으며 상체를 일으켰다.

"눈을 뜨자마자 보는 게 네 얼굴이라니. 끔찍한 기분이군."

"깨자마자 독설을 날리는 걸 보니 정신은 괜찮은 것 같군요."

"내가 얼마나 기절해 있었지?"

"1시간도 안 됩니다. 갑자기 움직이지 않더니, 갑자기 쓰러졌어요. 죽은 줄로만 알았습니다."

"멀쩡히 살아나서 아쉽겠군."

라일이 피식 웃었다. 쓸쓸한 미소였다.

"붉은빛과 녹색 빛이 격돌하다가 사라졌습니다. 그렇다는 건 아마도 아버지의 계획이 실패했다는 뜻이겠죠."

"그래. 그리고 내 아버지의 계획이 성공했지."

"당신 아버지의 계획이요?"

"아마도. 노친네가 끔찍한 계획을 세웠어."

"끔찍한 계획이라니."

라일이 의아하다는 표정을 지었다.

케이의 짐작이 맞다면, 이건 터무니없이 끔찍한 계획이었다.

카에는 이 계획을 위해 희생했다. 모두의 원망을 받으면서 고독한 세월을 보냈다.

"누이가 한 명 있었어."

그랬다.

카에는 누나였다. 피는 통하지 않아도 케이의 누나나 다름없었다. 선대는 그렇게 카에를 키웠다.

"선대는 오르딘 공작을 막기 위해 내 누이를 희생시켰어. 아마 누이는 죽었을 거야."

케이도 무력화 마법에 힘을 보태기는 했지만 강한 힘을 보태진 못했다. 끊임없이 공격하는 파괴의 마법진을 막아 내느라 정신이 없었기 때문이다.

카에는 무력화 마법진을 완벽하게 만들기 위해 마력을 완전히 폭발시켰을 것이다. 그 육체를 소진해야 할 정도로.

"앞으로 뭘 할 생각이지?"

"글쎄요. 뭘 할까요?"

"나한테 묻지 마."

케이는 중얼거리며 손바닥을 내려다봤다.

"당신은 뭘 할 겁니까?"

"글쎄. 우선 카에를 위해 근사한 무덤을 만들어 주고……."

"대장!"

저 멀리서 쿠반이 달려오는 모습이 보였다. 케이는 손을 내리고 일어섰다.

"루와 결혼을 해야지."

"그렇다면 나는 당신들을 위한 멋진 결혼 선물이나 준비해야겠군요."

"초대 안 할 건데."

"안 해도 갈 겁니다. 사랑하는 여자가 웨딩드레스를 입은 모습을 보는 게 내 꿈이었거든요."

"넌 생각보다 뻔뻔하군."

"아아, 그런 말 자주 듣습니다."

케이는 피식 웃으며 쿠반을 향해 걸어갔다. 라일은 따라오지 않았다. 이제부터는 라일이 할 일이 많아질 것이다. 오르딘 공작의 뒤를 잇고, 그가 해 왔던 짓들을 마무리 지어야 한다. 아마 한동안은 보기 힘들리라.

"대장, 할 얘기가 있수. 카에가 말이야……."

"알아."

"안다고?"

"그래, 알고 있어."

케이는 쿠반의 어깨를 툭툭 두드렸다.

"알고 있어, 쿠반. 카에를 만나러 가자."

라크는 숨이 멎은 카에의 모습을 지그시 응시하다가 그녀의 방에서 나와 루에게로 향했다. 루는 마법사들과 오르딘 공작의 시체 옆에 앉아 있었다.

"기분은 어때?"

라크의 질문에 루가 고개를 들었다.

"이상해."

"기뻐? 슬퍼?"

"잘 모르겠어. 여러 가지 기분이 들어. 하지만 슬프다는 생각은 안 들어."

"정글까지 데려다줄까?"

"아니, 대장과 함께 돌아가고 싶어."

"데려다줄게."

라크가 고집스럽게 말했다. 루는 그런 라크를 빤히 올려다보다가, "기다려."라고 하고는, 마법사들의 몸을 뒤졌다. 종이와 펜을 찾아낸 루가 케이에게 편지를 한 장 써서 오르딘 공작의 시체 위에 올려놨다. 늘 가지고 다니던 검 두 자루도, 그 옆에 나란히 내려놓았다.

"가자, 라크."

라크가 루의 허리를 감싸더니 공중으로 몸을 띄웠다. 둘은 빠른 속도로 날아올랐다.

"순간 이동을 할 줄 알았는데."

"천천히 가자고. 이제 급할 거 없잖아. 아, 저기 반푼이다."

이제는 멀어진 땅에 케이와 쿠반, 쥬엔의 모습이 보였다. 그들은 비밀 연구소를 향해 걸어가고 있었다.

"라크, 무슨 일 있었지?"

루의 질문에 라크가 가볍게 웃었다.

"위대한 드래곤에게 무슨 일이라는 게 있을 리 없지. 다만 인간도 때로는 위대한 일을 한다는 사실을 알게 돼서 놀랐을 뿐이야."

라크는 카에가 해 온 일에 대해 설명했다. 긴 이야기였지만 그렇게 느껴지지 않았다. 루는 단 하나의 목적을 이루기 위해 고독한 삶을 살아온 그녀의 기분을 짐작조차 할 수 없었다.

얼마나 외로웠을까.

얼마나 고되었을까.

얼마나 그리웠을까.

얼굴 한 번 본 적 없는 사람인데도 안타까워서 눈물이 나왔다. 루는 손등으로 눈물을 닦고 정면을 응시했다.

"다들 그녀를 자랑스러워할 거야."

"그래. 그게 그녀가 바란 거였어."

그러고 나서 정글에 도착할 때까지는 대화가 없었다.

그 시간이 불편하지 않았다. 루는 이제 라크가 떠나리라는 것을 느끼고 있었다. 위대한 드래곤과 함께하는 시간도 이것으로 끝이다.

"항상 지켜 줘서 고마워. 등을 떠밀어 줘서 고맙고."

정글이 보이기 시작했을 때, 루가 말했다.

"가끔 이해할 수 없는 행동을 해서 화가 날 때도 있었지만, 그것도 결국 날 위해서 한 행동이겠지."

"글쎄."

"고마워, 라크."

"별말씀을."

"우리 또 볼 수 있을까?"

"어쩌면."

"그때까지 죽지 마."

루의 말에 라크가 화통하게 웃었다.

"내 삶이 얼마 안 남았다고 해도, 인간 애송이보다는 오래 사니까 걱정할 거 없어. 잘 자, 루."

"뭐?"

루의 몸이 축 늘어졌다.

라크는 아마도 이 세계에 마지막일 대지의 아이를 가만히 내려다보았다. 아무리 보아도 질리지 않는 사랑스러운 얼굴이었다. 이 아이를 만나서 다행이다, 라고 위대한 드래곤은 생각했다.

만약 이 아이를 찾지 않았더라면, 인간의 위대함을 알 수 없었으리라. 그 눈부신 희생정신을 알지 못한 채로 무료하고 긴 생을 마감했을 것이다.

'나도 모든 걸 아는 건 아니었군.'

라크가 손가락을 움직이자 루의 모습이 사라졌다.

'잘 지내, 사랑스러운 아이야. 너는 행복할 거야.'

루가 눈을 떴을 때, 익숙한 천장이 눈에 들어왔다.

"라크!"

벌떡 일어나 앉아 주위를 둘러봤다. 라크의 기척은 느껴지지 않았다. 드래곤이 떠난 것이다.

"잠을 재우고 가 버리다니. 너무해."

루는 투덜거리며 침대에서 내려왔다.

이 성을 떠난 지 얼마나 되었을까. 날짜를 세어 보지 않아 모르겠다. 체감상으로는 굉장히 오래 지난 것 같은 기분이지만, 사실 그리 오랜 시간 떠나 있지는 않았다.

"다들 뭘 하고 있을까?"

케이가 명령을 한 대로 병사들을 모아 방어 체계를 구축하느라 바쁠 것이다.

"다들 놀라겠지."

루가 방에서 나왔을 때, 복도는 조용했다.

순간 혼자 남겨진 것 같은 쓸쓸한 바람이 가슴을 스치고 지나갔다. 루는 천천히 긴 복도를 걸었다.

"저기, 루엘?"

문득 뒤에서 들려오는 소리에 걸음을 멈추고 돌아봤다.

놀란 듯 눈을 동그랗게 뜬 니아를 보며, 루는 미소 지었다.

"니아, 나 돌아왔어."

* * *

케이와 쿠반, 쥬엔이 귀환한 것은 루가 돌아오고도 한 달이 흐른 후였다.

전쟁할 필요가 없어졌다는 와칸의 선포에, 타우아문의 사람들은 제각각 자신들의 할 일을 찾는 중이었다. 땅을 개간하려는 사람들도 있고, 장사를 하려는 사람들도 있고, 군대에 남은 사람들도 있었다.

"잠깐 산책 좀 하고 올게요."

성안에 아무렇게나 자란 나무를 베고 있는 와칸에게 말하고, 성 밖으로 나왔다. 치렁치렁한 드레스는 아무리 입어도 익숙해지질 않는다.

단원들이, "여자라면 역시 드레스지!"라고 닦달하는 바람에 어쩔 수 없이 입고는 있지만, 기회를 봐서 성안에 존재하는 드레스를 다 태워 버리든가 해야겠다.

'다들 언제 돌아오려나?'

라크가 순간 이동을 시켜 준 덕분에 오르딘 공작령까지 다녀오는 데는 오랜 시간이 걸리지 않았다. 하지만 따지고 보면 오르딘 공작령은 수도의 북쪽에 위치해 있다. 기차를 타도 한참이 걸리는 거리다.

'대장이 마법을 사용해서 날아올 줄 알았는데.'

케이가 보고 싶었다.

오르딘 공작을 향한 원망과 복수심이 떨어져 나간 가슴 한구석은 휑한 구멍이 뚫려 있었다. 어린 시절부터 함께 해 온 몸의 일부를 잃은 것처럼 허전한 기분이다.

하지만 루는 그 공허함이 오래 가지 않으리라는 것을 알고 있었다. 이제 루의 앞을 막는 것은 없다. 루를 죽이기 위해 눈을 빛내는 사람도, 루가 죽이고 싶은 사람도 없다.

남아 있는 사람들은, 루가 사랑하는 사람들뿐이다.

그리고 이 뚫린 공간은, 케이가 넘치도록 채워 줄 것이다.

이제는 익숙해진 정글을 타박타박 걷던 루는, 기척을 느끼고는 걸음을 멈췄다. 정면을 응시하는 루의 입가에 옅은 미소가 번졌다.

하지만 그것도 잠시.

루는 달리기 시작했다.

은빛 머리카락을 흩날리는 내 주인, 내 사랑하는 남자를 향해서.

〈완결〉

# 번외

주아는 루엘을 사랑했지만 케이는 싫었다.

검은 머리에 피처럼 붉은 눈동자를 가진 이 인간 남자는 주아를 너무도 귀찮게 했다.

"얘기 좀 하지, 주아."

인간들 사이의 큰 싸움이 끝난 후 세 달이 흘렀다.

인간들이 성을 재건하느라 바쁜 와중에, 인간들의 대장인 이 남자는 한가롭게 주아를 괴롭혔다. 틈만 나면 주아와 얘기를 하려고 드는 이 남자가, 주아는 귀찮아서 견딜 수가 없었다.

"크르릉."

그래서 귀찮음을 한껏 담아 으르렁거렸더니, 케이가 빙그레 웃었다.

"그래, 너도 심심했나 보구나."

주아는 전혀 심심하지 않았다.

아침을 든든히 먹었으니, 소화도 시킬 겸 숲에 나가 위험해 보이는 산짐승을 사냥할 예정이었다.

"그럼 그늘로 가서 얘기할까?"

케이가 몸을 돌린 틈을 타서 주아는 성문을 향해 돌아섰다. 하지만 땅을 박차기도 전에 캥, 소리를 내며 넘어졌다.

케이의 마법이 주아의 발목을 붙들었기 때문이다.

"크르르르."

다시 한 번 위협적으로 으르렁거리자, 케이가 말했다.

"그쪽이 아니라 이쪽이야. 앞이 잘 안 보이나?"

이 인간 남자와는 말이 안 통한다. 물론 모든 인간과 말이 안 통하긴 하지만, 이토록 주아의 기분을 몰라주는 인간도 처음이다.

주아는 어쩔 수 없이 케이의 뒤를 따라 그늘로 향했다.

바닥에 털썩 앉은 케이가 주아의 머리를 쓰다듬었다. 인정하고 싶진 않지만, 케이의 쓰다듬는 손맛은 최고였다.

"성은 이제 안정되어 가고 있어. 슬슬 프러포즈를 해야겠지."

영특한 주아는 '프러포즈'가 무엇인지 알고 있었다.

인간들이 성교 행위를 공적으로 인정받기 위해 하는 절차 중 하나.

"나는 프러포즈를 해 본 적이 한 번도 없어."

보통 프러포즈를 여러 번 하는 남자는 없을 거라고, 주아는 생각했다.

"루엘은 말이야."

좋아하는 루엘의 이름이 나오자, 축 늘어져 있던 주아가 고개를 들고 귀를 쫑긋 세웠다.

"고생을 했어. 어릴 때 부모님을 잃고 흉측한 외모로 거리에 살면서 고되게 살았지. 지금은 괜찮아졌다고 하지만, 아닐 거야. 가슴에 콱 박힌 슬픔은 그리 쉽게 사라지는 게 아니야. 알지?"

주아는 알겠다는 듯 고개를 끄덕였다.

"그래, 그래서 말이야. 그런 것들을 다 잊을 만큼 근사한 프러포즈를 해 주고 싶어. 그런데 생각나는 게 없어, 주아. 뭐 괜찮은 아이디어 좀 없을까? 넌 생각나는 거 없어?"

생각나는 게 있을 리 없다.

늑대들에게 프러포즈는 크게 중요한 문제가 아니니까.

"대장, 여기서 뭐하슈?"

쿠반의 목소리가 들려왔다.

"아아, 쿠반인가."

케이는 주아의 앞에서 행동할 때와 인간들 앞에서 행동할 때가 달랐다. 주아가 인간이었더라면 이런 모습을 보고 하하하 웃었을 것이다.

하지만 주아는 웃을 수가 없기에, 나지막하게 으르렁거리기만 했다. 비웃음을 한껏 담아서.

"한가로우시구만. 우리는 다들 일하느라 정신이 없는데. 개 옆에 끼고 노닥거리니 참 좋으시겠수다."

이 몸은 개가 아니라 긍지 높은 흰 늑대라고 말해 주고 싶었지만 말을 할 수 없는 주아였다. 그래서 콧등을 찡그리고 크르릉거렸더니, 쿠반이 킬킬 웃었다.

"그래, 그래. 너 개 아냐. 늑대지, 늑대."

주아는 가끔 이 남자가 말을 알아듣는 것 같다는 생각이 들 때가 있었다. 하기야 생긴 것도 짐승 같은 것이, 알아듣는다고 해도 놀라지 않을 것이다.

"너, 방금 속으로 내 욕했냐? 엉? 요 녀석! 짐승은 누가 짐승이야? 엉?"

쿠반이 주아의 꼬리를 잡아당기다가 케이에게 한 대 맞았다.

"루엘이 아끼는 개다. 괴롭히지 마."

개가 아니라 늑대라고!

주아는 역시 이 인간들이 싫었다.

"주아."

어딘가에서 루엘의 음성이 들렸다.

주아는 벌떡 일어났다.

"주아."

달려가려는 주아를, 케이가 불렀다.

주아는 잠깐 멈춰 서 케이를 돌아봤다.

"나랑 한 얘기, 루엘에게는 하지 마."

걱정 안 해도 할 방법이 없다는 걸, 저 바보 팔불출 인간은 모르는 걸까?

주아는 "컹!"하고 짖어 주고는 루엘을 향해 달려갔다.

주아가 사라지자, 쿠반이 주아가 앉아 있던 자리에 앉았다. 전쟁은 끝났지만 쿠반은 여전히 전투태세였다. 그건 케이도 마찬가지인지라, 케이의 품에는 수십 가지의 마법 도구들이 감춰져 있었다.

"대체 주아랑 무슨 얘기를 한 거유?"

"넌 몰라도 된다. 타우아문 상황은 어떻지?"

"뭐, 일단 건물들은 재건축이 끝났고, 주민들의 수를 파악하고 있수. 아직까지는 사이좋게들 지내는데, 각 부족들마다 개성이 강해서 언젠가는 싸움이 일어나지 않을까 걱정되는 부분도 있고요."

"싸움이 일어나면 제압하면 그만이지."

"그런데 말이우, 대장. 루랑 결혼은 안 하우?"

"해야지."

"대장 돌아오면 바로 할 줄 알았는데, 뭐하는 거유? 이러다가 루 놓치고 후회할 게 뻔하우."

"루를 놓친다고? 이 내가?"

"그렇게 잘난 척할 게 아니우, 대장."

케이가 위협적으로 되물었지만 쿠반은 전혀 두려워하는 기색이 없었다.

"루, 못 봤수? 드레스를 입은 루는 이 대륙에서 최고라고요. 조만간 루에 대한 소문이 대륙에 쫙 퍼질 거고, 루 한번 보겠다고 찾아오는 사내놈들도 늘어날 거고, 개중에는 대장보다 잘생기고 강하고 돈 많은 놈도 있을 거란 말이우. 그때가 되면 대장은 버림받는 거지, 뭐."

쿠반의 말에는 틀린 게 없었다.

루는 정말이지, 심장이 콱 죄여 올 정도로 아름다웠다.

남장을 하고 있을 때도 늘 아름답다고는 생각했지만, 머리를 조금 기르고 드레스를 입은 루는 숨이 막히도록 아름다웠다.

간혹 머리카락이 흘러내리면 귀찮다는 듯 손가락을 사용해 귀 뒤로 넘기는데, 그 모습이 어찌나 사랑스러운지. 때와 장소도 잊고 덮칠 뻔한 적이 한두 번이 아니었다.

루는 왜 그리 예뻐서 사람을 불안하게 만드는 걸까?

불현듯 루가 보고 싶었다.

케이는 벌떡 일어났다.

"뭐야, 나랑 대화하다 보니 갑자기 루가 보고 싶어졌수? 이래서야 누가 주인이고 누가 개인지 모르겠네."

케이의 마음을 읽은 듯, 쿠반이 뒤에서 야유했다.

"시끄럽다, 쿠반."

케이는 작게 내뱉고는 루가 있는 정원으로 향했다.

"아하하하. 간지러워, 주아."

루의 웃음소리가 들려왔다. 주아와 정원에서 뒹굴고 있을 루를 떠올리자, 케이의 입가에도 미소가 맺혔다.

"으아, 대장. 왜 그렇게 기분 나쁘게 웃고 계세요? 또 누구 죽일 생각을 하고 계시는 거예요?"

유진의 목소리가 행복한 상상을 깨뜨렸다.

하여간 이놈의 부하들은 하나같이 버르장머리가 없다.

케이는 인상을 찌푸리고 유진을 노려봤다. 유진이 검지로 안경을 추켜올리며 말했다.

"알아요, 알아. 보나 마나 루 생각을 하셨겠죠. 대장이 그렇게 웃을 땐 루 생각을 할 때밖에 없으니까. 하지만 말입니다, 대장. 대장은 그걸 아셔야 돼요. 대장의 웃는 얼굴은 저 같은 일반인한테는 너무 무서워요."

"유진……."

"아, 맞다. 대장한테 드릴 말씀이 있어서 왔어요."

유진이 정원 쪽을 흘끗 쳐다본 후, 케이의 옷자락을 붙잡아 끌어당겼다.

"들어가서 얘기해요, 대장. 루가 들으면 안 되니까."

회의실에 들어간 유진이 커다란 탁자 위에 두꺼운 책을 올려놨다. 책을 펼친 유진이, "이쯤에 있었는데."라고 중얼거리며 무언가를 찾았다.

"아, 여기다."

유진이 책을 케이 쪽으로 돌렸다.

"이거요, 대장."

누런 종이에 그림이 그려져 있었다.

"인어의 눈물?"

파랗고 커다란 보석 그림 아래에는 '인어의 눈물'이라는 명칭이 쓰여 있었다.

"300년 전부터 자취를 감췄다는, 전설적인 보석이에요. 인어들이 눈물을 흘릴 때마다 그 눈물이 바다에 가라앉아, 어느 한곳에 모이게 된대요. 모이고 모여서 농도가 짙어지고, 그러다가 어느 순간 보석이 된다고 합니다. 손톱만 한 보석 하나가 만들어지는데 걸리는 시간은 천여 년. 그래서 인어의 눈물이라는 보석 자체가 세상에 나오는 일이 거의 없대요."

"눈물이라니. 어감이 안 좋군."

"자고로 인어의 눈물은 치유 효과가 있다는 속설이 있어요. 눈물 한 방울이면, 그 어떤 상처도 다 낫는다고들 하죠. 그리고 이 인어의 눈물이라는 보석은, 영원한 사랑을 상징한대요."

"영원한 사랑?"

"네. 지상에 나온 인어의 눈물은, 인어가 흘린 기쁨의 눈물이 모여서 만들어진 것. 슬픔의 눈물은 가라앉아서 인간들이 결코 찾을 수 없다고 하더라고요. 천여 년에 한 번씩 바다 위로 부유하는 이 인어의 눈물이란 보석은, 기쁨의 눈물로 만들어졌기에 가능한 거고요."

"흐음."

"가지고 있는 사람에게 사랑과 기쁨과 평안을 선물해 준대요. 게다가!"

유진이 씩 웃었다.

"루의 눈동자와 같은 푸른색이죠."

그제야 케이는 유진이 무슨 말을 하려는지 깨달았다.

"그렇군. 이걸로……."

"근사한 프러포즈를 하세요, 대장. 영원한 사랑을 맹세하는 거예요."

케이는 다시 한 번 책을 들여다봤다.

좋은 생각이었다.

루에게 단 하나뿐인 선물을 주고 싶었다. 그 어느 여자도 넘볼 수 없는 가장 아름다운 보석을, 루만이 소유하게 만들어 주고 싶었다.

게다가 루의 눈동자와 같은 푸른색이라니.

"그래도 루엘의 눈동자가 더 아름답지."

자각하지 못하고 중얼거리는 케이의 말에 유진이 고개를 절레절레 저었다.

'내 대장은 바보 팔불출이 됐어.'

"그래서…… 이건 어디에 있지?"

케이가 고개를 들어 유진을 보며 물었다.

"대장, 제 말 기억 안 나세요? 자취를 감췄다니까요?"

"하지만 행방을 찾았으니 나한테 이걸 가지고 온 거 아냐?"

"행방을 찾기까지 한 건 아니고요. 뭐랄까, 대충 추리는 해냈는데 확실치는 않아요."

"말해 봐."

"통곡의 골짜기."

유진의 대답에 케이가 미간을 좁혔다.

통곡의 골짜기.

자주 들어 본 이름이었다.

대륙의 북쪽 땅 끄트머리에 위치한, 하펜 산맥. 그 어딘가에 있는 골짜기 이름이 통곡의 골짜기였다.

하펜 산 근처의 기온은 무척 낮다. 인간이 오랫동안 견딜 수 없을 정도의 추위 때문에, 그 근처는 잘 알려지지 않았다.

북쪽 땅에 있는 야만족의 나라에서도 한참 떨어진 곳에, 하펜 산이 있었다.

"마지막으로 소유하고 있던 자가 통곡의 골짜기로 떠났다고 들었어요. 그래서 그쪽에 있을 거라는 소문은 있는데, 워낙 추운데다가 산세가 험해서, 찾아볼 엄두도 내지 못하나 봐요. 진짜로 거기에 있을지, 없을지 모르니까 목숨을 걸어 가며 찾아볼 수는 없는 거죠."

"흐음."

"원래 북쪽 땅을 정벌해서 거점으로 삼을 생각이었잖아요. 겸사겸사 올라가 보는 게 어때요?"

"선대가 통곡의 골짜기에 대해서 자주 얘기해 줬지."

"오래전 마법 전쟁이 일어났을 때, 몇몇 마법사들이 그쪽으로 도망쳤죠. 그래서 만들어 낸 게 통곡의 골짜기."

"그래, 그 추위는 마법으로 만든 추위야. 그것도 마법의 힘이 강했을 당시의 마법사들이 만들어 낸 추위."

"지금 대장은."

"그래."

케이는 씁쓸한 표정으로 자신의 손을 내려다봤다.

"마력이 거의 사라져 가고 있지."

오르딘 공작과의 싸움 후, 케이는 마력이 점점 사라져 가고 있음을 느꼈다.

카에가 만들어 낸 마법진을 구동시키기 위해서는, 케이도 큰 마력을 쏟아부어야 했다.

마법을 사용한 후에는 곧장 마력이 채워지곤 했는데, 그 싸움 이후에는 그러지 않았다. 집중을 해야만 미미한 마력을 붙들어 둘 수 있었다.

마법이 사라지는 시대.

드래곤도, 몬스터도, 그저 이야깃거리 중 하나가 되어 버린 시대.

마지막 남은 마법사 케이의 마법도 완전히 사라지려 하고 있었다.

그리고 아마 언젠가는 마법 역시도 흥미로운 이야깃거리 중 하나로 전락하고 말 것이다.

전설 중의 하나, 재미있는 거짓말 중 하나가 되어 버리겠지. 그리고 또 언젠가는 마법이라는 말이 농담으로도 입에 오르지 않는 시대가 오겠지.

"이 힘으로는 과거의 마법사들이 만들어 낸 것들을 이기지 못할 거다."

"그럼 포기하게요?"

"아니."

케이는 주먹을 꽉 쥐었다.

"이 힘이 완전히 사라지기 전에 북쪽 땅과 인어의 눈물을 손에 넣어, 루에게 선물로 주겠어."

루에게 세상을 주고 싶었다.

어린 날 부모를 잃고 외로운 나날을 보내왔던 그녀에게, 이 세상 전부를 안겨 주고 싶었다.

"북쪽 땅으로 올라가면서 남아 있는 마법 무기들을 찾도록 하자. 과거의 마법사들이 만들어 낸 무기라면, 약간의 마력을 불어넣는 것만으로도 큰 힘이 될 거다."

유진의 표정이 환해졌다.

남쪽의 더운 땅에서만 머무는 것도 지겨웠을 것이다. 유진뿐 아니라 다른 부하들도 마찬가지이리라.

"언제 출발할까요?"

신난 표정으로 묻는 유진에게, 케이는 대답했다.

"내일."

*　　*　　*

아주 오랜만에 토스카, 아니, 이제 티그리스로 돌아온 단원들이 모여 회의를 했다.

토벌의 이유가 단지 '루엘에게 프러포즈 선물을 해 주기 위해'라는 것이 단원들을 어이없게 만들었지만, 단원들은 '이제 대장은 팔불출이 되어 버렸으니 어쩔 수 없지.'라는 마음가짐으로, 진지하게 회의에 임했다.

다들 한곳에 안주하는 것을 싫어하는 성격이기에, 이 지역을 벗어나 다른 곳으로 간다는 사실에 적잖이 흥분하고 있었다.

물론 이것은 루를 위한 깜짝 선물이기 때문에, 이 자리에는 루가 없었다. 토벌을 갈 때도 루는 남겨 두고 가기로 했다. 위험한 일에 루를 데리고 갈 수 없다는 케이의 주장 때문이었다.

루가 평범한 여자였다면, 다들 케이의 생각에 동의했을 것이다. 하지만 루는 평범한 여자가 아니었다.

케이의 마력이 거의 사라져 가는 지금, 이 지역에서 가장 강한 사람은 루일지도 몰랐다.

하지만 단원들은 대장을 아꼈기에, 구태여 그 사실을 지적하지 않았다.

"루는 눈치가 빠릅니다, 대장. 멀리 떠나는 것에 대해서 어떻게 속일 생각이십니까?"

와칸이 물었다.

케이는 이미 생각해 뒀다는 듯 곧바로 대답했다.

"지금부터 루와 마주치지 마. 내일 새벽, 곧바로 떠난다."

"먼 길 가는데 루한테 말도 안 하고 가겠다고요?"

텐치가 황당하다는 표정으로 말했다.

바보 팔불출 대장이 된 케이는, 부끄러운 기색도 없이 옅은 미소를 지으며 덧붙였다.

"그래, 니아도 마주치지 마라. 눈이 보이게 된 후로, 사람 마음을 읽는 것 같으니까."

나즐은 시무룩한 표정으로 쭈그리고 앉아 있다가 말했다.

"알리, 대장이 바보가 됐다는 사실에 대해 어떻게 생각해?"

"원래 사랑에 빠지면 바보가 된다더라. 쿠반도 바보가 됐잖아."

"하긴. 쿠반도 쥬엔한테 콱 잡혀 살지."

"그렇게 다들 바보가 되어 가는 거야."

"난 안 그럴 거야."

"흐응, 그래? 못 믿겠는데."

"정말이야. 계집 따위에게 콱 잡혀 사는 꼴이라니. 절대 싫어."

"뭐가 그렇게 싫어, 나즐?"

뒤에서 들려오는 상냥한 음색에, 나즐이 사색이 되어 벌떡 일어났다.

"니아."

"표정이 왜 그래? 내 욕하고 있었어?"

니아가 눈을 가늘게 뜨고 다가왔다. 나즐이 뒷걸음질을 치며 어색하게 웃었다.

"그럴 리가. 내가 네 욕을 할 이유가 없잖아."

"그건 그렇지만 뭔가 숨기는 표정인데."

"하하하하. 아냐, 그런 거. 지금은 사내들의 이야기를 하고 있었어. 그치, 알리?"

당혹한 나즐을 보며, 알리는 속으로 혀를 찼다.

자신은 절대로 안 잡혀 살겠다고 했지만, 니아를 대하는 나즐을 보면 누구보다도 잡혀 살 것처럼 보였다.

*—니아의 마음을 못 읽겠어. 왜지? 예언가라 그런가?*

나즐이 혼란스럽다는 표정으로 니아에 대해 이야기를 해 온 것이 한 달 전의 일이었다.

타인의 마음을 읽을 수 있는 나즐이기에, 아무것도 못 읽는다는 사실이 당혹스러운 듯했다. 그 후부터 나즐은 니아에게 신경을 쓰기 시작했다.

그리고 최근, 나즐은 니아와 마주치면 안절부절못하며 시선을 똑바로 마주치지 못하게 되었다.

'그래, 사랑은 다 그런 식으로 시작하는 거지. 처음에는 신경이 쓰이다가 어느새 정신을 차리고 보면, 콱 붙잡혀 있는 거야.'

알리는 속으로 웃으며 즐거운 기분으로 두 사람의 모습을 지켜봤다.

대장 앞에서도 제멋대로 구는 나즐이건만, 니아의 앞에서는 잘 길들여진 고양이처럼 굴었다. 니아가 잘만 말하면 배를 까뒤집고 누워서 가르릉거리지 않을까 싶을 정도였다.

“다들 여기 있었네요.”

루의 목소리에, 이번에는 알리까지도 긴장하고 말았다.

큰일이다.

오늘은 루와 마주치면 안 되는데.

사실 루에게 약한 것은 게이뿐만 아니었다. 티그리스의 단원 전부가 루에게 약했다.

남장을 벗어던지고 드레스를 입기 시작한 루는, 정말이지 눈이 시리도록 아름다웠다. 루의 푸른 눈동자는 더욱 푸르게 빛난 나머지, 상대의 속을 꿰뚫어 보는 것처럼 보이기까지 했다.

처음부터 드레스를 입었더라면 이토록 큰 충격은 아니었겠지만, 남자인 루에게 익숙해진 단원들이기에 허름한 남성용 의복과 드레스 사이에 큰 갭을 느낄 수밖에 없었다.

알리는 처음부터 루가 여자라는 걸 알고 있었지만, 그래도 역시 드레스를 입은 차림은 예쁘고 고와서, 마주 보면 마음이 약해진다.

루가 무언가를 물어보면 다 털어놓게 될 것이다.

‘결국 티그리스의 실세는 대장이 아니라 루인 거야.’라고 생각하며 나즐을 돌아봤더니, 나즐도 비슷한 생각을 하고 있는 듯했다.

'일단 도망치자.'

나즐이 눈빛을 보내왔기에, 둘은 뒤도 돌아보지 않고 황급히 그 자리를 떠났다.

부리나케 도망치는 둘의 모습에, 루가 인상을 찌푸렸다.

"니아, 나즐이랑 알리, 무슨 일 있어?"

니아의 입가에 옅은 미소가 떠올랐다.

"글쎄요. 뭔가 굉장한 걸 계획하고 있는 것 같아요."

* * *

이런저런 해프닝이 있기는 했지만, 그래도 무사히 출발했다.

북쪽에 다녀올 동안, 이 땅의 운영은 히센이 맡기로 했다.

쥬엔과 루, 니아에게는 그들이 떠나고 나서 며칠 지난 후에 히센이 알리기로 했다.

히센은 루에게 이런 사실을 알리기가 무섭다고 했지만, 케이는 가차 없었다.

"나도 무섭다."라고, 케이는 말했다.

"그러니까 우리가 중간에 루에게 따라잡히지 않도록, 최대한 늦게 말해 주도록 해. 알겠나?"

그렇게 말하고 타우아문의 땅을 떠난 지 4시간이 지났다.

정글을 벗어나려면 아직 멀었다.

12시간 정도는 쉬지 않고 달린 후에, 야영을 할 예정이었다.

다들 커다란 배낭을 등에 하나씩 메고 달렸다. 말 세 마리는 커다란 짐마차를 끌었다. 긴 여행에 필요한 요리 도구와 식량이 실린 소중한 짐마차였다.

짐마차를 끄는 말을 타고 달리는 사람은 휴이였다.

세 마리가 끌고 있다고는 하지만 무거운 짐마차이기에, 아무래도 가장 뒤에서 달리게 되었다.

점심도, 저녁도 먹지 못할 상황이 슬프다고 생각하며 달리는데, 뒤에서 목소리가 들려왔다.

"그런데요. 다들 어딜 이렇게 급히 가는 겁니까?"

"으아아아악!"

생각지도 못한 사람의 목소리이기에, 휴이는 창피하게도 비명을 지르고 말았다.

앞서 가던 일행들이 말을 멈추고 뒤를 돌아봤다.

남자답지 못하게 비명을 지른 휴이를 놀려 줄 준비를 잔뜩 했던 일행도, 휴이와 똑같이 비명을 지르고 말았다.

"우와아아아앗!"

비명을 지르지 않은 사람은 케이가 유일했는데, 대신에 케이는 하얗게 질려 있었다.

짐마차를 덮은 천막에서 얼굴만 빠끔 내민 루가 미간을 좁혔다.

"왜들 그렇게 놀라십니까?"

"너 때문에!"

쿠반이 버럭 외쳤다.

"너! 너! 너! 너 때문에 놀라는 거잖아, 지금! 네가 왜 여기 있는 거냐? 엉?"

"다들 은밀하게 움직이고 있기에, 수상쩍어서 뒤를 밟았는데요."

"은밀하게 움직인다는 건 너한테도 말하고 싶지 않다는 거잖아! 계집이라면 조신하게 방에 앉아 있어야지, 어딜 뒤를 밟고 따라오고 야단……."

빠악—

쿠반의 뒤통수를, 케이가 후려쳤다.

"내 개에게 언성 높이지 마라, 쿠반."

쿠반이 콧등을 실룩거렸다.

"내 개는 무슨. 남들 눈에는 대장이 루의 개처럼 보인다는 거 모르우?"

"시끄러, 쿠반."

케이가 짐마차 옆으로 말을 몰았다.

"루, 우리가 떠나는 건 어떻게 알았지?"

"들렸습니다."

루가 귓가를 톡톡 두드렸다.

케이는 한숨을 삼켰다.

루의 귀가 남들보다 밝다는 걸 깜빡했다.

남의 말을 엿듣지 않으려고 노력하고 있긴 하지만, 말발굽 소리나 마차 바퀴 돌아가는 소리는 다 듣고 있었을 것이다. 저절로 들릴 테니까.

"어디 가시는 거예요?"

루가 물었다.

케이는 그 푸른 눈동자를 똑바로 볼 수 없어서, 시선을 피하며 말했다.

"나들이."

"……말도 안 되는 소리하지 마시고요."

"이 녀석들이 소풍을 가고 싶다고 하더군."

"그래서 이렇게 완전 무장을 하고, 몇 안 되는 마법 무기도 싣고, 해도 뜨지 않았는데 은밀히 떠나오신 겁니까?"

"그래. 이게 이번 소풍의 목적이니까."

"그런 바보 같은 거짓말이 통할 거라고 생각하시는 건 아니겠죠?"

루가 차갑게 말했다.

케이는 도움을 청하기 위해 부하들을 돌아봤다. 그러자 충성스러운 부하들은 최대한 빠르게 시선을 피했다.

저것들이 진짜.

케이는 중요한 순간에 자신을 버리는 부하들의 얄팍한 충성심에 감탄하며, 루를 향해 애써 근엄한 표정을 지었다.

"루엘, 나는 네 주인이다. 지금 내가 하고자 하는 일에 대해 꼬치꼬치 캐묻는 건가?"

"네, 꼬치꼬치 캐묻는 중입니다. 주인님."

루가 케이를 똑바로 응시하며 정중한 어조로 비아냥거렸다.

케이는 다시 부하들을 돌아봤다.

누구라도 나서서 루의 버릇없음을 꾸짖어 주길 바랐지만, 다들 흥미진진한 눈으로 구경만 하고 있었다.

이곳에 케이의 편은 아무도 없었다.

"북쪽에."

결국 케이는 항복했다.

"북쪽엔 왜요?"

"토벌하러."

"토벌이요? 갑자기 토벌은 왜요?"

"그냥."

"그냥?"

"심심해서."

"흐음."

루가 케이를 지그시 응시했다.

티그리스 단원들은 자신들의 대장이 엄마에게 혼나는 아이처럼 어깨를 축 늘어뜨리고 있는 게, 그저 재미있을 뿐이었다.

"그런 거라면 저도 가겠습니다. 출발하시죠."

루가 말했다.

"아니, 넌 안 돼."

"왜요?"

"가서 타우아문을 관리하도록 해. 그게 네가 할 일이다."

"그게 제가 할 일이라고, 누가 정했죠?"

"내가."

"아니요, 틀렸습니다. 난 당신의 개입니다, 케이. 개는 주인을 지키죠."

"개는 집을 지켜야지."라고, 케이가 웅얼웅얼 말했다. 하지만 루가 눈썹을 추켜올리며, "뭐라고요?"라고 되묻자, 케이는 어색하게 웃으며 고개를 저었다.

"아니, 아무 말도 안 했다."

케이의 시선이 와칸에게 향했다.

와칸은 자신의 대장이 한 여자의 순종적인 강아지가 되어 야단맞는 모습을, 흥미롭게 지켜보는 중이었다.

케이의 눈동자에 '도와줘. 날 도울 사람은 너뿐이다.'라는 기색이 묻어 나왔다.

'이러니저러니 해도 나의 대장이니 도와 드려야겠지.'라고 생각한 와칸이, 입을 열려고 할 때였다.

루가 고개를 홱 돌려 와칸을 노려봤다.

푸른 눈동자가 와칸에게 경고했다.

'날 두고 갈 생각이라면 관둬요, 와칸.'

와칸은 흠칫했다.

와칸이 케이에게로 시선을 옮겼다.

케이의 눈동자가 강하게 말하고 있었다.

'넌 날 도와야 한다, 와칸. 내가 네 대장이야.'

옳으신 말씀이다.

케이에게서 마력이 많이 사라지기는 했지만, 와칸은 여전히 케이를 존경했다.

케이가 모든 힘을 잃더라도, 그는 와칸의 영원한 대장이었다.

그러나.

'루가 너무 사나워졌어. 무서워.'라고 생각하며, 와칸은 입을 열었다.

"이대로 가는 게 좋겠습니다, 대장. 루는 도움이 될 테니까요."

* * *

루는 케이의 말로 옮겨 탔다.

케이는 앞에 앉은 루의 몸을 감싸듯 두 팔을 뻗어 고삐를 잡고 있었다.

그의 체온이 등으로 전해져서, 말을 타고 달리는 중인데도 야릇한 기분이 들었다. 오랜만에 남자들이 입는 옷을 입어서 그런지, 옛날로 돌아간 느낌이었다.

문득 목덜미에 따스한 숨결이 느껴졌다.

케이가 루의 어깨에 얼굴을 올려 두고 있었다.

"루엘, 넌 정말 날 곤란하게 만들어."

케이가 나직하게 속삭였다.

귓가에서 들리는 그 낮은 음성이 소름 끼치게 감미로웠다.

루는 침을 꿀꺽 삼키며 입술을 열었다가 닫았다. 그의 혀가 루의 귓불을 핥았기 때문이다.

하마터면 사람들 앞이라는 것도 잊고 신음을 흘릴 뻔했다. 간신히 신음을 삼키는데, 그의 입술이 루의 목덜미를 지그시 눌러왔다.

"케이, 지금 둘만 있는 거 아닙니다."

작은 목소리로 말했다. 하지만 케이는 들리지 않는다는 듯, 계속해서 루의 목덜미를 애무했다.

그의 뜨거운 입술이 낙인을 찍듯 루의 목을 누르고, 간혹 그의 혀가 간질이듯 목덜미를 핥았다.

루는 비명을 지르고 싶어졌다.

이 남자, 대체 무슨 생각일까? 부하들 앞에서 부끄럽지도 않은가?

하지만 여기서 반응을 보이면, 케이는 더 즐거워하면서 루를 괴롭힐 것이 분명했다. 그래서 루는 참고, 또 참았다.

케이가 고삐를 쥐고 있던 손을 루의 가슴 위로 가져다 대기 전까지는.

그의 커다란 손이 루의 가슴을 쥐는 순간.

"케이!"

루가 버럭 외쳤다.

말이 깜짝 놀라, "히잉!"소리를 내며 앞발을 들었다.

체중이 뒤로 쏠리며 떨어질 뻔했지만, 케이가 단단히 버티고 있어서 낙마는 면할 수 있었다.

뒤를 따라오던 단원들이 놀라서 말을 멈췄다.

"왜 그래, 루?"

"무슨 일이야?"

"적이냐?"

제각각 들려오는 음성에, 루는 얼굴을 붉히고 고개를 돌려 케이를 노려봤다. 이 모든 상황의 주범인 케이는 뻔뻔하게도, 아무것도 모른다는 표정을 짓고 있었다.

'때릴까?'

루는 진지하게 고민했다.

참으로 동경해 왔던 남자다. 그리고 가슴 깊이 사랑하는 남자다.

사랑이 이루어진 지금도 그 마음은 변치 않았다.

오래전부터 가슴에 담고 있던, 저 붉은 눈동자를 향한 열망은 여전했다.

하지만!

때려 주고 싶다, 진심으로.

"왜 그래, 루엘? 무슨 문제 있나?"

케이가 물었다.

'어쩌지? 진짜로 때려 주고 싶은데?'

루는 일생일대의 고민에 빠졌다.

주위를 둘러보니, 다들 걱정스러운, 혹은 의아한 눈으로 이쪽을 보고 있었다.

'그래, 참자. 부하들 앞이니까.'

루는 작게 한숨을 내쉬고는 말했다.

"아니요, 아무 문제없습니다."

"그래. 그럼 다시 출발하지."

"아니요. 좀 쉬었다가 가시죠."

쉬어야 할 만큼 몸이 고된 것은 아니었다.

하지만 루는 해야 할 일이 생겼다.

드레스를 벗고 남자 옷을 입기는 했지만, 가슴을 감추는 압박 조끼는 입지 않았다. 여자라는 걸 감출 필요가 없기 때문이었다.

하지만 생각이 바뀌었다.

가슴을 압박해 둬야겠다. 안 그러면 케이가 시시때때로 가슴을 만지려고 들 테니까.

'혹시나 싶어서 챙겨 오길 잘했어.'

루는 짐마차에 넣어 둔 자신의 배낭에서 조끼를 꺼냈다.

그리고 훌렁 상의를 벗으려는데, 와칸이 루의 손목을 붙잡았다.

"루, 제발 넌 여자고 우린 남자라는 걸 자각해."

"아, 맞다."

남장을 그만두었지만, 내 몸 보이는 걸 부끄러워하지 않는 습성은 여전했다.

"아, 맞다, 라니. 넌 좀 더 몸가짐을 제대로 해야 할 필요가 있다, 루."

"여자 몸인 건 불편해요. 그냥 가슴 큰 남자라고 생각해도 상관없는데."

"난 상관있어. 그리고 대장도 상관있겠지. 제발 남들 앞에서 옷 좀 벗지 마."

"네, 네."

"그렇게 아무래도 좋다는 듯이 대답하지도 말고."

"네, 네."

와칸이 한숨을 내쉬었다.

"얼마 전까지만 해도 정중하고 눈치도 보고 그랬는데 말이야. 이젠 루가 그랬던 일이 꿈같다니까?"

루가 사람들이 안 보이는 나무 뒤로 사라지자, 이 모습을 지켜보고 있던 쿠반이 다가와 와칸의 어깨에 팔을 두르며 말했다.

"그러게."

"그나저나 대장. 루가 따라와서 어쩐대요? 계획대로 진행합니까?"

휴이가 간단하게 식사 준비를 하며 케이에게 물었다.

케이가 살짝 인상을 찌푸리고 고민하다가, 곧 고개를 끄덕였다.

"그래, 예정대로 간다. 진짜 목적은 루에게 알리지 말고."

*　*　*

대륙 남부에 위치한 넓은 사막의 이름은 '바람의 평야'였다.

정글을 벗어나 수도까지 직진으로 올라가다 보면 갑작스럽게 기후가 바뀌며, 사막 지대가 나오게 된다.

볕이 뜨겁고 모래로 덮여 있기에, 사람들은 급한 일이 없으면, 대부분 사막에서 벗어난 동쪽 길, 혹은 서쪽 길을 이용하여 남부로 내려가곤 했다.

대륙 중앙에 거대한 공동처럼 이루어진 사막에는, 바르니카라는 도적 집단이 있었다.

처음에는 작은 무리로 시작한 바르니카는 사막 중앙에 있는 오아시스에 자리를 잡은 후 세를 불리기 시작했다. 바르니카에 들어가면 배를 곯지 않는다는 소문을 듣고, 일부러 찾아가는 사람들도 있었다.

말이 도적 집단이지, 이제는 하나의 작은 도시라고 해도 될 만큼 거대해졌다.

헤라는 바르니카 수장 보나르의 딸이었다.

언제부터인가 사람들은 보나르를 '두목'이 아닌 '전하'라고 부르기 시작했고, 그의 딸인 헤라를 부를 때 '공주님'이라는 명칭을 사용하게 되었다.

사람들에게 그렇게 불리는 것이, 헤라는 무척이나 좋았다.

사막 오아시스는 헤라에게 있어서 세계의 전부였다. 그 때문에 사람들에게 공주라고 불리며 떠받들어지자, 점점 오만해질 수밖에 없었다.

내가 최고야.

내가 이 세상에서 가장 아름다워.

그러니까 세상에서 가장 멋진 남자를 만날 자격이 있어.

슬슬 결혼을 해야 하는 시기가 다가오면서, 많은 청년들의 구애를 받았다. 하지만 눈에 차는 남자가 없었다.

헤라는 자신보다 강하고, 누가 봐도 심장이 멎을 것처럼 멋진 남자를 원했다.

아버지인 보나르는 자신의 오른팔인 젬과 헤라를 이어 주려고 하는 것 같았다. 젬은 베르니카에서 가장 강한 남자였지만, 헤라는 젬이 마음에 들지 않았다.

너무 몸집이 크다.

근육질의 울퉁불퉁한 몸과 각이 진 얼굴, 작고 매서운 눈매가 싫었다.

좀 더 호리호리하고 예쁘장하게 생긴 남자가 좋다. 예를 들자면, 왕자님이라는 호칭이 딱 어울리는 기품 있는 남자.

"헤라, 이제 그만해."

젬이 헤라의 손목을 잡았다.

헤라의 손에는 피가 뚝뚝 흐르는 채찍이 들려 있었다. 그리고 헤라의 발밑에는, 불과 몇 분 전까지만 해도 살려 달라고 애원하던 여자가 차갑게 식어 가고 있었다.

헤라는 차가운 눈으로 피투성이의 시신을 내려다봤다.

오늘 상단 하나가 사막을 지나간다는 정보를 얻었다.

순순히 굴면 아프지 않게 죽여 줄 생각이었는데, 이 여자가 반항을 하며 헤라에게 침을 뱉었다. 정신을 차리고 보니, 손에 채찍이 들려 있고 여자는 죽어 있었다.

"이 여자가 나한테 침을 뱉었어."

"아이를 지키려고 한 거겠지."

젬의 말에 시선을 들자, 바들바들 떨고 있는 소년이 보였다. 10살쯤 되었을까?

여자가 채찍을 맞는 동안 튄 피가, 소년의 얼굴에도 묻어 있었다.

"어머, 얘는 왜 살려 뒀어?"

상단 사람들은 모조리 죽었다.

살아 있는 건 소년뿐이었다.

"애잖아."

도적질을 한 후에는 아무도 살려 두지 않는 게 원칙이지만, 아무리 그래도 아이는 죽일 수가 없는지 젬이 중얼거렸다.

헤라가 혀로 아랫입술을 핥았다.

"애를 살려 두는 게 더 위험해. 애새끼들은 주제도 모르고 복수를 꿈꾸거든."

헤라는 와들와들 떠는 소년을 향해 옅은 미소를 지으며 말했다.

"걱정 마. 너도 엄마한테 보내 줄게."

* * *

"더워!"라고 쿠반이 외쳤다.

"너무 더워! 대장, 더워요! 더워 죽겠수!"

쿠반은 참을성이 없었다.

사막으로 들어온 지 나흘이 지난 지금, 티그리스 단원들은 진지하게 후회하고 있었다. 아무리 갈 길을 서두른다지만 사막 길을 선택한 건 잘못이었다.

사막은 낮에 너무 덥고 밤엔 너무 추웠다.

"좀 돌아서 간다고 큰일 나는 것도 아닌데, 왜 굳이 사막 길을 선택한 거예요? 힘들어 죽겠네, 진짜."

혀를 길게 내밀고 헥헥거리던 나즐이 불만스레 중얼거렸다.

"나는 왜인지 알 것 같은데."라고 말한 건 유진이었다.

알리가 눈을 동그랗게 뜨고 유진을 돌아봤다.

"대장이 정신 나간 거라는 이유 말고, 다른 이유가 있어?"

"응. 내 예상이 맞다면 아마도……."

유진이 거기까지 말했을 때였다.

루가 한 손을 들었다.

"피 냄새가……."

작게 내뱉은 말에 다들 멈춰 서 루를 응시했다.

루의 푸른 눈동자가 저 멀리 어딘가를 향해 있었다. 루의 미간이 좁아졌다.

"살육이 일어나고 있어요. 여자 비명 소리가…… 아, 이런. 어린아이가 있어요. 여자가 아이는 죽이지 말아 달라고 하네요."

루가 케이를 돌아봤다.

놀랍게도 케이는 옅은 미소를 짓고 있었다. 이 상황이 즐겁다기보다는, 원하는 걸 찾았다는 듯한 미소였다.

"케이?"

"아마 사막을 지배하는 도적 집단일 거다. 내가 찾는 걸, 그들이 가지고 있을지도 몰라. 전부 움직이는 건 번거로우니, 와칸과 텐치만 날 따라와라. 너희들은 들키지 않게 상황을 지켜보고. 가자."

케이는 자세한 설명을 하지 않았지만, 와칸과 텐치는 더 이상 묻지 않고 말을 박찼다.

루는 멀어지는 세 남자의 뒤를 물끄러미 응시하다가, "유진, 나도 가 볼게요."라고 말하고는, 유진이 말리기도 전에 말을 몰아 그들의 뒤를 따라갔다.

* * *

"누군가 여기로 오고 있다."

젬의 말에 헤라는 채찍을 멈췄다.

엄마 잃은 소년은 살 의지가 없는 듯, 비명도 지르지 않고 채찍을 맞고 있었다. 피투성이가 되어 쓰러진 소년을 보면서도, 헤라의 얼굴에는 동정의 빛이 없었다.

"이놈들 일행인가?"

"아니, 반대쪽이야."

젬이 다른 방향을 가리켰다.

저 멀리 모래 먼지가 일어나고 있었다.

많은 수는 아닌 것 같았다.

"누가 오든 죽이면 그만이야."

헤라는 혀로 아랫입술을 핥으며, 그들이 도착하기를 기다렸다.

조금 떨어진 곳에서 네 마리의 말이 멈췄다. 그리고 말을 타고 있던 사람들이 말에서 내렸다.

장신의 남자 세 명과 조금 작은 체구의 남자 한 명.

맨 앞에 서 있던 은발의 남자가 작은 체구의 남자를 돌아보며 무어라고 말하는 것 같았다. 작은 체구의 남자는 고개를 빳빳이 들고 있었는데, 분위기로 봐서는 말다툼을 하는 것 같았다.

결국 은발의 남자가 어깨를 으쓱하더니 이쪽을 향해 돌아섰다.

그 순간 헤라는 사랑에 빠졌다.

은발의 남자는 참으로 아름다운 외모였다.

선이 고운 얼굴과 붉은 눈동자, 오뚝한 코와 새빨간 입술.

세상에서 가장 실력 좋은 화가가 그린 그림처럼 아름다웠다.

한참 넋을 잃고 그를 응시했다.

그의 붉은 눈동자가 헤라 뒤에 펼쳐진 처참한 광경에 머물렀다가 다시 헤라에게로 향했다.

그저 눈이 마주친 것만으로도 심장이 두근두근 뛰었다.

모두가 사라지고 그와 나, 단둘만 남은 기분이 들었다.

헤라는 황홀한 기분으로 그를 응시했다.

그때였다.

젬의 커다란 검이 그에게 향한 것은.

"안 돼!"

퍼뜩 정신을 차리고 젬과 은발의 남자 사이로 몸을 날렸다. 젬의 몽둥이가 헤라의 머리 가까운 곳에서 멈췄다. 하마터면 은발 남자의 머리가 날아갈 뻔했다.

"헤라?"

젬이 의아하다는 표정을 지었다.

그도 그럴 것이, 헤라는 사막에서 만난 자들을 결코 살려 두지 않았기 때문이다.

"보아하니 뺏을 것도 없어 보이는데 죽이긴 그렇잖아."

헤라가 변명하듯 말했다.

젬이 인상을 찌푸렸다.

"데려가서 노예로 삼는 게 나을 것 같아."

"무슨 소리야? 우리한테 노예는 필요 없어."

"요새 일거리가 많아졌잖아. 이 짐들도 옮겨야 하고."

헤라 자신이 생각해도 빈약한 변명이었다.

젬은 이 상황이 마음에 안 드는 듯 인상을 찡그렸지만 더는 반박하지 않았다.

"그래, 뭐. 네가 그렇게 말한다면 어쩔 수 없지. 너희들, 오늘 운 좋은 줄 알아라. 다른 때였으면 죽은 목숨이니까."

헤라는 뒤를 돌아봤다.

가까이에서 본 은발 남자의 얼굴은 숨이 막히도록 매혹적이었다. 붉은 눈동자에 빨려 들어갈 것만 같았다.

목숨이 위험한 상황이었는데도 은발 남자는 두려워하는 기색이 없었다. 그래서 더 마음에 들었다. 어쩌면 꽤나 좋은 집안에서 자랐을지도 모르겠다.

미소 띤 얼굴도, 꼿꼿하게 허리를 세운 자세도 품위가 넘쳤다.

"너, 이름이 뭐지?"

"케이."

은발 남자의 목소리는 낮고 굵었다.

"내 친구들 이름은 텐치, 와칸, 그리고 루."

케이의 친구들은 아무래도 좋았다.

헤라의 시선은 오롯이 케이에게만 향해 있었다.

헤라는 동료들을 돌아봤다.

동료들은 이쪽에 관심을 끊고 상단의 짐을 챙기고 있었다. 젬은 그런 동료들을 지휘하는 중이었다.

그들이 이쪽을 보고 있지 않다는 걸 확인한 후, 헤라는 케이에게 작은 목소리로 말했다.

"당신을 죽이지 못하게 할 테니까 반항하지 말고 날 따라와. 노예로 사는 게 죽는 것보다 낫잖아?"

케이의 입가에 미소가 떠올랐다.

"분부대로."

상단의 짐을 정리하고 시체에서 쓸 만한 물건들을 꺼내는 동안, 헤라는 하염없이 케이의 얼굴을 감상했다.

케이를 노예로 부리며 이것저것 할 수 있다는 걸 생각하니 군침이 돌았다.

'당분간은 발목에 족쇄를 채워 둬야겠어. 순종하는 척하면서 도망칠 기회를 노릴지도 모르니까. 하지만 뭐, 이 남자도 곧 나를 원하게 될 거야. 그때가 되면 아버지께 말씀드려서 이 남자를 나의…….'

그런 생각을 하고 있을 때였다.

챙―

검과 검이 부딪치는 날카로운 소리가 울려 퍼졌다.

헤라는 반사적으로 채찍을 꽉 쥐며 뒤를 돌아봤다.

작은 체구의 남자, 아마도 루라고 불렸던 남자와 젬이 대치하고 있었다. 루는 가냘픈 체구임에도 자기 몸뚱이만 한 검을 한 손으로 가볍게 들고 젬의 검을 비스듬하게 막고 있었다.

그리고 두 사람의 아래에는 피투성이의 소년이 있었다.

"죽고 싶나?"

젬이 콧등을 찡그리고 으르렁거리듯 말했다.

"죽고 싶으면 검을 꺼내지 않았겠지."

루가 여유롭게 말대꾸를 했다.

젬이 어이없다는 듯 콧방귀를 뀌었다.

"어느 귀공자의 경호원인 듯한데, 고만고만한 것들만 상대하다 보니 제 힘을 맹신하게 됐나 보군. 검만 큰 걸 든다고 강해지는 건 아냐."

"그 말 그대로 돌려주지. 몸뚱이가 크다고 강해지는 건 아냐."

"이게!"

젬이 훌쩍 뒤로 물러났다가 자세를 취하고 다시 검을 내질렀다. 하지만 이번에도 루는 그 검을 막았다.

젬은 당황한 듯했다.

루는 젬의 검이 깃털이라도 되는 것처럼 가볍게 상대하고 있었다.

"이 애는 살아 있어."

젬의 검을 사선으로 막은 루가, 젬을 똑바로 노려보며 말했다.

"내 앞에서, 아이가 죽는 일은 없을 거야."

"그렇다면 널 먼저 죽여 주면 되겠군."

구경만 하던 바르니카 도적단 단원들이 제각각 무기를 손에 쥐고 루를 둘러쌌다.

스릉—

케이의 뒤에서 검 뽑는 소리가 들렸다.

콧등에 주근깨가 있는, 소년티를 갓 벗은 남자, 텐치가 검을 뽑는 소리였다.

생긴 건 짓궂은 개구쟁이처럼 생겼는데, 눈빛이 소름 끼치도록 강렬했다. 텐치는 언제라도 루를 도울 수 있도록, 몸을 움직일 준비를 하고 있었다.

어쩌면 이 사람들은 의외로 강할지도 모르겠다고, 헤라는 생각했다.

하지만 이들이 바르니카를 이기는 일은 없을 것이다. 바르니카 도적단은 늘 싸움에 대비해 훈련을 한다. 게다가 지금 바르니카 도적단의 수가 세 배는 더 많았다.

케이의 동료들 따위 어떻게 되든 상관없었다. 하지만 지금 케이의 동료를 다 죽이면 케이가 마음을 열지 않을지도 모른다는 생각이 들었다.

헤라는 루와 젬 앞으로 걸어갔다.

"그만들 해."

"헤라, 이놈은 죽이고 가는 게 나아. 눈빛이 별로야."

젬의 말에, 헤라는 루에게로 시선을 돌렸다.

처음으로 루의 얼굴을 본 헤라는 깜짝 놀라 눈을 크게 떴다.

백옥 같은 피부와 가지런한 눈썹, 그 아래에 자리 잡은 고양이 같은 눈. 그리고 시리도록 푸른 눈동자.

무섭도록 예쁘게 생긴 얼굴이었다.

"너…… 여자니?"

지금 어떤 상황인지도 잊고 바보 같은 질문을 던졌다.

루의 입가에 싸늘한 미소가 떠올랐다.

"내가 여자처럼 보이나?"

헤라의 시선이 루의 가슴 쪽으로 향했다.

아무것도 달려 있지 않았다.

남자라서 다행이라고, 헤라는 생각했다.

지금껏 자신이 가장 아름다운 여자라고 생각하며 살았는데, 루를 보는 순간 '졌다.'는 기분이 들었기 때문이었다. 하지만 아무리 아름답더라도 남자라면 상관없다.

케이와 루, 두 남자를 노예로 삼아서 데리고 있는 것도 괜찮을 것 같았다.

"아무도 죽이지 마. 다들 내 노예로 삼을 거니까."

헤라가 말했다.

"하지만 헤라. 이놈은 버릇이……."

"버릇은 내가 가르치면 돼. 데리고 가게 묶어."

"헤라."

"뭣들 해? 당장 묶지 않고."

헤라가 언성을 높이자, 눈치만 보던 바르니카 단원들이 밧줄을 챙겨서 다가왔다.

루는 검을 든 채로 케이를 돌아봤다.

케이가 그냥 묶여 주라는 듯 눈짓을 했기에, 루는 한숨을 쉬며 검을 내렸다.

티그리스 단원들은 곧 밧줄에 꽁꽁 묶였다.

"얘는 어쩔까?"

젬이 소년을 내려다보며 물었다.

"놔둬. 어차피 갈 곳도 없고 곧 죽을 테니까."

헤라가 차갑게 말하고는 걸음을 옮겼다.

그들의 뒤를 순순히 따라가며, 루는 뒤를 돌아봤다.

소년을 두고 가는 게 마음에 걸리지만, 저 어딘가에서 다른 동료들이 이쪽을 지켜보고 있을 것이다. 그들이 도와주겠지.

오아시스 주변으로 잘 만들어진 도시의 광경에, 루는 내심 놀랐다.

도적들이 사는 곳 따위, 보나마자 작고 허름할 거라고 생각했는데 예상을 벗어났다. 그곳은 하나의 도시나 다름없었다.

방벽이 서 있고, 그 앞을 지키는 병사들도 있었다.

방벽 안쪽으로 사막에 어울리는 건물들이 세워져 있었다.

그들이 들어가자, 사람들이 구경을 하려고 모여들었다.

의외로 아이들도 있고, 여자들도 있었다.

그냥 보기에는 평범한 도시 같았다.

"일단 넌 나랑 같이 가자. 다른 애들은 잠깐 여기서 기다리라고 하고."

나무로 만든, 창고 같은 건물 앞에서 헤라가 케이의 가슴에 손을 올리고 말했다.

다른 여자의 손이 케이의 가슴에 닿는 게, 끔찍이도 싫었다. 루는 인상을 찌푸리고 헤라를 노려보다가, 시선을 옆으로 피했다.

이런 놈들에게 순순히 잡혀 준 이유는, 케이가 무언가를 찾고 있기 때문이었다. 그걸 찾을 때까지는 저 여자가 원하는 대로 행동해 주는 수밖에 없었다.

'짜증 나.'

하지만 스멀스멀 피어오르는 불만을 가라앉히기는 힘들었다.

헤라가 창고 문을 열고 루와 와칸, 텐치에게 안으로 들어가라는 듯 턱짓을 했다. 순순히 창고 안으로 들어가며 케이를 돌아봤더니, 케이가 입 모양으로 뭐라고 했다.

'다치겠다 싶으면 신경 쓰지 말고 다 죽여.'

루는 살짝 고개를 끄덕였다.

그리고 창고 문이 닫혔다.

창고에는 창문이 없어서, 문을 닫자 어둠에 휩싸였다.

무언가 썩는 냄새가 나지 않는 게 다행이라면 다행이었다. 아마도 곡물을 넣어 두는 창고인 것 같았다.

와칸이 벽에 기대어 앉았고, 텐치가 그 옆에 앉았다. 루는 맞은편에 책상다리를 하고 앉았다.

서운한 마음이 사라지지 않았다.

큰 싸움이 끝나고 몇 개월밖에 지나지 않았다.
당분간은 느긋하게, 케이와 시간을 보내고 싶었다.
긴 시간을 돌아서 만났고, 긴 오해 속에 있다가 서로의 사랑을 확인했다. 그러니까 좀 더 함께, 단둘이 시간을 보내고 싶은데 북쪽 토벌이라니.
이미 타우아문의 땅을 차지했는데, 굳이 북쪽 땅까지 가져야 할 필요가 있는 걸까?
사내들의 정복욕 때문에 그런 거라면, 조금 더 기다렸다가 해도 되는 거 아닌가?
'하고 싶은 게 많았는데.'
그저 함께 있다는 것만으로도 시간이 빠르게 흘러갔다. 앞으로 평생 함께 있을 텐데도, 흘러가는 시간이 아쉽다고 생각될 정도였다.
'그렇게 생각하는 건 나뿐이었나 봐. 케이는…… 나랑 둘이 조용히 지내는 게 지겨웠나 봐.'
의식하지도 못한 채로 한숨을 내뱉었다.
"루, 웬 한숨이야? 걱정이라도 있어?"
텐치가 물었다.
"아니야, 아무것도."
"에이, 그러지 말고 말해 봐. 무슨 일인데?"
"진짜 아무것도 아냐."
이런 기분을 남들에게 털어놓기는 힘들었다.

남자로 살아왔기 때문에, 연애를 하면서 힘든 점을 친구에게 털어놓는 게 익숙지 않았다.

하지만 텐치는 끈질겼다.

"갇혀 있느라 심심한데 알려 줘. 무슨 고민인데? 이래 봬도 한때는 고민 해결사라고……."

"연애 고민이야."

루가 텐치의 말을 끊으며 말했다.

"헉!"

텐치가 숨을 들이켰다.

"고민 해결사라면 연애 고민도 해결해 줄 수 있는 거야?"

"하하하하. 당연하지."

"하지만 넌 연애 한 번도 안 해 봤잖아."

"꼭 해 봐야 아나? 보고 들은 게 있는데!"

"네가 본 거라고는 쿠반이 여자들 농락하고 다니는 것밖에 없잖아. 다른 형님들은 여자에 도통 관심이 없으니까."

"틀렸어, 루. 난 여자에게 아주 관심이 많다."

와칸이 끼어들었다.

"거짓말. 그러면 왜 아무도 안 만나요?"

"적당한 여자가 없어서 그렇지. 적당한 여자만 나타나면 곧바로 결혼할 거다."

"결혼……."

그러고 보니 그것도 불만이었다.

결혼.

"대장은 나랑 결혼할 마음이 있을까요?"

"헉!"

이번에는 텐치뿐 아니라 와칸도 숨을 들이마셨다.

하지만 루는 생각에 잠겨, 두 남자가 당황하고 있다는 걸 깨닫지 못했다.

"대장은 한곳에 머무는 체질이 아닌가 봐요. 이제 막 싸움을 끝내고 여유 있게 시간을 보낼 수 있겠구나 싶었는데, 북쪽 정벌을 하러 떠나고. 그것도 난 놔두고."

"……."

"나랑 같이 있는 게 지루해서 그런 걸까요? 난 강하잖아요. 형님들보다도 강해요. 솔직히 난 지금 대장에게도 질 것 같지 않아요. 내 힘이 있으면 북쪽 땅을 토벌하는 데도 큰 힘이 될 텐데, 왜 놔두고 가려고 했던 거죠? 다른 여자들도 좀 만나 보고, 그러고 싶어서? 날 데리고 다니는 게 혹 딸린 기분이라서?"

속에 있던 말들을 단숨에 쏟아 냈다.

타우아문을 떠난 이후 계속 속에 담고 있던 고민이었다.

"아니, 저기…… 루. 대장은 그런 게 아냐. 대장이 너 말고 다른 여자를 만나고 싶어 할 리가 없잖아. 네가 세상에서 제일 예쁜데!"

"됐어, 텐치. 제일 예쁘다고 해서 사랑을 받는 건 아니잖아. 예쁜 얼굴도 매일 보면 질릴 거고."

"네 얼굴은 안 질려!"

"그렇다고 해서 네가 날 사랑하는 건 아니잖아?"

"그, 그건 그렇지."

"그것 봐. 예쁘다고 해서 사랑에 빠지는 건 아냐. 대장도 나한테 질린 걸지도 몰라."

"그런 거 진짜 아닌데. 형님, 뭐라고 말씀 좀 해 보세요."

텐치가 와칸에게 도움을 청했다.

묵묵히 어둠 속을 응시하던 와칸이 어쩔 수 없다는 듯 입을 열었다.

"그냥 임신을 해 버려. 그러면 결혼하자고 하겠지."

"……."

루는 그 여느 때보다도 깊이 한숨을 내쉬었다.

정말이지, 이 남자들은 연애 문제에 있어서는 참으로 도움이 안 된다.

*  *  *

케이 일행이 도적들에게 잡혀 떠나간 후, 남은 티그리스 단원들은 습격 장소로 다가갔다.

잔혹한 광경이었다.

사막의 모래가 피에 물든 가운데, 한 소년이 넝마가 되어 쓰러져 있었다.

“쯧.”

휴이가 혀를 차고는 소년을 안아 들었다.

“잔인한 놈들이군. 굳이 죽일 필요는 없었을 텐데.”

“그 애는 살아 있어?”

나즐이 발끝을 세워, 아이의 얼굴을 확인하며 물었다.

“간신히 숨은 붙어 있는 것 같아. 알리, 어때? 치료할 수 있겠냐?”

“응, 일단 이 장소에서 벗어나자. 그놈들이 돌아올지도 모르니까.”

단원들은 습격 장소에서 떨어진 곳에 자리를 잡았다.

알리가 소년을 치료하는 동안, 나즐이 유진의 손목을 잡았다.

“유진, 아까 하려던 얘기 계속 해 봐.”

“아까 하려던 얘기?”

“대장이 사막 길을 선택한 이유, 알 것 같다면서.”

“아아, 그거.”

유진이 안경을 추켜올리며 씩 웃었다.

“이 지역 말이야. 좀 이상하지 않아? 정글을 벗어나자마자 갑자기 사막이잖아.”

“그거야 이상하긴 하지만…… 뭐, 기후라든가 그런 탓 아냐?”

“불과 300년 전까지만 해도 이 지역은 사막이 아니었어. 땅에 저주라도 걸린 것처럼, 갑작스럽게 사막이 되었지.”

“그런데?”

"그런데라니. 생각해 봐. 한 지역이 사막화가 되려면 긴 시간이 걸려. 그런데 갑자기 사막이 됐다니까? 비가 내리지 않는 건 아냐. 비는 평범하게 내려. 그런데 무언가가 수분을 앗아 가고 있어."

"마법인가?"

쿠반이 중얼거렸다.

"오, 쿠반. 머리가 좀 돌아가는데? 그래, 맞아. 대장은 마법이라고 생각하는 거야."

"300년 전에 걸린 마법이 지금까지 이어지고 있다고? 드래곤 레어인가?"

"아니, 인간들이 자유롭게 다닐 수 있는 걸로 봐서 드래곤 레어는 아닌 것 같고. 마법 무기가 아닐까? 지금까지는 대장 자체가 강하니까 그냥 놔뒀지만, 이젠 마법 무기가 필요하니 확인하려고 그러시는 게 아닐까 싶네."

"대장 마력이 그렇게 많이 사라졌냐?"

"지난번 싸움 이후로 전처럼 회복이 안 된다고 하시더라. 자세하게는 말씀을 안 해 주셔서 잘은 모르겠지만, 언젠가는 완전히 사라지지 않을까 싶어."

"호오, 그래? 그럼 조만간 내가 대장을 이길 수 있는 날이 오겠군."

즐거운 듯 말하는 쿠반을, 나즐이 한심하다는 듯 노려봤다.

"그럴 리가 있어? 대장은 검술도 뛰어나. 게다가 루엘라인이라는 든든한 개를 키우고 있고. 쿠반은 절대로 대장의 개를 이기지 못할걸."

"대장의 마력도 사라지는 판에, 루라고 계속 강할 것 같아? 그 뭐더라. 대지의 축복? 그게 계속 남아 있겠냐?"

"그렇지 않을까? 그래도 엄연한 축복인데, 줬다가 뺏었다가 하는 것도 치사하잖아."

"치사할 게 뭐가 있어? 자고로 계집은 강한 남자한테 보호를 받으면서 사는 게 좋은 거야. 강해서 좋을 게 하나도 없어!"

"쿠반, 쥬엔이 강해서 화가 나?"

"불쌍하다는 듯이 쳐다보지 마, 나즐. 난 행복해서 죽을 것 같으니까."

쿠반이 으르렁거리듯 말했다.

그때였다.

컹!

늑대 짖는 소리가 들려온 것은.

모두 소리가 들려온 쪽으로 시선을 돌렸다. 모래 먼지와 함께 주아가 달려오고 있었다.

빠르게 달려온 주아는 일행 앞에 멈춰 서 또 한 번 짖었다.

컹!

자신을 두고 간 것이 원망스러운 듯했다.

"주아."

나즐이 두 팔을 벌려 주아를 끌어안았다.

주아는 더운 듯 혀를 내밀고 있었고, 그런 주아를 끌어안은 나즐도 곧 견딜 수 없이 더워져서 주아에게서 떨어졌다.

"주아, 여긴 어떻게 왔어? 엄청 더운데."

"루가 없어져서 따라온 거냐?"

쿠반이 주아의 머리를 쓰다듬으며 말했다.

주아가 그렇다는 듯이 웡, 하고 낮게 짖었다.

"똑똑한 녀석. 그래도 넌 그냥 타우아문에 남아 있어야 했어. 넌 사막의 더위를 견딜 수 없을 거다. 이참에 내가……."

쿠반이 검을 뽑았다.

"털을 박박 밀어 주랴?"

주아가 뒷걸음질을 치더니 콧등을 찡그리고 으르렁거렸다. 쿠반이 씩 웃으며 검을 도로 집어넣었다.

"늑대 주제에 패션에 신경을 쓰는 모양이군. 네 주인도 패션에 신경 좀 썼으면 좋겠는데 말이야."

"맞아, 맞아. 모처럼 드레스를 예쁘게 입나 싶었는데 다시 남자 옷으로 갈아입었잖아. 게다가 가슴까지 압박하고."

나즐이 투덜거렸다.

"가슴을 감춘 건 대장 때문이겠지. 대장이 루엘 가슴을 주물주물……."

빠악—

두 손으로 가슴 주무르는 행동을 하는 쿠반의 뒤통수를, 유진이 세게 때렸다.

"쿠반, 제발 좀 저렴하게 행동하지 마. 애 앞에서."

"애라니! 얘는 생긴 것만 이렇지, 나이는 루보다 많아!"

쿠반이 버럭 외치는 동안, 나즐은 '난 아무것도 몰라요. 주물 주물이 뭐예요?'라는 표정을 짓고 있었다. 쿠반은 그런 나즐이 얄미워 견딜 수 없다는 듯 몸을 부르르 떨었다.

"제길. 이놈이고 저놈이고 정상이 없구만."

"그러고 보니 그거 알아?"

앞에 지나가는 도마뱀을 검으로 콱 찍어 죽이며, 휴이가 말했다.

"뭐?"

"대장이 말이야. 아, 이 도마뱀은 먹을 수 있을까?"

"뭐든 못 먹을 게 뭐가 있냐? 대충 조리해 봐. 대장이 뭐?"

쿠반이 참을성 없이 채근했다.

"아아, 대장이 요새 주아랑 진지하게 대화를 하더라."

"……."

"우리들이랑 얘기하는 것보다 더 긴 시간을, 주아와 대화하는데 사용하더라고. 뭔가 깊은 주제를 가지고 대화하는 것 같던데."

일행은 어이없다는 표정으로 주아를 돌아봤다.

"정말이야, 주아?"

유진의 질문에, 주아가 대답할 수 없다는 듯 "끄응."하며 시선을 옆으로 피했다.

주아는 주인 애인의 사생활과 비밀까지 지켜 주고자 하는, 충성스럽고 영리한 늑대였다.

"아니, 뭐. 대장의 정신 상태를 떠나서. 난 보기 좋더라고."

휴이가 덧붙였다.

"보기 좋다고? 개랑 진지하게 의논을 하는 게?"

"개라고 하지 마, 주아가 싫어하잖아. 아무튼 보기 좋았어. 상상이 돼서 좋더라."

"뭘 상상했는데? 대장이 미쳐 버린 미래?"

"아니, 아니."

휴이가 칼로 도마뱀의 가죽을 벗겼다.

"대장이 자기 아이랑 함께 있는 미래."

휴이의 입가에 미소가 떠올랐다.

"선대가 살아 계셨을 때 기억나? 선대께서는 아무것도 모르는 우리들을 앉혀 놓고 이런저런 진지한 이야기를 하셨었지. 우리가 알아듣든 말든 신경도 쓰지 않고."

"그랬지."

그때를 떠올리는 듯 유진의 눈가가 촉촉하게 젖었다.

"주아랑 함께 있을 때 대장은, 선대를 보는 것 같아. 그래서 난 상상이 되더라. 대장이 대장과 루를 반씩 닮은 아이를 옆에 두고, 아이가 알아듣지도 못할 이야기를 진지하게 하는 모습이."

"……."

"우리 대장은 좋은 아빠가 될 거야."

*   *   *

헤라의 뒤를 따라가며, 케이는 주위를 둘러봤다.

사막에 꽤 큰 도적단이 있다는 소문은 들었지만, 예상보다 훌륭한 마을을 구축해 놓은 것이 놀라웠다.

아마도 먹고살기 힘든 사람들까지 모여들며, 점점 큰 마을이 된 것이리라.

마을의 크기 따위는 아무래도 상관없었다.

문제는 이 미묘한 마력이 어디서 시작되는지였다.

도적 마을에 접근하면서부터 마력의 흐름이 비틀려 있는 것을 느꼈다. 예상대로 이 지역이 사막이 된 이유는 마법 때문이 분명했다.

이 넓은 지역을 사막화시킬 정도라면, 강력한 마법 무기일 것이 분명했다. 어쩌면 마법 무기에서 마력을 끌어다가 사용할 수 있을지도 모른다.

'어디에 있을까?'

어떤 형태인지, 어디에 있는지 짐작조차 할 수 없었다. 마을 내의 어딘가에 있는 건 분명한데, 정확한 장소를 모르겠다.

예전이었다면 일단 다 죽이고 나서 느긋하게 마을 안을 뒤져 봤을 것이다.

하지만 루를 만난 후, 그녀를 사랑하게 된 후 사람을 죽이는 게 망설여졌다. 피 묻은 손으로 그녀를 안고 싶지 않았다.

번거롭긴 하지만 일단은 이 여자를 죽이지 않고 마법 무기를 찾아볼 생각이었다. 물론 이 여자가 루에게 무슨 짓을 한다면 손에 피를 묻히는 것도 망설이지 않을 거지만.

헤라는 가슴만 살짝 가리는 상의에 짧은 반바지를 입고 있었다. 햇빛에 그은 피부는 까무잡잡하고 건강해 보였고, 몸에는 군살이 없었다.

사내들이라면 군침을 흘릴 만한 몸이지만, 케이는 별 감흥이 없이 그녀의 뒷모습을 응시했다.

엉덩이를 유독 흔들면서 걷는 이유는, 아마도 케이의 시선을 의식해서이리라. 구태여 기분을 맞춰 주지 않아도, 헤라를 손안에 넣고 휘두를 수 있겠다.

헤라가 어느 집 앞에서 멈췄다.

마을 안에 있는 건물 중 가장 크고 화려한 건물이었다. 다만 이 마을 내에서만 그럴 뿐, 구온 시나 수도의 건물들과 비교하면 초라하기 그지없었다.

하지만 헤라는 이 집이 자랑스러운 듯했다. 사막에서 태어나 도시에 가 본 적이 한 번도 없는 게 분명했다.

케이는 느긋하게 헤라에 대해 판단하기 시작했다.

싸움 실력은 대단치 않은데도 사내들이 헤라에게 꼼짝 못 하는 이유는, 높은 사람의 딸이기 때문일 것이다. 게다가 이 마을에서 가장 큰 집에 사는 걸로 보아, 아마도 도적단 대장의 딸인가 보다.

그렇다면 더 잘됐다.

귀중한 물건들은, 전부 이 저택 안에 모아 두었을 것이 분명하다. 그렇다면 마법 무기를 찾기가 더 쉬워졌다.

"집이 너무 넓어서 놀랐어?"

뭔가 오해한 듯 헤라가 옅은 미소를 지으며 물었다.

케이는 오해한 대로 내버려 두었다.

"걱정 마. 길을 잃을 만큼 넓진 않으니까. 들어와."

헤라가 먼저 안으로 들어갔고, 케이가 그 뒤를 따랐다. 넓은 마당이 있는 저택 안은 조용했다. 달리 하인을 두지는 않고 사는 모양이다.

'일이 점점 쉬워지는군.'

케이는 서둘러 마법 무기를 찾아내고, 이 지역을 벗어나고 싶었다.

사막의 열기는 사람을 지치게 만들었다.

마력이 강할 때는 마법을 사용해서 주위를 시원하게 만들 수 있었지만, 이제는 그런 것도 여의치 않았다. 타우아문을 시원하게 만들었던 마법도 점점 사라지고 있었다.

어쩌면 사는 지역을 옮겨야 할지도 모른다. 정글도, 사막도 사람 살기엔 힘든 곳이다.

'구온 시로 갈까? 아니면 이참에 제국을 쳐 버릴까?'

그런 생각을 하는 동안 헤라의 방에 도착했다.

탁—

헤라가 방문을 닫고 도발적으로 케이를 응시하며 말했다.

"자, 이제 내 발을 핥아."

*　　*　　*

남자를 굴복시킬 때가, 헤라는 가장 즐거웠다.

헤라의 낭창낭창한 몸매에 이끌려 다가오는 남자들은, 언제나 헤라가 원하는 대로 해 주었다. 모멸감을 느낄 만한 행동도 스스럼없이 하면서, 헤라를 만족시켜 주었다.

이 은발의 아름다운 남자도 그래야만 했다. 주인을 거스르면 죽을 위험에 처한 노예니까, 더더욱 순종적이어야만 했다.

'그런데 왜 이런 상황이 된 거지?'

케이의 두 손을 뒤로 돌려 단단히 결박해 놨었다. 밧줄을 풀어 준 기억은 없다. 그런데 어찌 된 일인지, 케이가 한 손으로 헤라의 목덜미를 붙잡아 벽에 밀어붙였다.

가까이에서 본 케이의 붉은 눈동자는 불타는 색깔임에도 무서울 정도로 차가웠다. 그 냉기가 칼날로 변해 심장을 파고들 것만 같았다.

"헤라라고 했나?"

그가 낮은 음성으로 물었다.

헤라는 눈을 크게 뜨고 케이를 노려봤다.

"내가 네 발을 핥아 주길 바란다면, 그 전에 네가 해야 할 일이 있어."

어째서일까.

굴복해야 마땅한 남자가 도리어 헤라를 굴복시키려 하고 있었다. 그런데 그것이 싫지 않았다.

그의 강압적인 말투도, 냉랭한 눈빛도 심장이 콱 죄일 정도로 좋았다.

그러나 헤라는 바르니카 수장 보나르의 딸이었다. 노예가 기어오르는데 좋다고 가만히 있을 수는 없었다.

허리춤에 꽂아 둔 단검을 향해 천천히 손을 내렸다.

단검으로 케이의 허리나 팔뚝에 가볍게 상처를 입혀 줄 생각이었다. 누가 위인지 똑똑히 깨닫게 해 줘야 한다.

하지만 헤라는 단검을 뽑기는커녕, 단검의 손잡이조차 잡을 수 없었다. 온몸이 뻣뻣하게 굳었기 때문이다.

자신의 육체에 벌어진 일을, 헤라는 이해할 수가 없었다.

'뭐지? 왜 몸이 안 움직이지?'

눈을 깜빡일 수도 없었다. 눈을 감지 못해 건조해진 눈에 눈물이 고였다.

케이는 헤라가 움직일 수 없는 걸 안다는 듯, 헤라의 목을 잡고 있던 손을 떼고 뒤로 돌아섰다. 그는 느긋하게 걸어가 침대 끝에 걸터앉아 다리를 꼬았다.

"찾는 물건이 있다."

그렇게 말한 케이가 검지를 들어 헤라를 가리켰다. 그러자 헤라는 눈을 깜빡일 수 있게 되었다.

“그 물건은 이 마을 안에 분명히 존재한다. 나는 그 물건을 찾기 위해서라면 누구라도 죽일 수 있지만, 일단은 피를 흘리지 않고 평화롭게 이 문제를 해결하기로 결심했지.”

평화?

헤라는 기가 막혔다.

케이의 행동은 평화를 원하는 행동이 절대로 아니었다.

“이제부터 네 목소리를 자유롭게 해 주지.”

그 말을 듣고서야, 헤라는 이 몸이 갑자기 움직이지 않게 된 이유가 케이 때문이라는 것을 깨달았다.

하지만 어떻게?

케이는 그저 헤라의 목을 잡고 있었을 뿐, 다른 행동은 아무것도 하지 않았다. 독을 사용하지도, 침을 놓지도 않았는데 대체 어떻게 이런 일을 할 수 있는 걸까?

“하지만 주의할 게 있어. 아까도 말했지만 나는 평화를 원한다. 하지만 네가 비명을 지르면 널 죽일 거고, 네 비명을 듣고 온 사람도 죽일 거야.”

그게 평화를 원하는 사람이 할 말이야?

헤라는 소리를 낼 수만 있다면 버럭 외치고 싶었다.

케이는 ‘평화’의 의미를 모르는 게 분명했다.

“나는 상대에게 두 번째 기회 같은 건 주지 않아. 내 말 알아들었겠지?"

헤라는 알아들었다는 의미로 눈을 깜빡거렸다.

"좋아, 말해 봐."

"아……."

목소리가 나온다.

이게 어떻게 된 거지?

만약 모르는 새에 독에 당한 거라면, 이렇게 목소리만 자유로워지지는 않을 것이다.

저 남자는 자유자재로 헤라의 육체를 조종하고 있었다.

마치.

"마법…… 같아……."

"그래, 맞아. 마법이지."

케이가 씩 웃었다.

"거짓말……."

"왜 거짓말이라고 생각하지? 직접 체험을 했으면서."

"마, 마법 같은 건 없잖아. 그런 건 애들이나 좋아하는 옛날 얘기일 뿐이야."

사막 지역에서만 자란 헤라는 마법에 대한 소문을 들을 기회가 전혀 없었다. 때문에 마법은 어릴 때 듣던 동화 속에 나오는 주제에 불과했다.

"마법에 대한 네 평가 따위는 아무래도 좋다. 믿든 말든, 나는 이 지역 하나쯤은 단숨에 불태울 수 있는 마법을 알고 있지. 원래는 다 죽여 버리고 물건을 찾는 게 편하지만, 말했다시피 평화를 원해서."

"당신, 평화에 대해 잘못 알고 있는 거 아냐?"

"오래전부터 존재하는 물건이 하나 있을 거다."

케이는 헤라의 말을 무시하고 말했다.

"무기일 수도 있고 장신구일 수도 있지. 어쩌면 그리 귀중하게 보이지는 않을지도 몰라. 너희들이 이곳에 자리를 잡기 전부터 존재했던, 그 물건이 필요하다."

헤라는 케이가 무슨 소리를 하는지 알 수 없었다.

하지만 잘만 하면 그걸 빌미 삼아 케이를 잡아 둘 수도 있을 거란 생각이 들었다.

케이가 무례하게 행동하긴 했지만, 그래도 헤라는 케이를 놓치고 싶지 않았다.

이런 남자는 만나기 힘들다. 게다가 강한 것도, 이상한 힘을 가지고 있는 것도 마음에 든다.

이 남자를 굴복시키고 싶다.

"어떤 물건을 말하는지는 잘 모르겠지만 한번 찾아볼게."

"찾아본다고? 그런 물건에 대해 들어 본 적이 없나 보지?"

"아, 아니야. 내가 원래 그런 데는 관심이 없어서. 찾아볼게. 아버지가 이곳의 왕이야. 귀한 물건이라면 전부 아버지가 관리하고 계실 거야. 만약 없다고 하면 인력을 동원해서 찾아보면 되는 거고."

"서둘러서 찾는 게 좋을 거다."

케이가 말했다.

헤라는 속으로 생각했다.

'빨리 찾다니. 애초에 찾을 생각도 없어.'

헤라는 케이가 필요로 하는 물건을 찾는 척하며, 케이를 이곳에 묶어 둘 계획이었다. 그를 옆에 붙잡아 두고 자신이 가진 것들을 전부 이용해 그의 마음을 사로잡으려고 했다.

하지만 케이가 덧붙인 말에, 헤라의 얼굴은 사색이 되고 말았다.

"빨리 찾지 않으면 이 지역을 전부 불태워 버릴 거다. 그중 타지 않은 물건이, 바로 내가 찾는 그 물건이겠지."

* * *

창고 문이 열렸다.

불만스러운 표정의 사내들이 서 있었다.

그들의 뒤로 분주하게 오가는 사람들이 보였다.

전부 무언가를 찾는 것처럼 보였다.

"나와라."

한 남자의 말에 루와 와칸, 텐치는 몸을 일으켰다.

어느덧 해가 져서 기온이 빠른 속도로 떨어지고 있었다.

사내들은 일행을 그 지역에서 가장 큰 건물로 데리고 갔다. 안으로 들어가자 소파에 편하게 앉아 있는 케이와 그 옆에 바짝 붙어 있는 헤라가 가장 먼저 눈에 들어왔다.

욱씬—

그 모습을 보자 가슴 한편에 미묘한 불쾌감이 일어났다.

루는 그것이 '질투'라는 감정이라는 걸 인정할 수밖에 없었다.

케이를 믿고 있지만 그래도 다른 여자가 그를 만지는 건 싫다. 그의 얼굴을 보는 것도, 체온을 공유하는 것도, 루는 끔찍이 싫었다.

"대장, 저 남자는 왜 저렇게 해 뒀어요?"

텐치의 말에, 루는 정신을 차렸다.

그제야 집 안의 광경을 제대로 살펴볼 수 있었다.

벽 쪽에 50대의 건장한 남자가 두 손을 들고 붙어서 있었다. 남자의 얼굴은 일그러져 있었다. 아마도 자신의 육체가 뜻대로 움직이지 않는 데에 당황한 것이리라.

"나는 물건을 찾고 있고, 저놈은 날 죽이려고 했고, 나는 평화적으로 모든 걸 해결하고 싶기에 잠시 묶어 뒀지."

"평화롭게 보이지는 않는데요."

텐치가 중얼거리며 소파 앞의 테이블에 있는 과일을 집어 들었다. 한동안 제대로 먹은 게 없어서 배가 고픈 터였다.

타우아문을 떠날 때에 준비한 식량은 떨어진 지 오래였다. 원래는 짐승을 잡아서 먹을 생각이었는데, 사막 길로 오는 바람에 제대로 된 먹거리를 찾을 수가 없었다.

루도 못 먹은 지 꽤 됐지만 허기가 느껴지지 않았다.
'내가 이렇게 옹졸한 여자였나?'
그의 마음을 가졌다. 그의 사랑을 받고 있다.
한때는 그의 곁에 있을 수만 있다면, 그의 마음이 어디로 향해도 상관없다고 생각했던 시기가 있었다. 하지만 지금은 아니다. 그의 시선도, 체온도, 목소리도 전부 내 것이었으면 좋겠다.
인간의 욕심이 끝도 없다는 말을 절감한다.
'난 진짜 욕심 많은 여자구나.'
지금 그가 헤라를 멋대로 행동하도록 내버려 두는 이유는, '무언가'를 찾기 위해서임이 분명했다. 그걸 아는데도 심장 쪽이 따끔따끔 아픈 건, 전부 자신이 옹졸하고 욕심 많은 탓인 것만 같았다.
이곳에 있고 싶지 않았다.
루는 휙 돌아섰다.
"루, 어디 가?"
케이가 물었다.
"산책이요."
"같이 가지."
케이가 일어서는 소리가 들렸다.
"그럼 나도 같이 가."
헤라의 목소리에 루는 인상을 찡그렸다.
케이가 거절하기를 바랐다. 하지만 케이는 아무 말도 하지 않았다.

"저 혼자 갑니다. 따라오지 마세요."

루는 차갑게 말하고 도망치듯 건물을 빠져나왔다.

케이는 굳은 표정으로 루가 나간 문을 응시했다.

다른 때였다면 루가 뭐라고 하든 따라나섰을 것이다. 하지만 방금은 그럴 수가 없었다. 루의 뒷모습이 차갑게 굳어, 온몸으로 케이를 거부하는 것처럼 느껴졌다.

'왜 저러지? 이 여자 때문인가?'

그럴 리는 없다고, 케이는 생각했다.

케이의 마음이 오롯이 루에게 향해 있다는 건, 루도 알고 있을 것이다. 지금 헤라를 내버려 두는 이유는, 목적이 있기 때문이다.

게다가 지금 루는 남자인 척하는 상태였다.

처음에는 루가 드레스를 벗어 던진 게 마음에 안 들었지만, 생각해 보니 여행 중에는 그게 나을 것도 같았다. 남자인 척할 때도 사내놈들이 홀린 듯이 쳐다보는데, 루가 여자라는 걸 알고 나면 더할 것이 분명했다.

"잰 뭐야? 네 부하 아냐? 왜 저렇게 무례하게 굴어?"

헤라가 날카로운 목소리로 말했다.

"무례한 건 너야. 루에 대해서 그따위로 말하지 마."

텐치가 헤라를 쏘아봤다.

"넌 또 뭐야? 너, 저 애를 좋아하니? 저 애가 남자인데도?"

"그런 게 아냐. 한 번만 더 루에 대해 무례하게 말하면 죽일 거야."

텐치의 말에 헤라가 어이없다는 듯 웃으며 케이를 돌아봤다. 케이가 편을 들어주기를 원하는 눈빛이었지만 케이는 아무 말도 하지 않았다.

"케이, 난 당신을 돕기로 했지만 당신 부하들이 기어오르는 건 그냥 놔둘 수 없어. 이래 봬도 나는 바르니카의 공주야. 내 도움이 필요하다면 우리 아버지도 풀어 주고, 당신 부하들 단속도 제대로 좀 해."

"공주? 푸하하하하하. 놀고 있네, 진짜. 호랑이 없는 데서는 여우가 왕이라더니, 지가 공주는 무슨."

텐치가 조롱하듯 웃음을 터뜨렸다.

헤라의 얼굴이 붉게 물들었다.

"대장, 잠깐 얘기 좀 하시죠."

묵묵히 서 있던 와칸이 입을 열었다.

케이가 고개를 끄덕이고 와칸과 함께 자리를 뜨려는데, 헤라가 말했다.

"당신 부하가 계속 무례하게 굴면 죽여 버릴 거야. 그래도 괜찮겠어?"

"죽일 수 있다면 그래 봐."

케이는 건성으로 대꾸하고는 와칸과 함께 그곳을 떠났다.

케이가 떠나자마자 헤라는 채찍을 빼 들었다. 텐치는 여전히 과일을 먹으며 느긋하게 헤라를 보고 있었다.

'얄미운 놈.'

헤라의 채찍이 허공을 갈랐다.

* * *

"이건 아닌 것 같습니다."

건물 밖으로 나오자마자 와칸이 말했다.

"아닌 것 같다고?"

"네, 대장. 뭔가 잘못된 것 같습니다."

"잘못된 건 아무것도 없어. 이곳엔 분명이 마법 무기가 있을 거다."

"아니요, 대장. 마법 무기 이야기를 하는 게 아닙니다. 이 토벌 작전 자체를 말씀드리는 겁니다."

"뭐?"

"프러포즈를 하는 데에 인어의 눈물 같은 거창한 보석과 북쪽 땅이 정말로 필요한 걸까요?"

원정 자체를 부정 당하자 케이의 표정이 어두워졌다.

안 그래도 이번 원정을 떠나면서부터 루의 기분이 미묘하게 안 좋아 보여서 기분이 나쁘던 차였다. 그런 와중에 케이의 뜻을 가장 잘 이해해 주는 와칸까지 이런 소리를 하니 당혹스러웠다.

"나는 루에게 가장 멋진 보석을 주고 싶어, 와칸. 그리고 타우아문의 기후는 견디기 힘들어. 살기 좋은 땅이 필요해."

"북쪽 땅도 견디기 힘든 기후인 건 마찬가지입니다. 차라리 타우아문의 정글이 더 나을 겁니다."

"북쪽과 남쪽을 갖고 나서, 사이에 있는 바만 제국을 칠까 한다. 바만 제국의 살기 좋은 땅을, 루에게 선물로 주겠어."

케이가 처음으로 밝힌 원대한 포부에 와칸의 눈이 커졌다.

"그럼 그때까지 프러포즈를 안 하시겠다고요?"

"그 시기가 중요한 게 아니잖아. 나와 루는 서로 사랑하고 있다는 걸 확인했어. 조금 시간이 걸려도 루는 이해해 주겠지."

"글쎄요."

"내 마법은 곧 사라질 거다, 와칸."

"……."

"이 마력이 완전히 사라지기 전에, 나는 그녀에게 가장 멋진 땅과 가장 멋진 보석을 선물로 주고 싶어."

* * *

헤라는 믿을 수가 없었다.

호리호리하고 약해 보이는 텐치가 헤라의 채찍을 전부 피하고 있었다. 그것도 과일을 먹으면서!

이윽고 과일을 다 먹은 텐치가 손가락에 묻은 과즙을 쪽쪽 빨더니, 검을 뽑았다.

"전에도 너 같은 여자가 있었어. 비비안이라는 이름인데, 너와는 비교할 수 없을 정도로 예뻤지. 게다가 굉장한 가문의 딸이고 말이야."

텐치가 느긋하게 이야기했다.

'나와는 비교할 수 없을 정도로 예쁘다고?'

헤라는 이를 아득 갈며 채찍을 휘둘렀다. 텐치는 날아오는 채찍 끝을 가볍게 붙잡았다.

헤라는 채찍을 빼내기 위해 기를 썼지만 텐치의 힘을 이길 수가 없었다.

"비비안도 대장을 사랑했어. 대장을 갖고 싶어서 견딜 수가 없었나 봐. 평민을 도우면서 살던 여자였는데, 대장을 사랑하게 되면서 변했어. 사랑이라는 건 무서워, 정말. 사람을 변하게 만들거든."

텐치가 채찍 끝을 갑자기 끌어당기는 바람에, 헤라의 몸이 중심을 잃고 텐치 쪽으로 쓰러졌다. 텐치는 그런 헤라의 허리를 받쳐 뒤로 눕히듯 쓰러뜨렸다.

그리고 헤라의 복부를 밟고 서서 검 끝으로 헤라의 목을 겨눴다.

"비비안은 죽었어. 그리고 너도 죽을 거야. 나는 무장하지도 않은 어린애를 죽이려고 하는 인간들은 살아 있어서는 안 된다고 생각하거든. 그게 대장 옆에 들러붙어서 루의 마음을 심란하게 하는 여자라면 더더욱."

*　*　*

오아시스 옆에 앉아, 루는 맑은 물을 응시했다. 차가워 보이는 물을 보고 있노라니 술렁거리는 마음이 조금씩 가라앉았다.

그래도 역시 케이를 이해하기는 힘들었다.

루가 원하는 건 고즈넉하고 평화로운 삶이었다.

케이도, 루도 아픔을 겪었다. 긴 시간 가슴 안에 슬픔과 아픔, 그리고 복수의 불꽃을 지니고 살아왔다.

복수는 끝났다.

슬픔과 아픔이 완전히 가신 것은 아니지만, 그래도 케이가 있으니 행복이 더 컸다.

이제 루가 원하는 것은 케이와의 미래였다.

케이만 있다면 어떤 곳이라도 상관없었다. 더운 정글도, 추운 북극도. 허름한 판잣집도, 혹은 길거리라도. 케이만 있으면, 루에게는 그곳이 최고의 궁전이나 마찬가지였다.

하지만 케이는 그렇지 않은 모양이다.

'역시 남자라서 그런가?'

사내들에게는 정복욕이 있다.

어쩌면 케이는 이 대륙을 전부 손에 넣어야 만족할지도 모르겠다.

'괜찮다고 생각해야 하는데.'

루는 욕심을 버리고 싶었다.

그와 평화롭게 살고 싶어 하는 마음은 사치였다.

그는 강하다. 그렇다면 그 강한 힘을 사용할 곳이 필요할 것이다.

그렇다면 그를 도와 북쪽 땅을 토벌하는 게, 사랑하는 사람으로서 당연히 해야 할 일일지도 모른다.

다만 그렇게 생각하면서도 그걸 받아들이기가 힘들 뿐이었다.

"갖고 싶은 걸 가졌는데도 우울해 보이는 이유가 뭐지?"

문득 옆에서 들려온 음성에 루를 퍼뜩 정신을 차렸다.

눈을 휘둥그레 뜨고 옆에 앉아 있는 사내를 응시했다. 불타오르는 것 같은 주홍빛 머리카락과 검붉은 눈동자의 사내가 루를 보며 미소 짓고 있었다.

"라크. 다시는 못 볼 줄 알았어."

라크였다.

반가운 마음에 두 팔을 벌려 그를 끌어안았다.

오랫동안 못 본 것도 아닌데, 굉장히 오랜만에 만나는 기분이 들었다.

"그래? 나는 조만간 또 보게 될 줄 알았는데."

라크가 웃음기 띤 목소리로 말하며 루의 등을 토닥거렸다.

"그동안 어디에 있었어?"

"대륙을 좀 둘러봤지. 다른 대륙에도 가 보고, 영원한 잠에 빠질 만한 곳을 찾고 있었지."

"영원한 잠……."

"내 삶은 이제 곧 끝날 거야, 루엘. 그렇다면 멋진 곳에서 잠들고 싶거든."

라크의 생명이 길게 남지 않았다는 건 알고 있었다. 하지만 그에게서 분명하게 그런 말을 들으니, 욱씬, 가슴이 아파 왔다.

루가 케이를 짝사랑한다고 여길 때에, 라크는 늘 방해를 하는 것처럼 보였다. 하지만 알고 보니 아니었다. 라크는 루의 마음을, 그리고 케이의 마음을 이어 주기 위해 중간에서 노력하고 있었다.

복수 따위보다 더 중요한 것이 있다는 걸, 두 사람이 깨닫도록 하기 위해 극한의 상황을 만들어 내곤 했다.

"그런 표정 짓지 마, 루. 그래도 너보다는 오래 살 것 같으니까."

"정말이야?"

"그래, 즐겁지 않은 일이지. 귀여워하는 인간들이 죽는 걸 지켜보는 건."

라크는 미소를 짓고 있었지만 목소리는 쓸쓸했다.

그제야 루는 남들보다 긴 삶이 가진 고독을 조금이나마 느낄 수 있었다.

"뭐, 반푼이한테 받아 갈 것이 있어서 말이야. 그걸 받기 전엔 죽을 수 없어."

"받아 갈 것?"

"그래, 반푼이가 나와 약속을 하나 했었거든. 도와주는 대가로 무언가를 주기로."

심장이 덜컥 내려앉았다.

드래곤은 대가를 받아야만 인간을 돕는다.

라크가 루를 아끼는 것은 알지만, 대가를 받아 가는 건 또 다른 문제였다.

"뭐, 뭘 받기로 했는데?"

"비밀이야, 루엘."

"알려 줘, 라크."

"싫어. 이건 나와 반푼이의 문제니까."

라크가 차갑게 말했다.

몇 번을 물어도 말해 주지 않으리라는 것을, 루는 깨달았다. 그렇다면 나중에 케이에게 물어봐야겠다.

"그나저나 왜 그렇게 우울해 보이는 거야? 케이가 널 놔두고 자꾸 다른 여자랑 놀아서? 아니면 슬슬 정착할 줄 알았는데 북쪽 땅을 토벌하겠다느니, 대륙을 통째로 손에 넣겠다느니, 강한 포부를 드러내서?"

얼굴이 화끈 달아올랐다.

"대체 언제부터 보고 있었던 거야?"

"어릴 때부터 마법 공부만 하고 떠돌아다녀서 그런가? 참으로 여자 마음을 모르는 녀석이야. 마법뿐 아니라 연애에 있어서도 반푼이로군."

라크는 즐거워 보였다.

"그런 녀석은 내버려 두고 나랑 같이 가자, 루엘. 네가 날 따라 온다고 하면 반푼이에게서 받아 가기로 한 것을 받지 않을 테니까."

옛날에 이런 제안을 받았더라면, 루는 고민할 것도 없이 받아들였을 것이다.

하지만 지금은 아니었다.

루가 있을 곳은 케이의 옆이었다.

그리고 그에게 서운한 지금도, 그가 자신을 필요로 한다는 걸 믿고 있었다.

"싫어, 라크. 내가 있을 곳은 케이 옆이야."

라크가 씩 웃었다.

"그럴 줄 알았어. 하지만 루엘, 네 생각은 아무래도 좋아. 난 이제부터 널 납치할 거거든."

그 말을 듣자마자 루는 벌떡 일어나 검을 빼 들었다. 상대가 드래곤이라도 공격하겠다는, 서늘한 빛이 루의 눈에 감돌았다.

라크가 나쁜 드래곤은 아니지만 장난을 좋아하는 성격이라는 건 알고 있었다. 라크의 장난에 휘둘리고 싶지 않았다.

"루, 실망이야. 고작 검 두 자루로 날 이길 수 있다고 생각한 건 아니겠지? 나는 드래곤이라고."

"순순히……."

잡혀 줄 생각은 없어, 라고 말하려 했지만, 그 말을 끝내기도 전에 루와 라크의 모습이 사라졌다.

*　　*　　*

소년의 치료가 끝났지만 소년은 아직 정신을 차리지 못했다. 사막의 추위까지 덮쳐 소년은 부들부들 떨고 있었다. 급한 대로 주아의 품에 넣어 두긴 했지만, 주아는 무언가 신경 쓰이는 듯 안절부절못하고 있었다.

"안 되겠다. 내가 먼저 이 애를 데리고 사막을 빠져나갈게."

휴이의 말에 유진이 반대했다.

"안 돼, 휴이. 네가 없으면 밥은 누가 해? 알리, 나즐. 너희가 이 애를 가장 가까운 마을에 데려다주고 와."

"데려다주고 그 마을에 있을게."

나즐은 사막을 먼저 벗어날 수 있다는 생각에 기쁜 듯했다.

"아니, 죽더라도 같이 죽어야지. 혼자 사막을 벗어날 생각하지 마."

"응, 응. 유진 말이 맞아."

나즐이 건성으로 대꾸하며 떠날 채비를 했다. 유진은 나즐이 사막으로 돌아오지 않으리라고 확신했다.

"사막을 벗어나서 첫 번째에 있는 마을로 갈게. 다들 수고해."

나즐과 알리가 소년을 짐마차에 태우고 떠나자마자, 주아가 끙끙거리며 유진의 바짓가랑이를 물어서 잡아당겼다.

"왜 그래, 주아? 무슨 일 있어?"

"아무래도 루한테 무슨 일이 생긴 것 같은데. 주아는 루엘 일에만 이러잖아."

모포로 몸을 감싸고 누워 있던 쿠반이 일어나며 말했다.

"가 보자."

쿠반의 말에 주아가 기쁜 듯 컹, 하고 짖더니 달리기 시작했다. 오아시스가 있는 방향이었다.

* * *

대기조가 오아시스에 도착했을 때, 마을은 이미 초토화된 상황이었다.

어린아이와 여자들, 그리고 도적단이 아닌 주민을 제외하고는 모두 죽어 있었다. 그리고 그 중심에 텐치와 와칸이 있었다.

"뭐야? 평화롭게 해결하려고 잡혀 간 거 아니었어? 이런 건 줄 알았으면 나도 잡혔을 텐데!"

쿠반이 검을 사용할 기회를 놓쳐서 아쉽다는 듯 외쳤다.

"텐치가 공주를 죽였고, 그걸 본 도적단이 달려들었고, 그래서 어쩔 수 없었다. 살아 있는 사람들은 그저 살기 좋다는 말을 듣고 찾아왔던 평민들뿐이야."

와칸이 간단하게 설명했다.

"뭐야, 텐치. 원래 먼저 잘 안 죽이잖아. 어쩐 일이야? 공주가 너한테 못되게 굴었어?"

"루한테 못되게 굴었어요. 게다가 그 여자는 아무 힘도 없는 어린애를 죽이려고 했고요. 그리고…… 이런 데서 시간을 오래 끌면 안 된다는 생각이 들었어요, 형님."

"응? 왜?"

"루가 우울해 보였거든요. 이 원정은 뭔가 잘못된 것 같아요."

"아, 그래? 그럼 그래서 루가 먼저 가 버린 건가?"

유진의 중얼거림에, 묵묵히 서 있던 케이가 다가왔다.

"먼저 가 버리다니?"

"아, 그게요. 주아가 갑자기 달려가기에 따라갔거든요. 그랬더니 오아시스 앞에 이런 게."

유진이 둘둘 말린 양피지를 내밀었다.

말린 양피지를 펼치자 단검이 하나 나왔다. 그 단검에서 강한 마력이 느껴졌지만, 케이는 그보다 양피지에 적힌 내용을 신경 썼다.

*이게 대장이 찾던 마법 무기입니다. 전 라일을 만나러 구온 시로 갑니다. 토벌에서는 빠지겠습니다. —루—*

분명 루의 글씨였다.

* * *

오르딘 공작의 사망 후, 라일은 수도로 돌아가지 않았다.

싸움에 임박해 있을 때는 그것에 집중하느라 정신이 없었다. 하지만 모든 것이 끝난 후, 충격과 아픔이 라일을 몰아치고 있었다.

오르딘 공작의 사망을 알리고 가문을 이어받아야 하지만, 라일은 그러고 싶지 않았다. 더 이상 자랑스러운 가문이 아니다.

'난 그저 눈을 닫고 있었을 뿐이야. 알려고만 하면 언제든 알 수 있었을 텐데.'

아버지에게 희생당한 사람들에 대한 죄책감이 라일을 짓눌렀다.

도망치듯 구온 시에 온 이유는 가장 좋은 추억이 깃들어 있는 곳이기 때문이었다.

이곳에서 루를 만났고, 사랑에 빠졌다.

한때는 그것이 달콤하고 설레기만 하는 감정을 안겨 주었다. 하지만 지금은 씁쓸한 아픔과 죄책감이 서려 있었다.

'내 아버지가 루의 부모님을 죽였지. 케이의 아버지도 죽였고.'

좋았던 추억이 어둡게 변질되었지만, 그래도 라일은 그 모든 감정을 오롯이 받아들이겠노라고 결심했다.

가터 백작이 죽은 후 시장이 바뀌었고, 가터 백작의 아들인 아리크는 무너지는 가문을 다시 세우기 위해 노력하고 있었다.

토스카가 지배했던 어둠의 거리는 새롭게 생겨난 폭력단이 손에 쥐었고, 파필리아의 주인은 바뀌어 전처럼 고급스럽지 않게 되었다.

많은 것이 변했고, 아마 시간이 흐르면 더 많이 변하게 되리라.

토스카가 운영했던 쿠빌레 역시 주인이 바뀌었지만, 겉으로 보기에는 예전과 똑같았다. 서비스도 비슷한 수준을 유지하고 있어서, 그나마 토스카의 향기를 간직하고 있었다.

라일은 쿠빌레에 숙소를 잡아 놓고 몇 달째 머무르는 중이었다. 라일이 평범한 손님이 아니라고 생각했는지, 주인은 과할 정도로 라일의 편의를 봐주고 있었다.

라일은 푹신한 침대에 누워 눈을 감고 있었다. 지금 자신이 얼마나 바보처럼 행동하는지 알고 있었다.

훌훌 털고 일어나 새로운 삶을 살기 위해 노력해야 했다. 오르딘 공작이 무너뜨린 것들을 복구해야 했고, 희생자들에게 사죄를 해야만 했다.

머리로는 알고 있지만 행동을 하기가 쉽지 않았다. 이대로 침대와 하나가 되어, 세상에서 사라져 버리고 싶었다.

얼마나 그렇게 눈을 감고 있었을까.

"잡혀 줄 생각은 없어."라는 목소리가 들려왔다.

그리운 음성이었다.

이곳에서는 들릴 리 없는 목소리이기에, 라일은 백일몽을 꾸는 중일 거라고 생각했다.

"으악!"

그리운 목소리가 비명을 질렀다.

"라크, 어디 간 거야? 여긴…… 쿠빌레? 으앗! 라일?"

꿈인데도 무척이나 현실감 있다고 생각했다.

꿈속의 루는 갑자기 순간 이동한 것처럼 바보 같은 목소리를 내고 있지만, 상관없었다. 이 꿈이 영원했으면 좋겠다.

"라일, 자는 거야? 라일 맞지?"

머리카락을 언뜻 스치는 느낌에 눈을 떴다.

그리고 시야 가득 그녀가 들어왔다.

"루……."

"당신이 왜 여기 있는 거지? 아니, 내가 여기로 오게 된 거구나. 라크, 대체 무슨 생각인 거야?"

루는 혼란스러운 듯했다. 그녀에게서는 달콤한 향기가 났고, 그리운 향기를 맡는 순간 라일은 이것이 꿈이 아닌 현실이라는 걸 깨달았다.

벌떡 일어나 앉았다.

오랜만에 몸을 일으키는 거라 머리가 띵했다.

"아무튼 미안하게 됐어. 계속 자."

떠나려는 루의 손목을, 라일은 저도 모르게 붙잡았다.

루가 거세게 뿌리칠 줄 알았다. 하지만 루는 그러지 않았다. 그저 왜 그러냐는 듯 라일을 돌아봤을 뿐이다.

"오랜만이에요, 루."

루의 입가에 옅은 미소가 떠올랐다.

"응, 오랜만이야."

그녀의 미소를 보자 심장이 저미는 고통이 일었다.

"미안해요."

라일의 눈에 눈물이 차올랐다.

"미안해요, 루."

새삼스레 가슴이 아팠다.

그녀를 얻지 못했다는 이유 때문이 아니었다.

그녀가 살아온 고독하고 괴로운 길을 떠올리니, 가슴이 미어졌다.

이렇게나 아름다운 사람인데. 그런 고생을 할 사람이 아니었는데.

"됐어, 그런 건. 이제 끝난 일이야. 내가 당신의 아버지를 죽였잖아."

"아버지는 죽을 만했습니다. 하지만……."

"됐어, 그만해. 그때 일은 잊고 싶어. 당신도 잊어. 당신이 미안할 것도, 괴로울 것도, 죄책감을 가질 것도 없어."

루는 라일이 어떤 기분을 느끼는지 알고 있는 것 같았다.

"당신 아버지의 인생이 당신 책임은 아니잖아. 물론 그 작자의 아들인 당신이 미웠던 적도 있지만, 이젠 됐어."

루의 가벼운 어조가 오히려 위로가 되었다. 짓누르고 있던 무언가가 조금씩 사라지는 느낌이었다.

"그런데 루, 여긴 어떻게 온 겁니까?"

"아아, 그거. 라크가 날 여기로 데려왔어."

"라크라면…… 드래곤 말이지요?"

"응. 분명 사막에 있었는데 갑자기. 큰일이네, 다들 걱정할 텐데."

"사막이요? 사막엔 어쩐 일로?"

"아아. 그게."

루는 나가서 일행에게 돌아가야 할지, 아니면 라일에게 모든 걸 설명할지 망설였다.

당연히 돌아가야하겠지만 돌아갈 마음이 들지 않았다. 케이가 그 여자와 노닥거리는 꼴을 보고 싶지 않았다. 그게 아무리 목적이 있어서 하는 행위더라도 싫었다.

게다가 라일이 마음에 걸렸다.

라일은 루에게 큰 위로가 되었던 사람이었다. 그가 오르딘 공작의 아들이라는 걸 알기 전까지는, 라일의 배려와 상냥함에 위안을 받았었다.

'이 남자는 자기 아버지가 그런 인간이라는 걸 알게 된 후, 털어놓고 위로받을 사람도 없었겠지.'

라일이 안쓰러웠다.

이런 곳에 있는 이유도, 아마 도망을 친 것이리라. 잔혹한 현실로부터.

루는 작게 한숨을 내쉬고는 침대 끝에 걸터앉았다.

"사실은 말이야."

루는 천천히 그동안의 일에 대해 설명했다.

케이가 몰래 원정을 떠나려고 했던 것과 사막에서의 일, 그리고 라크를 만난 것에 대해.

처음에는 사실 설명만 할 생각이었다. 하지만 라일은 이야기를 무척이나 진지하게 잘 들어 주었다. 그러다 보니 자신도 모르게 케이에게 느끼는 서운함이라든가, 불안함, 질투심에 대해서도 낱낱이 털어놓고 말았다.

주아에게도 못하는 이야기를 라일에게 하고 만 것이다.

이야기를 전부 끝낸 후에야, 루는 자신이 무슨 소리를 했는지 깨닫고는 얼굴을 붉혔다.

"아니, 지금까지의 이야기는 거짓말이었어. 못 들은 걸로 해."

루의 말에 라일이 빙그레 웃었다.

바보 같은 행동을 하고 말았지만, 라일이 웃어서 다행이라고, 루는 생각했다.

"아니요, 못 들은 걸로 할 수는 없죠."

"됐어, 못 들은 걸로 해. 아무튼 난 다시 사막으로 가 봐야 돼. 사막까지 가는, 가장 빠른 길을 혹시 알고 있어?"

"가지 마요, 루."

라일이 루의 손목을 단단히 붙들고 말했다.

"그냥 내 옆에 있어요."

루는 당황했다.

라일이 아직도 이런 소리를 할 줄은 몰랐기 때문이다.

역시 라일에게 모든 걸 털어놓는 게 아니었다고 후회하는데,

라일이 덧붙였다.

"아, 오해하지 말아요. 그런 의미로 한 말은 아니니까."

"그래? 당신 옆에 머물라는 데에 다른 의미가 있는 거야?"

"라크가 당신을 여기로 데리고 온 이유를 알 것 같거든요."

"응?"

"라크는 역시 당신을 참 좋아하나 봅니다."

"무슨 소리야?"

"아무튼 루, 구온 시에 머물러요. 그러면 알게 될 거예요. 라크가 무슨 생각으로 이런 건지."

루는 라일의 말을 이해할 수가 없었다.

그냥 되는 대로 떠드는 건가 싶었는데, 자신만만한 표정을 보면 그런 것 같지도 않았다. 라일은 정말로 라크의 의도를 파악한 것처럼 보였다.

루는 뚱한 표정으로 위를 올려다봤다.

라크가 어딘가에 있을 텐데 기척이 느껴지지 않았다.

'어쩌면 케이에게 갔을지도 모르겠네.'

루는 한숨을 내쉬었다.

"나는 케이에게 가야 돼. 북쪽 토벌은 쉽지 않을 거야. 내 힘이 필요해."

루가 다시 고집스럽게 말했다.

"사막에서 여기까지 오는 가장 빠른 길은 말을 타고 달리다가 펠이턴 시에서 기차를 타는 겁니다. 그렇게 오면 딱 열흘이 걸

리죠. 루, 열흘만 구온 시에 있어 봐요. 케이는 분명 이곳으로 올 테니까."

* * *

이곳으로 올 거라고?

그럴 리 없다고, 루는 생각했다.

사막으로 접어든 이상, 구온 시에 들르면 북쪽까지 빙 돌아서 가게 된다. 루에게 말도 없이 떠날 만큼 북쪽 토벌을 하려고 하는데, 멀리 돌아가는 길을 택할 리 없었다.

게다가 케이는 루가 구온 시에 있다는 것을 몰랐다. 아무 전언도 하지 못한 채 라크에게 끌려왔으니까.

하지만 라일은 계속 고집을 부렸고, 결국 루는 수락하는 수밖에 없었다.

딱 열흘만 기다린 후, 북쪽으로 떠날 거라고 말했다.

케이의 목적지는 알고 있으니, 여기서 기차를 타고 가면 어디선가는 만나게 되리라는 생각이었다.

쿠빌레에 방을 하나 더 잡았다.

오랜만에 돌아온 쿠빌레에서 묵으려니 감회가 새로웠다.

침대에 눕자 이곳에서 있었던 많은 일들이, 바로 어제의 일처럼 생생하게 떠올랐다.

파필리아의 괴물이라고 불렸던 고된 생활, 그리고 케이와의 만남과 토스카, 쿠빌레, 비비안…….

많은 일이 있었다.

그때는 이러한 미래를 상상하지 못했다.

복수를 끝내면 케이를 떠날 생각이었다. 그가 다른 여자와 사랑하고 가정을 꾸리는 모습을 보고 싶지 않았기에.

그가 나를 사랑해 줄 거라는 상상은, 감히 하지도 못했었다.

'그랬던 적도 있었지. 이렇게 될 줄 누가 알았겠어?'

그 당시 케이는 사랑하지만 무섭고 어려운 사람이었다. 편하게 대하고 칭얼거리고, 그가 하는 일에 대해 불만을 품고 화를 내고.

상상하는 것조차 죄스러운 그 일을, 지금은 하고 있다.

'난 다 가졌어.'

루는 한 손을 앞으로 쭉 뻗었다.

'절대로 갖지 못할 거라 생각했던 것들을, 다 갖게 된 거야. 그런데도 불만이나 품고 있으니…… 난 정말 욕심쟁이야. 케이가 북쪽 땅을 갖고 싶어 한다면, 난 그냥 그걸 가질 수 있도록 도와주면 되는 거야. 내가 불만스럽게 생각할 일은 아니었어.'

케이가 그리웠다.

떨어진 지 24시간도 안 됐는데, 아주 오랫동안 보지 못한 기분이었다.

그의 붉은 눈동자를, 보석처럼 빛나는 그 눈동자를 보고 싶었다. 그의 따뜻하고도 단단한 품에 안기고 싶었고, 그의 부드러운 머리카락에 얼굴을 묻고 싶었다.

'케이.'

루는 이불을 끌어당겼다.

"보고 싶어."

*　　*　　*

구온 시에 도착한 이튿날 아침.

방문을 두드리는 소리에 눈을 떴다.

"루, 아직 자요?"

"아아, 지금 일어났어."

루는 잠에서 막 깬 부스스한 모습 그대로 방문을 열었다. 그런 모습을 보이는 루보다 라일이 더 당황한 것 같았다.

"아, 미안해요. 아직 자고 있었는지 몰랐어요."

"어젯밤에 잠이 안 와서. 아침 먹으러 가게?"

"네, 준비하는 동안……."

"아니, 그냥 이대로 나가도 돼."

루는 헝클어진 머리를 대충 정리한 후 방 밖으로 나왔다.

"루, 뭔가 변했네요. 옛날엔 좀 더 차분한 사람일 줄 알았는데."

"형님들이랑 같이 지내다 보면 변하게 되어 있어. 라일도 성격 바꾸고 싶으면 티그리스에 들어와. 아주 무례한 성격으로 바뀔 테니까."

"행복해 보여서 다행이에요."

"내가 행복해 보여?"

"네, 나는 이곳에 있을 때의 루를 기억하니까요. 아니, 그때의 루를 모르는 사람도 지금 당신을 보면 행복해 보인다고 생각할 거예요."

역시 라일은 루에게 위로가 되는 사람이었다.

루는 변함없는 그에게 고마웠다. 그는 전이나 지금이나 항상 루에게 가장 필요한 이야기를 해 준다.

지하에 있는 식당에서 간단한 요리를 주문했다.

요리를 먹으며, 루는 어젯밤 자신이 했던 생각을 이야기했다.

"난 많이 행복하고 전에는 갖지 못한 걸 갖게 되었는데, 더 욕심을 부리고 있었던 거야. 그래서 이젠 안 그러려고. 오후에 바로 사막 쪽으로 출발할래."

"흐음. 난 생각이 달라요, 루."

"당신 생각은 아무래도 좋아."

"루, 사람이 기대를 갖고 욕심을 품는 건 당연한 일이에요. 사랑을 하게 되면 더 그렇죠."

"하지만 욕심을 내기 시작하면서 다툼이 생기는 거잖아. 내가 욕심 내지 않으면 케이와 싸울 일도, 서운할 일도 없어."

"하지만 루. 지금 당신이 원하는 건, 사랑에 빠진 모든 사람들이 일반적으로 원하는 거예요. 내가 사랑하는 사람이 오롯이 나를 봐 주고, 나와의 시간을 함께해 주었으면 좋겠다, 라는 거. 그게 큰 욕심은 아니죠. 그런 욕심도 없으면, 그게 사랑이겠습니까?"

"하지만……."

"루는 지금 그 욕심을 버리면서까지 케이를 위해 원정을 떠나려고 하죠. 그가 갖고 싶은 게 있다면, 그걸 갖게 해 주겠다고 마음을 먹었죠. 그렇다면 케이는요? 두 사람의 사랑 속에서, 케이는 무얼 포기했죠?"

"……."

"한 사람만 희생하고, 한 사람만 참는 사랑이 오래 갈 리가 없어요. 그건 둘 다 지치게 만들어요. 건강하지 못한 관계입니다. 게다가 내 생각에 케이는…… 아니, 이건 확실한 게 아니니까 그만두죠. 아무튼 루, 그런 식으로만 생각해서는 안 돼요."

"라일 말이 맞아."

대답은 루가 아닌 라크가 했다.

어느새 모습을 드러낸 라크가 루의 옆에 앉아 빙그레 웃고 있었다.

"반푼이는 여자 마음을 모르지. 루엘, 너 역시 남자 마음을 모르고."

"어디 갔다가 왔어?"

"바보 같은 루엘을 잡아 두느라 고생했다, 라일. 반푼이는 네가 구온 시에 있다는 걸 알아, 루엘. 네가 라일을 만나러 간다고 말해 뒀지."

"뭐?"

루가 벌떡 일어났다.

라일을 만나러 간다고 했다니.

케이는 라일이 루에게 품고 있는 마음을 알고 있었다. 루가 라일에게 고마워한다는 것도 알고 있었다.

그런 식으로 글을 남겨 뒀다면 케이의 오해를 살 것이다.

"고작 며칠이야, 루. 기다려 봐. 반푼이가 북쪽 땅을 선택할지, 널 선택할지 확인해야지."

"난 케이 마음을 시험하고 싶지 않아."

"지금은 해야 할 때야. 둘 다 바보처럼 굴고 있는 한, 나는 반푼이에게 받아야 할 것을 못 받거든. 그러니까 한동안 구온 시에 붙어 있어."

*　　*　　*

라크와 라일이 뭐라 하든, 루는 케이에게 가고 싶었다. 그의 마음을 시험할 생각 따위 없었다.

사실은 조금 불안하기도 했다.

만약 케이가 북쪽 땅을 선택하면 어떻게 해야 하지?

그런 걸로 그를 떠나거나 사랑이 식을 일은 없겠지만, 가슴에 난 상처는 결코 아물지 않을 것이다.

그렇기에 루는 그를 시험하고 싶지 않았다.

하지만 구온 시를 떠날 방법이 없었다. 라일은 그렇다 쳐도 라크의 눈을 속일 수는 없을 테니까.

'꼼짝 없이 열흘을 여기서 보내야 하네.'

오전 내내 고민하던 루는 결국 방법이 없다는 걸 깨달았다. 그렇다면 구온 시에서 머무는 열흘을 즐겨 주는 수밖에.

마음가짐을 달리하고 구온 시에서의 일정을 '여행'이라고 받아들이기로 했다.

그러고 보니 예전에 구온 시의 은행에 저축해 둔 돈도 있었다. 많은 돈은 아니지만 열흘 동안 사용하기에는 무리가 없을 것이다.

나갈 채비를 끝낸 루가 쿠빌레 밖으로 나갔을 때, 건물 앞에서 라일이 루를 기다리고 있었다.

이럴 줄 알았기에 놀랍지도 않았다.

"난 라일이랑 같이 나들이할 계획은 아니었는데."

"뭐 어떻습니까. 여행은 나눌 사람이 있으면 기쁨이 두 배라고 하잖아요. 같이 다닙시다."

나긋나긋하게 말하는 라일을 보니, 예전의 모습을 조금은 되찾은 것 같아서 안심이 되었다.

루는 고개도 끄덕이지 않고 걸음을 옮겼다. 루가 아무 말도 없는 것이 허락이라고 생각한 라일이 루를 따라왔다.

"어디 가는 거예요?"

라일이 물었다.

“은행. 맡긴 돈 좀 찾으려고.”

“돈이라면 나도 있는데.”

“당신한테 얻어먹고 싶지 않아.”

루는 단호하게 거절했다.

순간 라일이 상처 받은 표정을 지었지만 애써 무시했다. 라일이 어떤 마음으로 돈을 쓰려고 하는지 알고 있었다. 루를 사랑하는 마음과 미안한 마음 때문이리라.

라일이 그런 기분에서 벗어났으면 좋겠다고, 루는 진심으로 생각했다.

어제 라일에게 했던 말들은 거짓이 아니었다. 루는 진심으로 오르딘 공작의 잘못을 라일이 책임져야 할 필요는 없다고 생각했다.

과거에는 오르딘 공작을 원망하는 마음이 커서, 다른 마음을 품을 여유가 없었다. 그러나 시간이 흐른 지금 생각해 보니, 라일 역시 괴로울 거란 생각이 들었다.

만약 내 부모가, 혹은 내 형제가 나도 모르게 끔찍한 짓을 저지르고 다녔다면 어떤 기분일까. 내가 믿었던 사람이 사실은 살인마라는 걸 알게 되는 것 역시 고통스러운 일일 것이다.

그저 오르딘 공작의 아들이라는 이유만으로, 라일에게까지 그 죄를 덮어씌우는 건 가혹하다.

은행에서 돈을 찾은 루는 라일과 함께 길거리 음식을 사 먹으며 구온 시를 돌아봤다. 아는 얼굴도, 모르는 얼굴도 보였다.

루를 알아본 사람들은 와서 말을 걸거나 눈인사를 하고 지나갔다. 전에는 이 도시가 참으로 차갑다고 느껴졌었는데, 오랜만에 돌아와 보니 그렇지도 않았다.

구온 시는 루에게 있어 제 2의 고향이었다.

"루, 안색이 안 좋네요."

항구에 도착했을 때, 라일이 걱정스럽게 말했다.

"응, 좀 어지러워."

바닷바람 때문인지, 아니면 햇살 때문인지 아까부터 메스껍고 어지러웠다. 어쩌면 불편하게 아침을 먹어서 체했는지도 모르겠다.

"그러고 보니 간만에 제대로 된 음식을 먹는 거였어."

"그래요? 대체 어떤 생활을 하고 있는 겁니까?"

"사막엔 먹을 만한 게 없더라고. 계속 도마뱀만 잡아먹었거든."

"……먹고 살자고 하는 짓인데 밥은 제대로 챙겨 먹어야죠."

"그러게."

"과일 주스라도 사 올게요. 잠깐 앉아 있어요."

라일이 가게 쪽으로 사라졌다.

루는 항구에 아무렇게나 놓인 상자에 걸터앉았다.

이 바다를 다시 보게 될 줄은 몰랐다.

햇살이 수면에 부딪쳐 시리도록 아름다운 빛을 흩뿌렸다. 눈이 어지러울 정도로 반짝거렸다.

한동안 바다를 보고 있는데 라일이 시원한 과일 주스를 가지고 돌아왔다. 상큼한 주스를 마시니 울렁거리던 속이 조금 가라앉았다.

라일도 루의 곁에 앉아서 주스를 마셨다.

둘은 한동안 대화 없이 바다를 응시했다.

"루, 하나 궁금한 게 있어요."

문득 라일이 입을 열었다.

"응. 뭔데?"

"아직까지 남장을 하는 이유가 뭡니까? 이제 그럴 필요 없을 텐데."

"아아, 이게 편해서. 아쉬워?"

"네, 아쉽네요. 다시 만났을 땐 루가 근사한 여성의 모습을 하고 있을 줄 알았는데."

"그거 참 미안하게 됐네."

"케이도 아쉬워하지 않나요?"

"성에 있을 땐 드레스를 입었었어. 그런데 역시 이 차림이 편해."

"나도 루의 드레스 차림을 보고 싶어요!"

"욕망을 너무 솔직하게 드러내는 거 아냐?"

"당신을 볼 때마다 늘 상상했었어요, 루. 아름다운 드레스에, 긴 머리를 위로 틀어 올리고 내 곁에 있는 모습을."

"……라일."

"그런 표정 짓지 말아요, 루. 잠깐만 내 이야기를 들어 줘요."

라일이 간절하게 말했다.

루는 입을 꾹 다물었다.

라일을 돌아볼 수가 없었다. 그의 표정을 보고 싶지 않았다. 그가 어떤 표정을 짓고 있든, 이 가슴이 아플 테니까.

"당신을 보는 순간 반했어요. 당신을 위해 뭐든 할 수 있을 거라고 생각했어요. 심지어 내 아버지가 당신에게 한 짓을 알게 되었을 때, 나는 당신의 미소를 위해서라면 아버지를 죽일 수 있다고까지 생각했어요."

라일의 부드러운 어조가 루의 가슴을 파고들었다.

"처음이었어요, 루. 이런 식으로 누군가를 원하고 사랑하게 된 건. 늘 망상했죠. 당신과 함께하는 미래를. 나의 부인이 된 당신이 아름답고 우아한 모습으로, 우리의 아이들과 함께 있는 모습을. 당신의 손을 잡고 거니는 나의 미소를. 나는 항상 망상했어요."

"……."

"왜 하필이면 케이일까. 나와 케이가 뭐가 다르기에. 단지 케이와 같은 목적이 있기에 케이였을까. 당신이 케이를 선택했다는 걸 알게 되었을 때, 나는 그것이 궁금했죠. 그러다가 나중에 알게 됐어요. 내가 케이를 이길 수 없다는 걸."

루는 그제야 고개를 돌려 라일을 응시했다.

라일은 옅은 미소를 짓고 있었다. 에메랄드빛 눈동자는 촉촉했지만 생각보다 슬퍼 보이지는 않았다.

"당신이 파필리아의 괴물이라고 불렸던 시기가 있었죠. 그때에도 나는 당신을 본 적이 있어요, 루."

"……그래, 맞아. 당신과 바흘이 쿠빌레의 지하 주점에 있을 때 봤었지."

"맞아요. 그때 난 당신을 보았지만 사랑하지 않았죠. 두 사람이 동일 인물일 거라고도 생각하지 못했었어요."

"그건 당연해. 나랑 오랫동안 같이 지냈던 사람들도 몰라봤으니까."

"하지만 케이는 달랐어요, 루."

"……."

"케이는 당신이 파필리아의 괴물이라고 불리던 그 시절부터 당신에게 사랑을 느꼈던 거 알아요?"

"……응."

"당신의 그 눈동자가 아름답고 아름다워서 정신을 차릴 수가 없었다고, 무엇을 해도 그 눈동자만 생각났다고 그러더라고요."

"케이가…… 언제 그런 말을 했어?"

"나랑 같이 마법 연구소로 가는 길에요."

마지막 싸움이 있을 때에, 분명 라일은 케이와 둘이 먼저 그곳으로 향했었다.

"그 말을 듣는 순간, 졌다는 걸 알았습니다. 케이는 당신이 어떤 모습을 해도 사랑하겠죠. 아마 진짜 괴물로 변한다고 해도, 당신을 사랑할 거예요. 그러니까 루, 걱정하지 말아요. 케이는 이곳으로 올 거예요."

"나는."

무슨 말이든 해야만 했다.

"나는 당신의 사랑도 진심이라고 생각해."

"그런가요? 난 파필리아의 괴물이었던 당신을 사랑하지 않았는데도?"

"언제부터 시작했는지는 중요하지 않잖아. 애초에 첫눈에 반하는 것 자체가 쉬운 일도 아니고. 그냥…… 당신 마음도 진심이라고 생각해. 그렇기 때문에 당신을 부담스럽게 여겼던 거고. 그렇기 때문에…… 고마워. 정말로 고마워, 라일."

루를 똑바로 응시하고 있던 라일이 시선을 옆으로 돌렸다.

"그래요, 루. 그거면 됐어요."

"응."

"당신의 좋은 친구가 될 수 있으면 좋겠어요."

"그럴 수 있을까?"

"당신이 케이 때문에 힘들 때 나한테 와서 투덜거리고, 기쁜 일이 있을 때 나한테 와서 자랑하고. 그렇게 지낼 수 있다면 더는 바랄 없이 없겠어요."

"그러면 라일, 당신도 그럴 거야? 내가 아닌 다른 누군가를 사랑하고, 그 여자 때문에 힘든 일 서운한 일, 혹은 즐거운 일. 나한테 이야기해 주고 그럴 거야?"

"언젠가는요. 지금 당장은 힘들겠지만 언젠가는 그렇게 될 거예요."

*　　*　　*

루가 구온 시에 온 지 일주일째 되는 날 저녁.

구온 시에 도착한 기차에서 케이 일행이 내렸다.

원래 일주일이 걸리는 일정이라는 것을, 라일은 알고 있었지만 루에게는 열흘이라고 말해 두었다. 케이와 루가 만나기 전에, 케이에게 따로 하고 싶은 이야기가 있기 때문이었다.

기차역에서 기다리는 라일의 모습을 발견한 케이가 인상을 찌푸렸다.

"라일……."

"오랜만입니다, 케이. 그리고 여러분도."

라일이 상냥하게 웃으며 티그리스 단원들에게 인사를 건넸다.

사실 라일은 조금 긴장하고 있었다.

루는 오르딘 공작의 죄를 라일에게 묻지 않기로 한 듯했지만, 다른 티그리스 단원들도 그렇게 생각하리란 확신이 없었기 때문이었다.

다행히도 티그리스 단원들은 반가운 듯 라일에게 인사를 했다. 참으로 너그러운 사람들이다.

케이는 루에 대해 묻고 싶은 듯 초조해 보였다. 단원들도 그런 케이의 심정을 잘 알고 있을 텐데도, 일부러 라일과 대화를 하면서 시간을 끌었다.

자신들의 대장이 루가 보고 싶어 전전긍긍하는 모습을 보는 게 즐거운 것이리라.

“다들 입 좀 닥쳐라.”

참다못한 케이가 으르렁거리듯 말했다.

단원들이 킬킬거리며, “대장, 우린 구온 시 관광이나 하고 있을게요.”, “즐거운 시간 보내십쇼.”. “루 찾아 봐야지.”라는 말을 남기고 기차역을 떠났다.

조용해진 기차역에, 케이와 라일 둘만 남았다.

케이는 몹시 지친 표정이었다. 루가 라일을 만나러 왔다는 사실에 충격을 받은 듯했다.

“루는 어디에 있지?”

케이가 물었다.

“그 전에 케이와 하고 싶은 말이 있습니다.”

“나는 너랑 할 말 없어. 루나 내놔.”

케이는 여유가 없어 보였다.

모든 일에 느긋한 케이가 유독 루의 일에만 날카로워지는 모습을 보면, 루가 정말로 사랑받고 있다는 걸 알고 싶지 않아도 알게 된다.

사랑이란 참 신기하다고, 라일은 생각했다.

남이 보면 이렇게 훤히 보이는데, 정작 당사자들은 알지 못하니까. 자신이 얼마나 사랑받는지, 또한 자신이 얼마나 사랑을 드러내는지를.

"루의 마음은 당신에게 있어요, 케이. 고작 몇 시간 늦게 간다고 해서 루가 떠날 일은 없을 거예요."

"과연 그럴까?"

"네?"

"인정하기 싫지만 넌 잘생겼다, 라일. 게다가 가문도 훌륭하지. 아버지는 쓰레기였지만."

"그건 그렇죠."

"여자들은 너 같은 남자에게 열광하지. 넌 여자 마음도 잘 알고 매너도 있으니까."

"설마…… 케이. 루가 나한테 흔들리고 있다고 생각하는 겁니까?"

"안 그럴 이유가 있나?"

"루를 못 믿는 겁니까?"

"물론 믿는다. 하지만 '여자'인 루는 모르겠다. 나처럼 차가운 남자보단 너처럼 다정한 남자에게 끌릴지도."

"……케이, 당신은 뜨거워요. 루를 볼 때 그 눈이 얼마나 불타는지 모르는 겁니까?"

"아무튼 너랑 이런 소리하고 있을 시간 없어. 루는 어디에 있지?"

"시간이 왜 없는데요? 북쪽 원정을 떠날 시간은 있으면서."

"……루한테 들었나?"

"그래요."

"그렇군."

케이가 기차역에 있는 의자에 아무렇게나 걸터앉았다. 라일도 그 옆에 앉았다.

케이는 한 손으로 머리를 뒤로 쓸어 넘겼다.

"루가 대체 왜 북쪽 땅을 토벌하러 가는 걸 싫어하는지 모르겠다, 라일. 타우아문을 떠날 때부터 기분이 안 좋아 보이더군."

"몰래 떠났다면서요? 루한테 말도 없이."

"너한테는 그런 이야기까지 하나 보지?"

"친구니까요."

"거짓말이 늘었군."

"노력 중입니다. 친구가 되려고. 그리고 난 당신의 친구도 되고 싶어요, 케이."

"하아."

케이가 깊은 한숨을 내쉬었다.

"뭐, 좋아. 앞으로 공작이 될 놈을 친구로 두는 것도 나쁘지 않겠지. 아무튼 나는 정말로 루의 마음을 모르겠다. 나는 그저 루에게 살기 좋은 땅을 주고 싶을 뿐이야."

"그래서 북쪽 토벌을 가는 거고요? 하지만 북쪽도 살기 나쁜 건 마찬가지입니다."

"……."

"케이, 설마…… 제국을 치려고요?"

라일이 목소리를 낮췄다.

케이가 붉은 눈동자를 빛내며 라일을 돌아봤다.

"그래, 라일. 날 잡아갈 건가?"

"당신을 잡아갈 힘이 없다는 거 아주 잘 알고 있습니다. 누가 당신을 이기겠습니까? 그게 문제가 아니라…… 아무리 당신과 부하들이 강하더라도, 제국을 치는 데는 오랜 시간이 걸릴 겁니다."

"그렇겠지. 하지만 이 대륙을 전부 루에게 주고 싶어. 그리고…… 북쪽 땅에서 찾은 보석으로 반지를 만들어, 프러포즈를 할 계획이다. 루에게는 말하지 마."

"루에게는 말하지 않겠지만……."

라일은 어디부터 지적해야 할지 난감해졌다.

결국 케이가 하는 모든 일은 루를 위한 것이었다. 루 본인에게는 그렇게 받아들여지지 않는 모양이지만.

케이는 무언가를 잘못 생각하고 있었다.

"케이, 하나만 물어봅시다. 북쪽 땅이나 대륙을 치고 싶은 게, 당신의 정복욕 때문은 아닌 거지요?"

"정복욕?"

케이가 피식 웃었다.

"나는 게으른 놈이야. 루를 만나기 전에는 티그리스를 되찾거나 오르딘 공작에게 복수를 해야 한다는 생각조차 없었어."

케이는 묘한 부분을 자랑스러워했다.

"그렇다면 북쪽 토벌도, 제국 정복도 전부 루를 위한 거라고 생각한다는 거네요."

"그래, 나는 루에게 세상을 갖게 해 줄 거야."

"멍청하긴."

"뭐?"

"케이, 당신 정말 바보 같다고요."

"이봐, 라일. 친구가 되겠다고는 했지만……."

"나는 루를 사랑합니다, 케이."

라일이 케이의 말을 끊었다.

"나는 루를 사랑해서 함께 있고 싶어요. 루가 만약 내 마음을 받아 줬다면, 나는 하루 24시간도 모자라다는 생각이 들 만큼 루와 함께했을 거예요. 같이 밥을 먹고 산책을 하고, 가끔은 나란히 앉아 책을 읽고 쇼핑을 하고…… 매일 반복하는 일상이라도 하루하루가 특별하겠죠."

"……나도 그래, 라일. 다만 나는 루를 위해……."

"루를 위한다고요? 루가 그런 걸 바라던가요?"

"그런 말은 안 했지만……."

"케이, 그녀를 위한다는 말로 포장하지 말아요. 당신이 뭘 해 줘도 루에게는 특별할 거예요. 당신에게 루가 특별한 것처럼."

"가장 멋진 보석을 주고 싶었다. 가장 특별한 프러포즈를 하고 싶었고."

"거리를 걷다가 문득 생각난 듯이 결혼하자고 말해도, 루에게 있어서 그 프러포즈는 세상에서 가장 특별한 프러포즈일 겁니다, 케이."

"……."

"나는 그렇게 특별할 수 있는 당신이 정말 부럽습니다."

떨리는 목소리로 말하는 라일의 심정을, 케이는 짐작조차 할 수 없었다. 그래서 아무 말도 하지 못했다.

그런가.

잘못 생각한 것인가.

루에게 필요한 것은 함께하는 시간이었을 뿐인가.

그저 루를 기쁘게 해 주고 싶을 뿐이었다.

많은 것을 잃고 살아온 그녀가 웃는 얼굴을 보고 싶었다.

많은 것을 갖고 누리게 해 주고 싶었다.

모두 루를 위해 한 행동인데 루의 기분이 안 좋아 보여서 서운했었다. 하지만 전제 자체가 틀렸던 모양이다.

'결국 내 욕심이었나.'

케이는 펼친 손바닥을 내려다봤다.

루에게 특별한 것을 해 주는 남자가 되고 싶다는 욕심에, 도리어 루를 외롭게 만들었는지도 모르겠다.

케이가 루와의 평범한 일상을 꿈꾸듯 루 역시 그럴 텐데.

'내 생각에 취해서 루의 기분을 생각하지 못했군.'

깨닫고 나자 부끄러웠다.

루를 행복하게 해 주고 싶었는데, 결국 내 입장만 생각하고 있었다. 그 결과 라이벌에게 혼나기까지 했다.
한심스럽다.
"루는 쿠빌레에 있습니다, 케이."
라일이 말했다.
"가서 루를 세상에서 가장 특별한 여자로 만들어 주세요."

* * *

쿠빌레에, 루는 없었다.
하지만 케이는 그녀가 어디에 있는지 알 것 같았다.
그곳으로 향하는 동안 가슴에 애달픈 감정이 일어났다.
전에도 그녀와 이 길을 걸었던 적이 있었다.
바닷바람을 맞으며 천천히 올라간 해안가 절벽.
그 끝에 루가 있었다.

*—나는 당신의 개입니다, 주인님. 당신이 그 무엇일지라도.*

그 말을 했을 때와 변함없는 모습으로.

* * *

뒤에서 발걸음 소리가 들려왔다.

루는 돌아보지 않고도 케이라는 걸 알 수 있었다.

며칠 후에 도착할 줄 알았는데 벌써 도착하다니.

놀랍고 반가웠지만 돌아보지는 않았다.

그는 루의 예상대로 뒤에서 루를 끌어안았다. 그의 단단한 두 팔이 루의 허리를 감쌌고, 등에 그의 체온이 느껴졌다.

"루엘."

귓가에 닿는 그의 음성을 듣는 게 아주 오랜만인 것처럼 느껴졌다.

"보고 싶었어."

"용케도 여기로 오셨네요. 북쪽으로 가실 줄 알았더니."

못된 소리를 할 생각은 없었는데 투정을 부리는 말이 나오고 말았다.

"북쪽 땅보다는 네가 더 소중하니까."

"아아, 그러십니까?"

"이곳에 오니 옛날 생각이 나는군."

"그러게요. 그때 전 당신을 주인님이라고 불렀고, 당신은 절 개 취급했었죠."

"……하지만 지금은 네가 주인인 것 같군. 화난 주인님을 앞에 둔 기분이야."

"그럼 짖어 봐요."

짖을 리 없다고 생각했다.

"왈."

하지만 케이는 짖었고, 루는 결국 웃음을 터뜨리고 말았다.

"아하하하. 티그리스 단장의 위엄이 있지, 진짜로 짖으면 어떡합니까?"

"네가 웃는 걸 볼 수 있다면 무슨 짓이라도 할 수 있어, 루엘라인."

루는 돌아서서 케이를 마주 봤다.

"루엘, 나는 너와 함께한 나날을 전부 기억하고 있어. 이 절벽에서 너와 나누었던 이야기도, 그날의 바람과 그 바람에 섞인 냄새도. 방금 전의 일처럼 기억하고 있어."

"저도 그래요, 케이. 당신이 이곳에서 제게 입혀 준 외투가 얼마나 따뜻했는지, 그 외투에서 나는 당신의 향기가 얼마나 좋았는지 생생하게 기억하고 있어요."

"그래, 하지만 루. 넌 모를 거야. 그때 내가 무슨 생각을 하고 있었는지."

케이가 루의 볼을 쓰다듬었다.

"나는 네가 남자라고 알고 있었는데도, 네가 하는 한 마디, 한 마디가 신경 쓰여서 견딜 수가 없었지. 네가 내게 나의 개라고, 내가 무엇일지라도 나의 개일 거라고 말했을 때. 나는 사랑 고백을 들은 기분이었어."

"사랑 고백이었어요, 케이."

"그래, 정말 달콤하다."

케이가 허리를 굽혀 루의 이마에, 그리고 입술에 가볍게 입을 맞췄다.

"나도 그래, 루. 네가 무엇일지라도 나는 너를 사랑해."

알고 있었다.

루가 파필리아의 괴물일 때도, 케이는 루를 사랑해 주었다. 자신이 보기에도 끔찍한 그 얼굴조차, 케이는 받아들여 주었다.

그런 남자였다, 케이는.

"나는 곧 마법을 쓸 수 없게 될 거야. 마법을 쓰지 못하는 나는, 아무것도 가진 게 없는 평범한 남자가 되겠지. 그게 두려웠어, 루엘."

케이의 말에 루는 당황했다.

케이가 그런 생각을 하고 있을 줄은 몰랐다.

"그렇게 되기 전에, 네게 많은 것을 주고 싶었어. 북쪽 땅을 토벌해야겠다고 생각한 것도 그래서야, 루. 이 힘이 다 사라지기 전, 네게 세상을 주고 싶었어."

"하지만…… 당신이 내 세상이에요, 케이."

"그래, 그걸 이제야 깨달았어."

"당신을 사랑하게 되었을 때, 나는 딱 하나만 꿈꿨어요. 당신 곁에 있는 거. 그곳이 어디든 상관없어요. 내가 어떤 옷을 입든, 무엇을 먹든, 그런 건 아무래도 좋아요. 당신이 마법사이기에 사랑하는 게 아니에요. 나는 그저……."

왜일까.

듣고 싶던 고백을 들었는데 목이 메었다.

말을 못 잇는 루를 대신해, 케이가 말했다.

"구온 시 앞 숲에 있는 호숫가에 집을 짓자. 너와 나, 그리고 우리 티그리스 녀석들이 살 수 있는 조금 넓은 집을. 마당에는 벤치와 식탁을 놓고, 햇살 좋은 날에는 그곳에서 차를 마시는 거야. 살다 보면 하나씩 필요한 게 생길 테니, 그럴 때마다 함께 구온 시에 와서 가게를 돌아다니자, 루. 집 근처 커다란 나무에는 그네를 하나 달아 놓을 거야. 언젠가 우리의 아이들이 그 그네를 타고 놀 수 있도록."

케이가 한쪽 무릎을 굽히고 앉아 루를 올려다봤다.

그의 다정한 붉은 눈동자가 루를 감쌌다.

"루, 나랑 결혼해 줘."

* * *

결혼식은 착착 준비되었다.

루가 할 것은 아무것도 없었다.

"우리가 다 할 거야. 이 순간만을 기다렸다고!"

결혼을 하게 된 루보다 나즐이 더 신난 것 같았다.

타우아문에도 전언을 보내, 니아와 쥬엔, 히센이 구온 시로 올라왔다.

좋은 사람들의 축하를 받아 행복한 와중에도, 루는 라크 생각을 지울 수가 없었다.

라크가 케이에게서 받아 가려고 한 것. 그건 대체 뭘까?

루와 케이가 얼른 마음을 확인해야 한다고, 라크는 말했다. 그때는 그냥 흘려들었는데, 이제 와서 생각해 보니 그렇게 쉽게 넘어갈 말이 아니었던 것 같다.

케이에게 묻고 싶지만 괜히 케이의 기분을 술렁거리게 만들 것 같아서 참았다.

결혼식을 올리는 날이 될 때까지, 라크는 모습을 드러내지 않았다.

케이와 루의 결혼식은 케이가 말했던 호숫가에서 진행되었다.

새하얀 드레스를 입은 루는 눈부시게 아름다웠다. 케이가 루의 손에 반지를 끼워 줬을 때, 쥬엔과 쿠반은 코를 훌쩍거리며 눈물을 흘렸다.

"장례식도 아닌데 왜 울고 그러냐?"

면박을 주는 휴이의 눈도 붉게 물들어 있었다.

그들은 루의 고된 삶과 케이의 고독한 시간을 알고 있었다. 그 때문에 두 사람이 행복한 모습이 유독 뭉클할 수밖에 없었다.

"넌 괜찮나?"

와칸이 옆에 앉아 있던 라일에게 물었다.

라일은 미소 띤 얼굴로 루를 응시하다가 와칸을 돌아봤다.

"내 소원이 뭐였는지 압니까?"

"뭔데?"

"루의 드레스 차림을 보는 거."

"……."

"그걸 오늘 보게 됐으니 괜찮습니다. 아주 좋아요."

"속도 넓은 녀석이군. 자기가 사랑하는 여자의 결혼식 드레스를 직접 준비하다니."

라일은 그저 웃기만 했다.

결혼식이 끝나고 만찬이 시작되었다.

긴 테이블 여러 개에 휴이가 직접 준비한 고급 요리들이 놓여 있었다. 제각각 접시를 들고 음식을 덜고 있을 때였다.

라크가 등장한 것은.

하늘에서 요란한 소리와 함께 무언가가 흩날려 떨어졌다. 연분홍빛 꽃잎이었다.

그것은 분홍빛 눈처럼 하늘을 수놓았다가 사람들의 머리 위로, 얼굴 위로 떨어졌다.

아름다운 광경에, 모두가 홀린 듯 고개를 들고 있었다.

하지만 루만큼은 그럴 수가 없었다.

라크가 무언가 받아 가려고 왔다는 걸 깨달았기 때문이다.

공중에서 나타나 땅에 내려선 라크는 천천히 두 사람을 향해 다가왔다. 루는 케이의 손을 꽉 붙잡았다.

"드디어 결혼했군! 축하해, 대지의 아이야. 그리고 반푼이."

"감사합니다, 라크."

케이는 라크가 왜 이곳에 온 건지 모르는 게 분명했다. 루는 불안한 마음으로 케이의 앞을 막아섰다.

"라크."

하지만 라크는 루를 보지 않았다.

라크의 검붉은 눈동자는 케이를 똑바로 향하고 있었다.

"나와의 약속을 기억하겠지, 반푼이?"

"약속? 아……."

이제야 깨달은 듯 케이의 얼굴에서 핏기가 빠져나갔다.

분위기가 심상치 않은 하객들이 하나둘씩 주위로 몰려들었다.

"라크, 그건……."

"받아 갈 거다, 너의 아이."

"뭐?"

버럭 외친 건 루였다.

"아이라니. 케이, 라크에게 대가로 아이를 주기로 한 거예요?"

"아, 그건. 그땐 네가 남자인 줄 알았으니까, 내가 아이를 갖는 일은 평생 없을 거라고 생각했지."

"내가 남자인데도 평생 날 사랑할 생각이었다고요?"

"어쩔 수 없잖아. 마음을 다 뺏겼는데. 너 말고 다른 사람을 사랑하게 될 것 같지 않으니까."

"감동이에요, 케이. 그렇게까지 날 사랑했다니."

"그래, 루엘. 네가 무엇이라도 나는 널 사랑했을 거야."

"케이아스."

"루엘라인."

"아니, 저기."

갑자기 야릇한 분위기를 조성하는 두 사람 사이에, 라크가 끼어들었다.

"나 아직 여기 있거든?"

"안 돼, 라크. 우리 아이는 못 줘."

"하지만 드래곤과의 약속이잖아. 어기겠다면 반푼이를 죽이는 수밖에."

"라크……."

"그때 반푼이가 어떤 생각이었든 내 도움을 바랐고, 내게 대가로 아이를 주기로 했어. 드래곤과의 약속은 절대적이야. 나는 아이를 받아 가겠어."

루는 머리를 굴렸다.

어떻게든 이 상황을 벗어나야만 했다.

언젠가 갖게 될 아이를, 드래곤에게 빼앗길 순 없었다.

"그렇다면 라크."

루는 간신히 생각을 하나 쥐어짜 냈다.

"아이가 생긴 후에 와. 지금은 주고 싶어도 없어서 못 주니까."

시간을 벌 예정이었다.

하지만 다음에 이어지는 라크의 말에, 루뿐 아니라 그곳에 있는 모든 사람들이 당황할 수밖에 없었다.

"뭔 소리야? 지금 네 배 안에 있는데."

* * *

"그래서? 그래서 어떻게 됐어?"

소녀가 파란 눈을 반짝거리며 물었다.

"그래서 네 엄마는 깜짝 놀랐고, 네 아빠도 깜짝 놀랐지. 그러다가 네 엄마는 '그러고 보니 요새 몸이 좀 안 좋긴 했어.'라고 말했고, 라일 삼촌은 '저번에 루가 속이 메스껍다고 했었는데.'라고 중얼거렸어. 그러더니 반푼…… 아니, 네 아빠가 갑자기 화염 마법을 불러일으키면서 절대로 애를 줄 수 없다고, 차라리 자길 죽이라고 난리 법석을 떨더라고. 덕분에 결혼식장이 불바다가 됐어."

"아빠는 성격이 급했네. 라크에게 이길 리가 없는데."

"너와 루를 지키려고 필사적이었던 거겠지, 로샤."

라크가 빙그레 웃으며 로샤의 머리를 쓰다듬었다.

루의 어머니 이름을 따서 로샤라고 이름 붙인 루와 케이의 딸은, 두 사람을 꼭 반씩 닮았다. 푸른 눈동자는 루를, 은빛 머리카락은 아빠를.

하지만 성격만큼은 둘 중 누구도 닮지 않아 무척이나 애교가 많고 사랑스러웠다. 아마도 나를 닮았을 거라고, 라크는 바보 같은 생각을 했다.

"네 아빠나 엄마나 뭔가 잘못 생각하고 있었던 거야. 물론 내가 그런 식으로 말하기는 했지만."

"라크는 심성이 못됐네."

"그저 장난을 좋아하는 거라고."

라크는 웃으며 고개를 들었다.

케이가 뭘 잘못했는지 루에게 혼나고 있었다. 아마도 시장에서 쓸데없는 물건이라도 사 온 거겠지.

"나는 그저 보고 싶었던 거야. 두 사람의 아이가 행복하게 자라는 모습을. 고된 시간을 겪은 둘의 어린 시절과 달리, 그들 사이에서 자란 아이는 행복하게 커 나가는 모습을 바로 옆에서 보고 싶었어."

"난 행복해, 라크."

"알아."

"아빠가 날 귀찮게 하지만 그래도 참을 만해."

"네 아빠는 팔불출이야."

"응. 볼 때마다 뽀뽀를 해서 지겨워. 나도 이젠 다 컸는데."

어깨를 으쓱하며 말하는 8살의 로샤에게, 라크는 애정 어린 눈빛을 보냈다.

하루하루 생명이 사라지는 게 느껴졌다.

루에게는 그들보다는 오래 살 거라고 말해 뒀지만, 어쩌면 그러지는 못할지도 모르겠다.

얼마 전 니아는 라크가 죽는 꿈을 꿨다며, 울면서 찾아왔다.

그녀를 달래 주느라 라크는 한참 동안 진을 뺐다.

쿠반과 쥬엔도 결혼을 해서 아이를 낳고 구온 시에 자리를 잡았다. 텐치와 휴이, 히센도 제각각 가정을 꾸렸다.

하지만 유진과 와칸은 결혼을 하지 않았다. 마음에 맞는 여성이 없다고 하는데, 라크가 보기엔 둘 다 자기가 하고 싶은 일이 많아서 여자에게 관심이 없는 것 같았다.

주아 역시 짝을 만나 자기와 꼭 닮은 새끼를 낳았다.

구온 시 근처의 호숫가에는 흰 늑대 여러 마리가 월월 짖으며 돌아다녔다.

인간의 삶은 참으로 짧고 빠르게 변화한다.

라크가 살아온 지 천 년이 넘는 시간, 인간들은 변하고 싸우고 사랑했다.

라크에게는 벌레와도 같은 인간들이 그토록 열심히 살아가는 이유를, 전에는 알지 못했다. 그 짧은 삶, 무엇하러 그리도 힘껏 살아가는지 이해할 수가 없었다.

하지만 생이 얼마 남지 않은 지금, 라크는 그 이유를 알 것도 같았다.

'좀 더 살고 싶다.'

그리도 긴 삶을 살았으면서, 라크는 생각했다.

'저 아이가 자라서 사랑을 하고, 아이를 낳아 행복하게 사는 모습을 보고 싶어.'

루에게 달려가는 로샤의 뒷모습을 보며, 라크는 꿈꿨다.

로샤가 자라나 한 청년을 만나 수줍은 미소를 짓고, 사랑을 하고, 싸우기도 하는 모습을. 그러다가 라크에게 달려와 불만을 토로하기도 하고, 울기도 하는 모습을.

하지만 결국은 미소 짓게 될 것이다. 제 엄마가 그런 것처럼.

"당신이 사라지면 쓸쓸할 겁니다."

어느새 옆에 와서 앉은 케이가 말했다.

"그래? 로샤가 날 더 좋아해서 질투하는 거 아니었어?"

"하지만 루는 날 더 좋아하니까요."

"흥. 여유 있는 척하긴."

라크는 피식 웃었다.

"걱정 마, 반푼이. 나는 로샤가 죽을 때까지는 살아 있을 거니까."

"그렇다면 안심입니다. 당신이 로샤를 지켜 준다면 더 바랄 게 없겠죠."

"그래."

둘은 나란히 앉아 호수를 응시했다.

"어젯밤에 마력이 전부 사라졌습니다."

"그래, 느꼈다."

"이제 이 세상의 마지막 마법사가 사라지게 됐군요. 사람들은 조만간 세상에 마법이라는 게 존재했다는 것 자체를 잊게 되겠죠."

"그렇겠지. 드래곤이라는 생물도 전설로만 남게 될 거야. 인간들은 마법을 대신할 많은 것들을 만들어 낼 거고, 마법 없이도 편하게 살 수 있는 방법을 연구해 내겠지. 세상은 변할 거다, 케이. 네가 상상도 할 수 없을 만큼."

"당신은 그렇게 변화하는 걸 봐 오셨겠지요?"

"그래, 케이. 하지만 변하지 않는 것도 있더군."

"선대께서도 그런 말씀을 하셨습니다. 많은 것이 변하지만 변하지 않는 것도 있다고."

"그게 뭐라고 생각해?"

케이는 뒤를 돌아봤다.

루가 로샤를 안고 즐거이 대화를 나누고 있었다. 행복해 보이는 두 사람의 모습에, 케이의 입가에도 미소가 맺혔다.

"저거요."

케이가 두 사람을 가리켰다.

"저거, 그리고 이거."

그리고 자신과 라크를 가리켰다.

"변하지 않겠죠. 아무리 시간이 흘러도."

〈번외 끝〉